U0109735

古典文獻研究輯刊

二七編

第 7 冊

中華民族神話宗法化述論（上）

袁詠心 著

國家圖書館出版品預行編目資料

中華民族神話宗法化述論（上）／袁詠心 著 -- 初版 -- 新北市：花木蘭文化事業有限公司，2023〔民112〕

目 2+166 面；19×26 公分

（古典文學研究輯刊 二七編；第7冊）

ISBN 978-626-344-253-5（精裝）

1.CST：中國神話 2.CST：宗法制度

820.8   111021982

ISBN-978-626-344-253-5

古典文學研究輯刊
二七編 第七冊   ISBN：978-626-344-253-5

中華民族神話宗法化述論（上）

作　　者　袁詠心
總 編 輯　杜潔祥
副總編輯　楊嘉樂
編輯主任　許郁翎
編　　輯　張雅淋、潘玟靜　美術編輯　陳逸婷
出　　版　花木蘭文化事業有限公司
發 行 人　高小娟
聯絡地址　235 新北市中和區中安街七二號十三樓
　　　　　電話：02-2923-1455／傳真：02-2923-1452
網　　址　http://www.huamulan.tw 信箱 service@huamulans.com
印　　刷　普羅文化出版廣告事業
初　　版　2023 年 3 月
定　　價　二七編 11 冊（精裝）新台幣 28,000 元

版權所有・請勿翻印

作者簡介

袁詠心，女，1984 年生於湖北大冶，2017 年入中南民族大學，師從向柏松先生研究中國古代神話，2020 年獲博士學位，現為長江大學人文與新媒體學院講師。求學期間及執教以來，學術興趣由文學而入史學，再至神話學，先後在《民族文學研究》《文化遺產》《中南民族大學學報》（社科版）等刊物上發表相關學術論文十餘篇，主要研究方向為中國古代文學與神話學。

提　　要

　　中華民族神話的宗法化，是指中華民族神話的內容表述、意義生成、文化闡釋、審美特徵等，無不圍繞宗族社會的父權、族權、夫權、神權而展開，其中既帶有原始宗法的特點，又帶有宗族奴隸制的特色，同時還烙有宗法封建制的印記。

　　中華民族神話之所以會走上宗法化的道路，是因為由兩周宗法所界定的農牧互動的齒狀循行這一歷史模式對中華民族神話的先在制約，由祭天故習而來的宗法倫理對中華民族神話的原初影響，以及宗族社會對中華民族神話的現實指引。中華民族神話宗法化的總體原則，是圍繞宗族家族歷史記憶以確定天人關係、人倫彝則、社會秩序。中華民族神話宗法化的核心內容，則主要是由祖先崇拜而來的共同祖先的認同，以及由以延祖嗣而來的太平大同。在宗法化的過程中，中華民族神話既呈現出一體化的特徵，如原則的一體化、價值訴求的一體化，也呈現出多元化的面貌，如北方民族神話的尊神權、尚勇武、輕女性，南方民族神話的崇道德、任巧智、重女性，藏族神話的明死生、循中道、合陰陽。

　　中華民族神話宗法化的目標指向三個層面：文明與自然的衝突，親親尊尊的倫理訴求，以延祖祀的現實目的。這決定了中華民族神話宗法化的審美特徵與意義生成，即神格的世俗化、德行的完美性與強烈的生命意識，以及由此而來的切實的人生態度、人人皆可為聖賢的人生導向、自然與文明衝突下的抗爭意識。正是在這一內涵的揭示中，中華民族神話擁有了生趣盎然的雋永詩意。

本文係湖北省社會科學基金一般項目
「中國神話宗法化研究」
（項目編號：2020097）

目次

引　論

　　我們在開始研究和論述中華民族神話的宗法化之前，有必要先行釐清兩個基本概念——中華民族神話、中華民族神話宗法化的內涵所指；但同時需要指出的是，因為本文所使用的這兩個基本概念，又是建立在「神話」這一核心概念的基礎之上的，因此，在釐清這兩個基本概念之前，首先得明確「神話」這一概念的內涵所指。「『神話』這個術語是個舶來品。希臘語中的『神話』（Mrthos），本意為寓言，但最近幾十年各國學術界在使用這一術語時，一般指人類童年時代對天地宇宙、人類種族、萬事萬物來源的探討，和對祖先偉大功業、重大歷史事件的敘述」〔註1〕。本文所研究的中華民族神話，就是建立在這一概念的基礎之上的。

第一節　中華民族神話的界定

　　中華民族神話，顧名思義，就是中華民族所產生的神話，茅盾先生稱其為「流行於上古時代的民間故事」〔註2〕。但是，如果僅僅只是這樣來理解中華民族神話，顯然還不夠確切。「現在文明民族的神話都是經過保存者的一次二次修改，然後到我們手裏。」〔註3〕這就是說，中華民族神話雖然產生於上古時代，但我們今天所見到的中華民族神話，無論是早已存在於歷代文獻中的神話，還是口傳到現代才被田野工作者記載下來的神話，都是文字產生以後的產

〔註1〕吳天明：《中國神話研究》，中央編譯出版社，2003年，第4頁。
〔註2〕沈雁冰：《中國神話研究》，《小說月報》1925年1月，第1頁。
〔註3〕玄珠：《中國神話研究ABC》，上海書店，1929年，第56頁。

物。當這些神話被載錄下來的時候，中華民族早已遠離了蠻荒時代，而步入高度文明時代。如漢族盤古開天闢地神話，首見於三國時吳人徐整的《三五曆紀》；藏族的猴祖神話，直到11～12世紀才為「藏傳佛教後弘期被當作『伏藏』流傳的《瑪尼寶訓》《五部遺教》《柱間史》等藏文史籍」〔註4〕所記載；而「蒙古各部族起源於遁入額兒古涅—昆的兩個人」〔註5〕的族源神話，直到14世紀才為《史集》所明確記載，即便按照呂思勉先生的說法，《北史·突厥傳》所記載的突厥緣起的神話與其非常相似〔註6〕，或許可以看作同一神話，這一神話被載錄的時間，最早也只是在七世紀中期；至於那些口傳到現代而被田野工作者記載下來的神話，其載錄時間之晚，就更不用提了。這就意味著，中華民族神話被載錄的時代，遠遠晚於中華民族神話所產生的時代。

神話產生時代與被載錄時代的非同步性，必然使得中華民族神話帶有與一般意義上的神話定義不完全一致的地方。這種不完全一致，至少體現在如下三個層面。

第一，歷史化造成的初民懸想的削弱，如《史記·殷本紀》所載錄的玄鳥生商神話：「殷契，母曰簡狄，有娀氏之女，為帝嚳次妃。三人行浴，見玄鳥墮其卵，簡狄取吞之，因孕生契。」〔註7〕出於嚴肅的歷史記載的目的，司馬遷在載錄這一神話時，有意識地淡化了其所謂的荒誕不經之處，而將其表述為玄鳥墮卵簡狄取吞；但非常遺憾的是，正是這一看似合理的刪改，削弱了商初先民對其先祖始生的神異想像。

第二，片段化造成的神話意義的被遮蔽，如《風俗通義·佚文·辨惑》所載錄的女媧造人神話：「天地開闢，未有人民，女媧摶黃土作人，務劇力不暇供，乃引繩於泥中，舉以為人。故富貴者黃土人也，貧賤者繩人也。」〔註8〕尚古以及賦詩明志的傳統，使得士人在為文時，往往習慣性地徵引前代文獻以及前人成說，以論證自己的觀點。這其中自然包括散見於文獻載錄或口頭流傳的神話，得益於此，經、史、子、集中載錄了大量神話；但因為士人賦詩明志

〔註4〕 石碩：《藏族族源與藏東古文明》，四川人民出版社，2001年，第24頁。

〔註5〕 （波斯）拉斯特著，余大鈞、周建奇譯：《史集》（第1卷第1分冊），商務印書館，1983年，第127頁。

〔註6〕 參見：呂思勉《中華民族史》，東方出版社，1996年，第139～140頁；李延壽《北史》，中華書局，1974年，第3285頁。

〔註7〕 司馬遷：《史記》，中華書局，1959年，第91頁。

〔註8〕 王利器：《風俗通義校注》，中華書局，1981年，第601頁。

時喜好斷章取義，所謂「賦詩斷章，余取所求焉」〔註9〕，所以他們在載錄神話時，僅選擇性地載錄某一神話的某一片段，且往往以己意附會神話。上引女媧造人神話，將其最終歸結為「故富貴者黃土人也，貧賤者絙人也」的意義表達，就是如此。正是在應劭所謂的尊卑之制的界定中，女媧造人神話的真正意義被遮蔽了。

第三，早熟化帶來的後代意識的屬入。當產生於蠻荒時代的神話被高度文明時代的人們不斷修改時，原始神話也就在延綿不絕的傳承中，不斷地被注入了新的文化因子。由於這新的文化因子所產生的時代，遠後於神話產生時代，因此，從這一層面來看，中華民族神話無疑是早熟的。梁漱溟先生認為，「中國文化為人類文化早熟。」〔註10〕中國文化如此，中華民族神話便不能不如此。「因為『文雅』的後代人不能滿意於祖先的原始思想而又熱愛此等流傳於民間的故事，因而依著他們當時的流行信仰，剝落了原始獷野的面目，給披上了綺麗的衣裳」〔註11〕，早熟的中華民族神話在擁有超前意識的同時，也就理所當然地屬入了後代意識。如《太平御覽・天部二・天部下》所引《三五曆紀》載錄的盤古開天闢地神話：「天地渾沌如雞子，盤古生其中。萬八千歲，天地開闢。陽清為天，陰濁為地。盤古在其中，一日九變。神於天，聖於地。天日高一丈，地日厚一丈，盤古日長一丈。如此萬八千歲，天數極高，地數極深，盤古極長。後乃有三皇。數起於一，立於三，成於五，盛於七，處於九，故天去地九萬里。」〔註12〕很顯然，這則神話所蘊含的極為成熟的哲學觀，遠非神話產生時代所有，而是源於後代意識的不斷屬入。正是在這一意義上，魯迅先生指出：「故神話不特為宗教之萌芽，美術所由起，且實為文章之淵源。惟神話雖生文章，而詩人則為神話之仇敵，蓋當歌頌記敘之際，每不免有所粉飾，失其本來，是以神話雖托詩歌以光大，以存留，然亦因之而改異，而消歇也。如天地開闢之說，在中國所留遺者，已設想較高，而初民之本色不可見，即其例也。」〔註13〕

由此可見，歷史化造成的初民懸想的削弱，片段化造成的神話意義的被遮蔽，以及早熟化帶來的後代意識的屬入，使得中華民族神話「初民之本色不可

〔註9〕阮元：《十三經注疏》，中華書局，1980年，第2000頁。
〔註10〕黃克劍、王欣編：《梁漱溟集》，群言出版社，1993年，第349頁。
〔註11〕玄珠：《中國神話研究ABC》，上海書店，1929年，第68～69頁。
〔註12〕李昉、李穆、徐鉉等：《太平御覽》，中華書局，1960年，第8頁。
〔註13〕魯迅：《中國小說史略》，上海古籍出版社，1998年，第6頁。

見」；而這正是中華民族神話的鮮明特色。

　　從這一意義上說，今日所見的中華民族神話，應當是指中華民族以「童年時代對天地宇宙、人類種族、萬事萬物來源的探討，和對祖先偉大功業、重大歷史事件的敘述」為藍本的，不斷羼入後代意識而成的典範文本。一言以蔽之，中華民族神話是中華民族歷史記憶的後代轉述。

　　本文在研究中華民族神話時，使用的就是這一概念。

第二節　中華民族神話宗法化的界定

　　明確了中華民族神話的內涵，就能很好地界定中華民族神話的宗法化。

　　「宗法」一詞，首見於北宋張載《經學理窟·宗法》：「管攝天下人心，收宗族，厚風俗，使人不忘本，須是明譜系世族與立宗子法。宗法不立，則人不知統系來處。」〔註14〕張載所說的宗法，「是對存在於父系宗族內部的宗子法的命名，其內容包括確立、行使、維護宗子權力的各種規定」〔註15〕。王國維先生也認為宗法就是宗子法：「周人制度之大異於商者：一曰立子立嫡之制。由是而生宗法及喪服之制。」〔註16〕誠然，「立子立嫡」是周人制度；但是，嫡長子繼承制並非宗法制，也不是宗法制度存在的根本標誌，不單中國所有學者公認的宗法制度最盛行的西周春秋時期，也不是所有地方都實行嫡長子繼承制，如當時保存周禮最豐富、宗法制度最強固的魯國、晉國以及南方的楚國，還存在「一繼一及」的傳子、傳弟相結合，以及立弟、立幼的制度；而且夏代和商代還未形成嫡長子繼承制，秦漢以後的封建社會也並未始終實行嫡長子繼承制，比如說我國最後一個封建王朝——清朝，從皇權繼承上看也從來沒有實行過嫡長子繼承制。〔註17〕這就意味著，宗子法不僅不足以完全涵蓋周代宗法，更無法涵蓋周代以前的宗法〔註18〕，以及秦漢以後的宗法。因此，以宗子

〔註14〕張載：《張載集》，中華書局，1978年，第258～259頁。

〔註15〕錢杭：《周代宗法制度史研究》，學林出版社，1991年，第1頁。

〔註16〕姚淦銘、王燕編：《王國維文集》（第4卷），中國文史出版社，1997年，第43頁。

〔註17〕參見唐仁郭、錢宗範等：《中國少數民族宗法制度研究》，江西高校出版社，2006年，第15～16頁。

〔註18〕大多數研究者都認為周以前存在宗法：錢宗範認為「宗法制度的產生是在父系氏族公社確立後（相當於考古學上的金石並用時代或銅器時代）」（錢宗範《周代宗法制度研究》，廣西師範大學出版社，1989年，第4頁）；劉廣明認

法來解釋宗法，顯然是不夠準確的。

　　由於「宗法必須以實際存在的宗族為前提」〔註19〕，因此，有學者認為，宗法就是宗族之法。〔註20〕那麼，什麼是宗族呢？《爾雅‧釋親》：「父之黨為宗族。」〔註21〕又，《說文》：「宗，尊祖廟也」；「族，矢鋒也，束之族族也」。〔註22〕段玉裁注：「族族，聚皃。毛傳云：『五十矢為束。』引申為凡族類之稱。」〔註23〕故《玉篇》有言：「族，類也。」〔註24〕又，《白虎通‧宗族》：「宗者，何謂也？宗者，尊也。為先祖主者，宗人之所尊也。……族者，何也？族者，湊也，聚也。謂恩愛相流湊也。上湊高祖，下至玄孫，一家有吉，百家聚之，合而為親，生相親愛，死相哀痛，有會聚之道，故謂之族。」〔註25〕又，《吏學指南》：「同姓曰宗，同支曰族。」〔註26〕綜合上述諸家解釋，可以這樣認為，宗族就是由同一父系祖先之下的若干分支，所結成的一個大的同姓集團。這正如陳其南所說的：「『宗族』之稱不過是證明以父系繼嗣關係，即所謂『宗』所界定出來的群體。這個宗族群體可以是缺乏實際社會功能的人群範疇（category），也可以是帶有各種不同功能作用，彼此互動的社會團體（group）。」〔註27〕宗族制度的核心內容，則是由此而來的尊祖、敬宗、收族、嚴宗廟。《禮記‧大傳》：「親親故尊祖，尊祖故敬宗，敬宗故收族，收族故宗廟嚴。」〔註28〕換句話說，宗族制度以親親尊尊為原則，以敬宗收族為目的，以宗廟祭祀為常制。正是在這一意義上，丁山先生指出：「然則宗法之起，不始周公制禮，蓋興於宗廟制度。……吾故曰，宗法者，辨先

　　　　為「夏朝的統治者建立了宗君合一的宗法性國家，但還未實行封建」（劉廣明《宗法中國》，上海三聯書店，1993年，第9頁）；錢杭認為「完全有理由作出商代已有發展到一定程度的宗法的判斷」（錢杭《周代宗法制度史研究》，學林出版社，1991年，第2頁）；程維榮認為「商朝以血緣為紐帶，實行宗法制」（程維榮《中國繼承制度史》，東方出版中心，2006年，第28頁）。

〔註19〕錢杭：《周代宗法制度史研究》，學林出版社，1991年，第1頁。
〔註20〕參見錢宗範：《周代宗法制度研究》，廣西師範大學出版社，1989年，第1頁。
〔註21〕郝懿行：《爾雅義疏》，上海古籍出版社，1983年，第618頁。
〔註22〕許慎：《說文解字》，中華書局，1985年，第242、220頁。
〔註23〕段玉裁：《說文解字注》，上海古籍出版社，1981年，第565頁。
〔註24〕《宋本玉篇》，中國書店，1983年，第313頁。
〔註25〕陳立：《白虎通疏證》，中華書局，1994年，第393～398頁。
〔註26〕徐元瑞：《吏學指南》，浙江古籍出版社，1988年，第89頁。
〔註27〕陳其南：《家族與社會》，聯經出版事業公司，1990年，第217頁。
〔註28〕孫希旦：《禮記集解》，中華書局，1989年，第917頁。

祖宗廟昭穆親疏之法也。」〔註29〕又，《呂氏春秋・慎勢》：「故先王之法，立天子不使諸侯疑焉，立諸侯不使大夫疑焉，立適子不使庶孽疑焉。……適孽無別則宗族亂。」〔註30〕《禮記・大傳》：「親親也，尊尊也，長長也，男女有別，此其不可得與民變革者也。」〔註31〕宗族制度須明嫡庶之別，尊卑之等，這就自然地將宗子制度囊括其中。而「宗法制度必然與宗廟制度、祖先崇拜、血緣關係、尊卑等級有關」〔註32〕，因此，將宗法解釋為宗族之法，顯然要比將其解釋為宗子法更為周全。

據此，本文採用唐仁郭、錢宗範等對宗法所下的定義，認為宗法就是以父權、族權、夫權、神權為特徵的，包含著階級對抗內容的一種宗族家族之法。〔註33〕以此為據，本文將中華民族神話與宗法之間的深層聯繫，稱為中華民族神話的宗法化。所謂中華民族神話的宗法化，是指宗法制約下中華民族神話所有層面的宗法化，也就是中華民族神話的內容表述、文化闡釋、審美特徵、意義生成等等，無不圍繞宗族社會的父權、族權、夫權、神權而展開，其中既帶有原始宗法的特點，又帶有宗族奴隸制的特色，同時還烙有宗法封建制的印記。〔註34〕中華民族神話宗法化的總體原則，是圍繞宗族家族歷史記憶以確定天人關係、人倫彝則、社會秩序，即以神權正王權，以尊尊定親親，以宗統主君統。中華民族神話宗法化的核心內容，則主要是由祖先崇拜而來的共同祖先的認同，以及由以延祖嗣而來的太平大同。本文在研究和論述中華民族神話的宗法化時，就是在釐清中華民族神話宗法化的內在動因，考證中華民族神話宗法化歷史進程的基礎上，圍繞上述層面而展開，並逐步向前衍生的。

〔註29〕丁山：《宗法考源》。見丁山《古代神話與民族》，商務印書館，2005年，第146頁。

〔註30〕張雙棣、張萬彬、殷國光、陳濤：《呂氏春秋譯注》，吉林文史出版社，1987年，第581頁。

〔註31〕孫希旦：《禮記集解》，中華書局，1989年，第907頁。

〔註32〕程維榮：《中國繼承制度史》，東方出版中心，2006年，第32頁。

〔註33〕參見唐仁郭、錢宗範等：《中國少數民族宗法制度研究》，江西高校出版社，2006年，第4頁。

〔註34〕唐仁郭、錢宗範等認為：由原始氏族部落組織轉化而來的宗族、家族制度是原始宗法制度，這種原始宗法制度和奴隸制度、封建制度相結合，便形成了宗族奴隸制和宗法封建制。參見唐仁郭、錢宗範等《中國少數民族宗法制度研究》，江西高校出版社，2006年，第19頁。

第三節　中華民族神話宗法化的研究意義

　　研究中華民族神話的宗法化，具有極為重要的學術意義。這主要體現在如下層面。

　　第一，迄今為止，有關中華民族神話與宗法之間的關係的研究，還是一個尚待開拓的學術空白領域。已有的宗法制度以及中國神話的專項研究，無疑取得了極為豐碩的成果，但已有的宗法制度研究並未有意識地將神話納入其中，而已有的中國神話研究也沒有從宗法視角出發來解讀中國神話，因此，中華民族神話宗法化研究，將在豐富已有研究的基礎上，深化對中華民族歷史文化的認識。

　　第二，宗法文化為中國各民族所共有，「只承認漢族有宗法文化，不承認少數民族有宗法文化的觀點是完全錯誤的」〔註35〕，而「中國古代社會建立在無數個各自以血緣紐帶聯繫族人的宗族基礎上，屬於宗族社會」〔註36〕，因此，別樣表述現實生活的中華民族神話，必然離不開宗法。這就意味著，研究和論述中華民族神話的宗法化，有助於整體審視中華民族神話的共同特點，闡釋其所呈現出來的祖先崇拜、尊卑等級、家國一體、以延祖嗣等意義的系統關聯性，彰顯中華民族神話的深層文化意義。

　　第三，中國各民族共同創造的神話，不僅是我國豐富多彩的歷史文化的一部分，也是我國豐富多彩的現代文化的一部分。而「中國的宗法文化是強調民族團結和祖國統一的」〔註37〕，宗法文化的這一特點，又因為中華民族神話所彰顯出來的祖先崇拜、家國一體意識，得到了持續不斷的強化。因此，研究和論述中華民族神話的宗法化，就能從神話層面解析中華民族的同根同源，以及中華民族命運共同體的形成。

〔註35〕唐仁郭、錢宗範等：《中國少數民族宗法制度研究》，江西高校出版社，2006年，第42頁。

〔註36〕程維榮：《中國繼承制度史》，東方出版中心，2006年，第7頁。

〔註37〕唐仁郭、錢宗範等：《中國少數民族宗法制度研究》，江西高校出版社，2006年，第44頁。

第一章 中華民族神話宗法化的內在動因

　　中華民族神話的宗法化，建立在中華民族神話的產生以及發展時期，與宗法的產生及其發展時期同步的事實基礎上。這一事實，已為考古學材料與歷代文獻所證實。

　　考古學材料已經證實，遠在我國北方地區新石器時代的紅山文化遺存中，就已存在高級階段的祖先崇拜和祭祀活動，1983～1985 年在遼寧建平、凌源間牛河梁發現的積石冢與女神廟就是明證。「女神廟位於主樑頂部，表層經試掘，為平面呈『中』字形的半地穴式，方向北偏東 20°。主體由主室、東西側室、北室和南三室連為一體，另有南單室。總範圍南北長 25 米、東西寬 2～9 米，面積 75 平方米。……人物塑像已出殘件分屬六個個體，其中相當於真人原大的女神頭像位於主室西側；相當於真人兩倍的面部、手臂、腿部位於西側室，經拼接約為盤腿正坐式，與東山嘴所出姿態相同；相當於真人三倍的鼻、耳位於主室中心。神像寫實而神化，應為祖先偶像，且為圍繞主神的群神崇拜，說明已進入祖先崇拜的高級階段」，「積石冢位於山崗頂部。……中心大墓一崗一座，置於崗頂中央，是『一人獨尊』觀念的體現。積石冢附近往往有祭壇分布，冢和壇的形狀或方或圓，或方與圓結合為一體，說明紅山人已具備方圓觀念（或即天圓地方觀念）」。〔註1〕積石冢與女神廟所呈現出來的祖先崇拜與祭祀觀念，正是宗法的兩大核心內涵；雖然女神廟所呈現出的女性祖先崇拜，並

〔註1〕遼寧省文物考古研究所：《牛河梁遺址》，學苑出版社，2004 年，第 11～15、27 頁。

非宗法意義上的男性祖先崇拜，但它無疑是原始宗法制度的先導。正是在這一意義上，紅山文化不僅被看作中華文明的北方源頭，「有的還與商族起源問題聯繫起來考察」〔註2〕。而 2012 年在內蒙古敖漢旗興隆溝遺址發現的陶塑人像則表明，到紅山文化晚期時，男性祖先崇拜就已經十分成熟了。「人像為泥質紅陶，盤坐狀，背略弧，身體為筒罐狀，略前傾，雙手交插放於雙腳之上，頭帶冠，冠頂有髮髻挽成露於冠外，中間繫繩，繩頭搭於前額。頭像顴骨較高，深眼窩，二目圓睜，嘴向前伸張，呈『O』形，似語狀。人像五官比例協調，捏塑逼真，形神兼備，氣韻生動。這尊寫實人像距今約 5300 年，似屬紅山文化晚期的巫者或王者。」〔註3〕學者多認為，該陶塑是男性老者，而塑像出在房屋內，則表明其同時還兼有祖先崇拜的職能。栩栩如生的陶塑雕像，說明此人在紅山文化社會中有著廣泛的影響力和絕對的領導權力，生前應是王、巫、先祖三位一體的人物。

　　與此同時，氏族族葬向家族族葬的轉變，以及其所蘊含的氏族觀念向家族觀念演進的脈絡，在考古學材料中也清晰可見。恩格斯在敘述易洛魁人的氏族特徵時指出：「氏族有著共同的墓地……在墓地上，每一氏族都獨成一排。」〔註4〕這種形式的氏族族葬，在半坡氏族墓葬中可以見到。「半坡氏族的墓葬共發現 250 座，可以分成兩種：一種是埋葬成人的墓，共 174 座；一種是埋葬小孩的墓，共 76 座。成人墓多埋葬在大溝外北部的氏族公共墓地上，一小部分在溝外的東部和東南部。」〔註5〕這種氏族族葬，顯然是氏族觀念的產物。「由於父權制的建立，男性祖先的崇高地位在靈魂觀念中也相應確立了，這反映在喪葬上便是婦女隨夫而葬的男女合葬現象。同時，隨著擁有私產的父系家族的崛起，父系氏族晚期還在氏族墓地內出現了相對獨立的家族墓地。」〔註6〕劉林大汶口文化遺址中發現的公共墓地，可以劃分成六個墓群，從第一到第六個墓群中，分別葬墓 24、24、28、21、47、115 座。「整個墓地可以分成若干墓群，而且人架排列有序。我們認為它應當是當時的氏族公共葬地，這些一個

〔註2〕費孝通主編：《中華民族多元一體格局》（修訂本），中央民族大學出版社，2003年，第 57 頁。

〔註3〕吉日嘎拉：《內蒙古赤峰市敖漢旗興隆溝遺址挖掘報告》，《赤峰學院學報（漢文哲學社會科學版）》，2012 年第 11 期，第 1 頁。

〔註4〕中共中央馬克思恩格斯列寧斯大林著作編譯局：《馬克思恩格斯選集》（第四卷），人民出版社，1972 年，第 84 頁。

〔註5〕中國科學院考古研究所：《西安半坡》，文物出版社，1963 年，第 198 頁。

〔註6〕徐吉軍：《中國喪葬史》，江西高校出版社，1998 年，第 10 頁。

個的墓群則很可能是血緣關係更為密切的家族葬地。」〔註7〕這就意味著，至遲到父系氏族晚期時，氏族族葬已經開始向家族族葬轉變。與這一轉變相伴而生的，自然是由氏族觀念而來的家族觀的成熟。這一情形，也可以從當時的居住遺址中得到證明。「河南淅川下王崗發現長一百多米的房子，有三十二個單間，每間有一個火塘。」〔註8〕這顯然是一個包含有 32 個小家庭的大家族住房。如此龐大的家族聚族而居，說明到仰韶文化晚期時，家族觀已經十分成熟了。進入文明社會後的二里頭文化墓葬，其在宗廟、宮殿區附近及埋在祭祀場所的墓葬的性質，雖然還有待進一步研究，但其墓葬布局所反映出的聚族而葬的特點，則是可以肯定的。〔註9〕「二里頭文化第四期（或至少是其偏晚階段）屬於商代早期的『後夏文化』」〔註10〕，其與商文化的聯繫可以想見；而殷墟的族墓地「是一塊宗族墓地，每一墓區代表一個族，各族有自己的族徽，墓區中的小區是家族墓地」〔註11〕，也就是典型的家族族葬，由此可見，家族觀的成熟與家族族葬的出現，必然導向宗族觀的形成與宗族族葬的出現。

　　以上考古材料說明，氏族公社時期，由女性祖先崇拜而來的男性祖先崇拜觀的成熟，以及由氏族觀而來的家族觀的成熟，為原始宗法制向宗族奴隸制的轉化，奠定了堅實的基礎。而中華民族神話的產生，正與這一歷史時期同步。此後，中國社會正式步入宗法社會。這一點，已為歷代文獻所證實，並被大多學者所認可。而中華民族神話的載錄，也就是中華民族神話的發展，則與這一歷史進程始終同步前行。

　　意識是行動的先導。中華民族神話的產生及其發展既然與宗法同步，也就必然地與宗法有著深層的內在聯繫。這種深層的內在聯繫，既體現在宗法所界定規範的中國歷史模式對中華民族神話的先在制約上，也體現在宗法倫理對中華民族神話的原初影響，以及宗族社會對中華民族神話的現實指引上，同時還體現在宗法思維模式與神話思維模式的同一之中。所有這些，正是中華民族神話宗法化的內在動因。

〔註7〕南京博物院：《江蘇邳縣劉林新石器時代遺址第二次發掘》，《考古學報》，1965
　　　　年第 2 期，第 45 頁。
〔註8〕林耀華主編：《原始社會史》，中華書局，1984 年，第 337、29。
〔註9〕參見中國社會科學院考古研究所：《中國考古學·夏商卷》，中國社會科學出版
　　　　社，2003 年，第 103 頁。
〔註10〕中國社會科學院考古研究所：《中國考古學·夏商卷》，中國社會科學出版社，
　　　　2003 年，第 29 頁。
〔註11〕楊錫璋：《商代的墓地制度》，《考古》，1983 年第 10 期，第 931 頁。

第一節　歷史模式對中華民族神話的先在制約

　　中華民族神話既然是中華民族歷史記憶的後代轉述，就必然會受到中國歷史模式的先在制約。這是因為，中國古代歷史總會在其演進中呈現出某種規律，比如說「其興也悖焉……其亡也忽焉」〔註12〕，進而可以依此概括出某種歷史模式，而記載和解釋中華民族初民一系列活動進程和歷史事件的中華民族神話，也就會自然地遵循這種歷史模式而歷史化。

一、中國歷史模式及其與宗法的關係

　　「隨著人，我們進入了歷史。」〔註13〕要追尋中華民族的歷史，就需要回溯中華文明所由起。

　　王仁湘認為，農牧文化互動，是中國古代文明演進的歷史模式。〔註14〕中華文明的演進，正是遵循「原始農業的出現先於畜牧，而畜牧業的發展又促進農業的進步」〔註15〕這一路徑的。考古學材料已經證實，「農業是在一萬年前後出現的」〔註16〕。半坡遺址發現的直口大底陶罐已專作儲藏穀物種子用，而另一種用皿狀器作蓋的陶罐中則發現有保存完好的粟穀。〔註17〕「我國新時期時代早期的磁山、裴李崗遺址發現穀物加工工具，證實公元前五千多年我國已有原始農業，浙江餘姚河姆渡遺址的大量稻穀和精緻骨耜的發現，說明公元前五千年我國的原始農業已經有了初步的發展了。」〔註18〕與此同時，「由於狩獵技術的發展以及農業的出現，人類開始了定居生活，為動物的馴養提供了必要的條件。從此，在條件適宜的地區興起了以游牧為主的畜牧經濟，在其他地區則以農業生產為主，兼營家畜飼養」〔註19〕。進入階級社會後，農牧文化的互動，繼續推動中華文明前行，「陶寺文化的農業、畜牧業、手工業等已發展

〔註12〕 阮元：《十三經注疏》，中華書局，1980年，第1770頁。
〔註13〕 於光遠等譯編：《恩格斯自然辯證法》，人民出版社，1984年，第18頁。
〔註14〕 中國社會科學院考古研究所夏商周考古研究室：《三代考古》，科學出版社，2009年，第425頁。
〔註15〕 林耀華主編：《原始社會史》，中華書局，1984年，第235頁。
〔註16〕 宋兆麟、黎家芳、杜耀西：《中國原始社會史》，文物出版社，1983年，第129頁。
〔註17〕 中國科學院考古研究所：《西安半坡》，文物出版社，1963年，第124頁。
〔註18〕 林耀華主編：《原始社會史》，中華書局，1984年，第229頁。
〔註19〕 宋兆麟、黎家芳、杜耀西：《中國原始社會史》，文物出版社，1983年，第141頁。

到相當高的水平」〔註20〕。進入文明社會的「二里頭文化的栽培作物主要是水稻和穀子，還發現小麥、高粱等作物的線索」，「作為農業之外的輔助經濟，畜牧、漁獵都是二里頭時期生活資料的重要來源」。〔註21〕與此相應，「農業是商代社會經濟的基礎部門。考古發現的商文化遺址，無論是早、中商的，或者晚商的，除了偃師商城、鄭州商城、殷墟等城市遺址外，基本是定居農業遺址。例如，在安陽殷墟東西的洹河兩側分布有許多商文化遺址，這些遺址靠近水源，土壤發育良好，應與農業生產有關」，「在商代，畜牧業粒（當為也）發達。在早商的遺址中，有很多牛、豬、狗和羊的骨頭。最近（指1998年），在殷墟洹北花園莊中商時期的遺址中，發現了一批動物骨骼。其中屬家畜的動物有黃牛、水牛、綿羊、豬、犬和雞等」。〔註22〕丁山先生也指出：「商代畜牧與穀物並重。」〔註23〕農牧文化的互動，終於使得「我國古代文化，至周而極盛，往昔積漸萌生之理想，及是時則由渾而畫，由曖昧而辨晢」〔註24〕。

此後，秦漢時期的文化發展、魏晉時期的文化自覺、唐文化的兼容恢弘、兩宋文化的造極一時、元文化的通俗多元、明文化的宏大精緻、清文化的集大成，無不得益於農牧文化的互動。其中，尤以魏晉文化、唐文化得益於農牧文化互動為著。對此，陳寅恪先生有著極為精到的論述。「魏晉時期，進入中原的各族，在文化上、社會經濟上都在漢化，雖然深淺不同，也不是整齊劃一，但表明了一種傾向，胡族與胡族之間的融合，將讓位於胡漢之間的融合；以地域區分民族，將讓位於以文化區分民族。」〔註25〕這種「以文化區分民族」的「胡漢之間的融合」，也就是農牧文化的互動，既使中國文化進入了一個新的自覺上升期，更直接促成了「吾國中古極盛之世」〔註26〕隋唐的來臨。《朱子語類》卷第136《歷代三》：「唐源流出於夷狄，故閨門失禮之事，

〔註20〕 中國社會科學院考古研究所：《中國考古學·夏商卷》，中國社會科學出版社，2003年，第60頁。

〔註21〕 中國社會科學院考古研究所：《中國考古學·夏商卷》，中國社會科學出版社，2003年，第107、108頁。

〔註22〕 中國社會科學院考古研究所：《中國考古學·夏商卷》，中國社會科學出版社，2003年，第370、372頁。

〔註23〕 丁山：《中國古代宗教與神話考》，龍門聯合書局，1961年，第532頁。

〔註24〕 蔡元培：《中國倫理學史》，上海書店，1984年，第5頁。

〔註25〕 萬繩楠整理：《陳寅恪魏晉南北朝史講演錄》，黃山書社，1987年，第100頁。

〔註26〕 陳寅恪：《隋唐制度淵源略論稿·唐代政治史述論稿》，北京三聯書店，2001年，第3頁。

不以為異。」〔註27〕據此，陳寅恪先生申而論之：

朱子之語頗為簡略，其意未能詳知。然即此簡略之語句亦含有種族及文化二問題，而此二問題實李唐一代史事關鍵之所在，治唐史者不可忽視者也。茲請先論唐代三百年統治階級中心皇室之氏族問題，然後再推及其他統治階級之種族及文化問題。若以女系母統言之，唐代創業及初期君主，如高祖之母為獨孤氏，太宗之母為竇氏，即紇豆陵氏，高宗之母為長孫氏，皆是胡種，而非漢族。故李唐皇室之女系母統雜有胡族血胤，世所共知，不待闡述。

據可信之材料，依常識之判斷，李唐先世若非趙郡李氏之「破落戶」，即是趙郡李氏之「假冒牌」。

然則李唐之稱西涼嫡裔，即所謂「並令其為宗長，仍撰譜牒，紀其所承」，其改趙郡郡望為隴西郡望，即所謂「又以關內諸州為其本望」。

然則李唐血統其初本是華夏，其與胡夷混雜，乃一較晚之事實也。

李唐皇室者唐代三百年統治之中心也，自高祖、太宗創業至高宗統御之前期，其將相文武大臣大抵承西魏、北周及隋以來之世業，即宇文泰「關中本位政策」下所結集團體之後裔也。自武曌主持中央政權之後，逐漸破壞傳統之「關中本位政策」，以遂其創業垂統之野心。故「關中本位政策」最主要之府兵制，即於此時開始崩潰，而社會階級亦在此際起一升降之變動。

武周統治時期不久，旋復為唐，然其開始改變「關中本位政策」之趨勢，仍繼續前行。訖至唐玄宗之世，遂完全破壞無遺。而天寶安史亂後又別產生一新世局，與前此迥異矣。夫「關中本位政策」既不能維持，則統治之社會階級亦必有變遷。此變遷可分中央及藩鎮兩方敘述。〔註28〕

陳寅恪先生的這段論述，釐清了唐史上至為關鍵的幾個問題：第一，「李唐皇室之女系母統雜有胡族血胤」；第二，「李唐血統其初本是華夏」，後與胡

〔註27〕黎靖德編：《朱子語類》，中華書局，1986年，第3245頁。

〔註28〕陳寅恪：《隋唐制度淵源略論稿·唐代政治史述論稿》，北京三聯書店，2001年，第183、194、195、196、202、202～203頁。

夷混雜；第三，「自高祖、太宗創業至高宗統御之前期，其將相文武大臣」是「宇文泰『關中本位政策』下所結集團體之後裔」；第四，安史之亂前後，唐朝政策的施行和改變，均為「關中本位政策」所左右。「關中本位政策」的目的是融合關隴地區的胡漢民族為一體，「改易隨賀拔岳等西遷有功漢將之山東郡望為關內郡望，別撰譜牒，紀其所承，又以諸將功高者繼塞外鮮卑部落之後，亦是施行『關中本位政策』之例證」〔註29〕。這就是說，「關中本位政策」本身就是農牧文化互動的產物。既然安史之亂前後唐朝政策的施行和改變均為「關中本位政策」所左右，再加上唐朝統治階級都帶有胡漢血統，因此，唐文化的兼容並蓄、恢弘闊大，無疑是農牧文化互動的結果。

中國文明的每一次前行，誠然離不開農牧文化的互動；但這並不意味著，農牧文化互動這一歷史模式，可以用來周全地解釋中國古代歷史發展中的所有問題，比如說歷史週期律。這是因為，文明演進與王朝興亡之間，儘管有著緊密的關聯，但二者畢竟有所不同；而要想周全地解釋歷史週期律，就離不開循環模式。安延明認為，中國循環模式是鏈式展開：「『循環』是對諸鏈環的共有運動方式的理論抽象。另一方面，就該鏈條中的每一鏈環的特性而言，它們有可能一個不同於另一個。一個王朝覆滅了，但是一個新的王朝在其廢墟上建立起來；這個新的王朝可能接受前朝壞的或好的教訓，從而使自己的統治在時間和質量上不同於前朝。所謂的『延展性』就存在於新週期的無限再生中，存在於新鏈環的必然形成中。」〔註30〕這一論斷，實際上是循環論與直線論的調和，雖然能有效解釋新舊王朝的興亡，但並不能直觀地呈現出王朝興亡變化的具體高下軌跡。我以為，中國循環模式並非鏈式展開，而是齒狀循行，即遵循從低谷上升到巔峰再跌落到低谷這一發展規律的週期性無限再生。中國古代歷史正是農牧文化互動下齒狀循行的歷史。或者說，農牧互動的齒狀循行，就是中國歷史模式。所謂農牧互動的齒狀循行，就是以農牧互動為推手，以齒狀循環為核心，以大同太平為目標的週期性無限再生。因此，要想明瞭這一歷史模式的內涵，應當在探尋循環內涵所指的基礎上，再推及其餘。

傳統觀點普遍認為，循環就是三教循環。何為三教？《禮記・表記》：「夏

〔註29〕陳寅恪：《隋唐制度淵源略論稿・唐代政治史述論稿》，北京三聯書店，2001年，第 198～199 頁。
〔註30〕安延明：《歷史循環理論的兩種模式》，《哲學研究》，2015 年第 8 期，第 102頁。

道尊命，事鬼敬神而遠之，近人而忠焉。先祿而後威，先賞而後罰，親而不尊。……殷人尊神，率民以事神，先鬼而後禮，先罰而後賞，尊而不親。……周人尊禮尚施，事鬼敬神而遠之，近人而忠焉。其賞罰用爵列，親而不尊。」〔註31〕夏之忠，殷之敬，周之禮，就是三王之教。孫希旦《集解》：「夏忠勝而敝，其失野，救野莫如敬，故殷人承之而尊神，尊神則尚敬也。……殷敬勝而敝，其失鬼，救鬼莫若文，故周人承之而尊禮尚施，尊禮尚施則文勝。」〔註32〕三教循環，就是在承襲前王教化基礎上的補偏救敝。孫希旦的這一說法，本於《說苑·修文》：「商者，常也。常者，質。質主天。夏者，大也。大者，文也。文主地。故王者一商一夏，再而復者也。正色，三而復者也。味尚甘，聲尚宮，一而復者。故三王術如循環。故夏后氏族教以忠，而君子忠矣，小人之失野。救野莫如敬，故殷人教以敬，而君子敬矣，小人之失鬼。救鬼莫如文，故周人教以文，而君子文矣，小人之失薄。救薄莫如忠。故聖人之與聖也，如矩之三雜，規之三雜。周則又始，窮則反本也。」〔註33〕既然「三王術如循環」，這就為後世治國提供了一個極好的藍本，後人只需遵此施行，「周則又始，窮則反本」即可。這一層意思，《白虎通·三教》說得更為明白：「王者設三教者何？承衰救弊，欲民反正道也。三正之有失，故立三教，以相指受。夏人之王教以忠，其失野，救野之失莫如敬。殷人之王教以敬，其失鬼，救鬼之失莫如文。周人之王教以文，其失薄，救薄之失莫如忠。繼周尚黑，制與夏同。三者如順連環，周而復始，窮則反本。」〔註34〕後世學者也持同一觀點。章太炎《孝經本夏法說》：「《孝經》皆取夏法。」〔註35〕這是從文獻考索層面認同了三教循環。而三教本於事鬼敬神，是親親或尊尊不同形式的具體體現，因此，三教的核心就是宗法。對此，柳詒徵先生有著精闢的論述：「夏道尚忠，復尚孝」，「周、魯宗廟多沿夏世之法。……尊祖敬宗實為報本追遠之正務。……後世之於祭祀，因革損益，代有不同，而相承至今」，「湯則以祖先教號召天下，故因宗教不同而動兵戈。其後之以歲為祀，亦以明其注重祀事，更甚於夏也」，「殷以崇祀而興，以不祀而亡，此尤殷商一朝之特點也」。〔註36〕柳詒徵先生

〔註31〕孫希旦：《禮記集解》，中華書局，1989年，第1309～1310頁。
〔註32〕孫希旦：《禮記集解》，中華書局，1989年，第1310頁。
〔註33〕向宗魯：《說苑校正》，中華書局，1987年，第476～477頁。
〔註34〕陳立：《白虎通疏證》，中華書局，1994年，第369頁。
〔註35〕章太炎：《章太炎全集》（四），上海人民出版社，1985年，第18頁。
〔註36〕柳詒徵：《中國文化史》，上海古籍出版社，2001年，第92、94、115、116頁。

的這一段論述，不僅點明了三教與宗法之間的關係，及其對後世的影響，更指出了王朝興亡與三教循環之間的直接關係。

　　既然三教循環以宗法為圓心，因此，推動三教循環的動力——農牧互動，也就必然是以宗法為核心的胡漢文化互動。這種互動，既建立在胡族自身宗法的基礎上，如「部落解散，昔日的氏族主人，以本氏族的人為徒附，進行耕種，變成大貴族，與土地發生密切的關係。一個氏族也就是一個宗族，族長也就是宗主。北魏的宗主督護制由此而來」〔註37〕；同時，也建立在胡族所受漢族宗法文化影響的基礎上，比如「劉淵以他的漢文化程度，在起兵之後，冒充漢後，以相號召」〔註38〕。《晉書‧劉元海載記》載劉淵起兵之事云：

　　　劉宣等固諫曰：「……今司馬氏父子自相魚肉，此天厭晉德，授之於我。單于積德在躬，為晉人所服，方當興我邦族，復呼韓邪之業，鮮卑、烏丸可以為援，奈何距之而拯仇敵！今天假手於我，不可違也。違天不祥，逆眾不濟；天與不取，反受其咎。願單于不疑。」元海曰：「善。當為崇岡峻阜，何能為培塿乎！夫帝王豈有常哉，大禹出於西戎，文王出於東夷，顧惟德所授耳。」……下令曰：「……曹操父子兄逆相尋。故孝愍委棄萬國，昭烈播越岷蜀，冀否終有泰，旋軫舊京。何圖天未悔禍，後帝蒙辱。自社稷淪喪，宗廟之不血食四十年於茲矣。今天誘其衷，悔禍皇漢，使司馬氏父子迭相殘滅。黎庶塗炭，靡所控告。孤今猥為群公所推，紹修三祖之業。顧茲尪闇，戰惶靡厝。但以大恥未雪，社稷無主，銜膽棲冰，勉從群議。」乃赦其境內，年號元熙，追尊劉禪為孝懷皇帝，立漢高祖以下三祖五宗神主而祭之。〔註39〕

劉淵起兵，源於「司馬氏父子自相魚肉」，亂倫悖常，天厭其德；而他自己「冒充漢後，以相號召」時，又始終抓住漢室「宗廟之不血食四十年於茲矣」做文章，且「立漢高祖以下三祖五宗神主而祭之」，可見其所受漢族宗法影響之深。劉淵所建立的漢國，正是以宗法為核心的胡漢文化互動下三教循環所結出的果實。

　　至於農牧互動的齒狀循行所指向的最終目標——大同太平與宗法之間的

〔註37〕萬繩楠整理：《陳寅恪魏晉南北朝史講演錄》，黃山書社，1987年，第107頁。
〔註38〕萬繩楠整理：《陳寅恪魏晉南北朝史講演錄》，黃山書社，1987年，第101頁。
〔註39〕房玄齡等：《晉書》，中華書局，1974年，第2648～2650頁。

關係，就更為直接了。「『大同』和『太平』作為歷史發展的目的乃是古代中國不同哲學學派的共識。」〔註40〕《墨子·尚同上》：「天下之百姓皆上同於天子，而不上同於天，則菑猶未去也。」〔註41〕「上同於天」，即以天之德為依據，這正是周公「以德配天」思想的直接顯現；而周公的「以德配天」思想，則是周代祖神分離這一宗族祖先崇拜觀的直接產物。「祖神分離，祖先道德化的必然結果，是上帝和天的道德化，否則，得之於上帝的道德化使命就毫無來處，符合宗族倫理規範的各種具體規定逐漸填充著它們的外殼。因此，祖神在血緣上的分離，為它們最終在新的基礎上，也就是在道德上的合一，創造了必要前提。」〔註42〕在此基礎上，《禮記·禮運》繼續向前推伸：「大道之行也，天下為公，選賢與能，講信修睦。故人不獨親其親，不獨子其子，使老有所終，壯有所用，幼有所長，矜、寡、孤、獨、廢、疾者皆有所養，男有分，女有歸。貨惡其棄於地也，不必藏於己；力惡其不出於身也，不必為己。是故謀閉而不興，盜竊亂賊而不作，故外戶而不閉。是謂大同。」〔註43〕孫希旦《集解》：「大道，言道之廣大而不偏私也。行，謂通達於天下也。天下為公者，天子之位，傳賢而不傳子也。選賢與能，諸侯國不傳世，惟賢能者則選而用之也。講信者，談說忠信之行。修睦者，修習親睦之事。男有分者，士、農、工、商各安其業也。女有歸者，嫁不失時也。謀，謂相圖謀也。蓋人之所以相圖謀而至於為盜竊亂賊者，由於身困窮而俗惡薄也。今大道之行如此，則民無不足不贍之患，而有親遜和睦之風，故圖謀閉塞而不興，盜竊亂賊而不作，故門戶之扉從外闔而不關閉也。同，和也，平也。此言五帝之時也。」〔註44〕「廣大而不偏私」之「大道」，就是天之德。「天下為公，選賢與能」，是對「立子立嫡」制度弊端的修正。「談說忠信之行」，是夏之忠、周之文的具體呈現。「修習親睦之事」，是親親尊尊的具體體現。要之，大同就是恪守且完善周代宗法制度後所導向的天下太平。正是在這一意義上，唐君毅先生指出：「宗法制度教為臣下者，由敬祖先以敬宗子，以敬國君，敬天子；教為君上者，由敬天敬祖宗，以愛同宗之族人，愛百姓而安庶民。由是而合家庭之情誼，與社會之組織、政

〔註40〕安延明：《歷史循環理論的兩種模式》，《哲學研究》，2015年第8期，第100頁。

〔註41〕辛志鳳、蔣玉斌等：《墨子譯注》，黑龍江人民出版社，2003年，第59頁。

〔註42〕錢杭：《周代宗法制度史研究》，學林出版社，1991年，第111頁。

〔註43〕孫希旦：《禮記集解》，中華書局，1989年，第582頁。

〔註44〕孫希旦：《禮記集解》，中華書局，1989年，第582～583頁。

治之統系、宗教之情操以為一，再文之以禮樂，則人不易生叛上作亂之心，而天下易趨於安定。」〔註45〕家國同構，就是建立在這一基礎之上的。而「我祖宗只知注重文化，故其對于天下觀念與國家觀念，其間並無劃分之界限。僅以文化為標準，只須異族承受我之文化，即可把他當做自家人看，這那裡還有國家觀念，這完全是天下觀念。所以諸子百家中，天下觀念特別發達。《春秋》之言曰：『夷狄進於中國則中國之。』孔子曰『四海之內，皆兄弟也。』此皆由於『天下一家，中國一人』之思想中產生出來的」，這也就是「以文化統一民族」。〔註46〕因此，以宗法而統一民族，就成為中國歷史的必然選擇。

既然農牧互動的齒狀循行這一歷史模式所包含的三個層面——農牧互動、齒狀循環、大同太平，其內涵所指都是宗法，再加上「周代的宗法制度已成為一種可以變型、轉換而實質不變的歷史模式」〔註47〕，只要中國傳統社會沒有發生根本性改變，宗法制度就會存在於歷史發展的各個時期，並轉換為實質不變的歷史模式，因此，農牧互動的齒狀循行，就是由宗法所界定規範的中國歷史模式。

二、歷史模式與中華民族神話的歷史化

宗法制度所界定、規範的中國歷史模式和中國文化精神，給予了中國人性格、精神、智慧以極為深刻的影響，在中國人的日常生活中發揮了廣泛而又潛在的作用。〔註48〕而承載中國人性格、精神、智慧的，與中國人日常生活息息相關的中華民族神話，因其歷史化，自然就更加不能例外。

「中國的文學家開始採用神話的時候，大部分的神話早已完全歷史化了。幾千年來，黃帝、神農、堯、舜、禹、羿等人，早已成為真正的歷史人物。戰國以後，『好奇之士』偶而記載一些當時還活在人民口頭的關於黃帝等人的『傳說』，然而後代的『守正』的縉紳先生們早已斥為荒誕不經，努力的把這些斷片的神話再加以歷史的解釋。……至於尚未受到歷史化的遺在草萊的神話，就被簡捷地取來作為歷史了。」〔註49〕神話既然被「加以歷史的解釋」，或「被簡捷地取來作為歷史」，就必然會受到歷史模式的先在制約，即依據歷史模式

〔註45〕黃克劍、鍾小霖編：《唐君毅集》，群言出版社，1993年，第265頁。
〔註46〕黃克劍、吳小龍編：《張君勱集》，群言出版社，1993年，第243、250頁。
〔註47〕錢宗範：《周代宗法制度研究》，廣西師範大學出版社，1989年，第391頁。
〔註48〕錢宗範：《周代宗法制度研究》，廣西師範大學出版社，1989年，第392頁。
〔註49〕玄珠：《中國神話研究ABC》，上海書店，1929年，第72～74頁。

記載解釋初民一系列活動進程和歷史事件；儘管這一記載和解釋大多只是以「斷片」形式而存在。或者換一句話說，神話演化的進程，就是其在歷史化的同時，不斷地為中國歷史模式所制約的進程。

伏羲、神農的歷史化正是如此。《世本》述三皇世系：「太昊伏羲氏，炎帝神農氏。」〔註50〕將伏羲、神農納入三皇序列，這大約是伏羲、神農歷史化的開端。《繹史年表》：「太皥庖羲氏，風姓，繼燧人氏有天下，都陳，在位一百十年。或云一百十五年。或云一百六十四年」，「炎帝神農氏，姜姓，都陳，在位一百二十年，或云一百四十五年」。〔註51〕這是在《世本》基礎上歷史化的完備。此時的伏羲、神農神話，已大體具備歷史表述的基本要素了。在此基礎上，伏羲、神農神話持續向前演化。《白虎通・號》：

> 古之時，未有三綱六紀，民人但知其母，不知其父。能覆前而不能覆後。臥之詓詓，行之吁吁，饑即求食，飽即棄餘，茹毛飲血，而衣皮葦。於是伏羲仰觀象於天，俯察法於地，因夫婦，正五行，始定人道。畫八卦以治下，下伏而化之，故謂之伏羲也。謂之神農何？古之人民，皆食禽獸肉。至於神農，人民眾多，禽獸不足。於是神農因天之時，分地之利，制耒耜，教民農作。神而化之，使民宜之，故謂之神農也。〔註52〕

伏羲「因夫婦，正五行，始定人道」，這是宗法層面的直接敘述，神農「分地之利，制耒耜，教民農作」，這是農耕層面的直接敘述；而民「衣皮葦」，伏羲、神農以德化民，則是游牧與三教循環的間接表述。此時，伏羲、神農神話的表述，已開始納入中國歷史模式之下。《帝王世紀第一・自開闢至三皇》：

> 太昊帝庖犧氏，風姓也。蛇身人首，有聖德，都陳。作瑟三十六弦。燧人氏沒，庖犧氏代之，繼天而王，首德於木，為百王先。帝出於震，未有所因，故位在東方主春，象日之明，是稱太昊。制嫁娶之禮，取犧牲以充庖廚，故號曰庖犧。後世音謬，故或謂之宓犧。一號黃熊氏。在位一百一十年。
>
> 神農氏，姜姓也。母曰任姒，有喬氏之女，名女登，為少典妃。遊於華陽，有神農首感女登於尚羊，生炎帝，人身牛首，長於姜水，

〔註50〕秦嘉謨等輯：《世本八種》，商務印書館，1957 年，第 2 頁。
〔註51〕馬驌：《繹史》，中華書局，2002 年，第 1、5 頁。
〔註52〕陳立：《白虎通疏證》，中華書局，1994 年，第 50～51 頁。

因以氏焉。有聖德，以木承火，位在南方，主夏，故謂之炎帝。都
於陳，作五弦之琴。凡八世：帝承、帝臨、帝明、帝直、帝來、帝
衰、帝榆罔。〔註53〕

伏羲「制嫁娶之禮」，直承《白虎通》「始定人道」的敘述，而伏羲「有聖
德」、代燧人氏「繼天而王」，則是《白虎通》以德化民潛在內涵的顯性化，直
接指向了三教循環。至於伏羲「首德於木」，按聞一多先生的說法，是因為「伏
羲是葫蘆的化身，故曰伏羲木德」〔註54〕，而葫蘆則是與此神話相關的伏羲兄
妹而為夫婦造人故事的核心。與此相應，神農「有聖德」而王，其潛在的表述
指向，顯然也是三教循環。司馬貞《三皇本紀》：

太皥庖犧氏，風姓。代燧人氏，繼天而王。母曰華胥，履大人
跡於雷澤，而生庖犧於成紀。蛇身人首，有聖德。仰則觀象於天，
俯則觀法於地，旁觀鳥獸之文，與地之宜，近取諸身，遠取諸物，
始畫八卦，以通神明之德，以類萬物之情。造書契以代結繩之政。
於是始制嫁娶，以儷皮為禮。結網罟以教佃漁，故曰宓犧氏。養犧
牲以庖廚，故曰庖犧。

炎帝神農氏，姜姓。母曰女登，有蟜氏之女，為少典妃。感神
龍而生炎帝，人身牛首，長於姜水，因以為姓。火德王，故曰炎帝，
以火名官。斲木為耜，揉木為耒，耒耨之用，以教萬人。始教耕，
故號神農氏。於是作蜡祭。以赭鞭鞭草木，始嘗百草，始有醫藥。
又作五弦之瑟。教人日中為市，交易而退，各得其所。遂重八卦為
六十四爻。初都陳，後居曲阜。立一百二十年崩，葬長沙。神農本
起列山，故《左氏》稱「列山氏之子曰柱」。亦曰厲山氏，《禮》曰
「厲山氏之有天下」是也。〔註55〕

伏羲「代燧人氏，繼天而王」，「有聖德」，「始制嫁娶，以儷皮為禮」，這
一類的表述，是直承《帝王世紀》而來；而伏羲「始畫八卦，以通神明之德」，
「造書契以代結繩之政」，「結網罟以教佃漁」，則是伏羲神話演化中派生出來
的新的內涵。造書契與畫八卦一樣，本質上都是溝通天人，也就是「以通神明

〔註53〕皇甫謐：《帝王世紀》，齊魯書社，2010年，第2、4頁。
〔註54〕聞一多：《伏羲考》，上海古籍出版社，2006年，第60頁。
〔註55〕司馬遷：《史記》（點校本二十四史修訂本），中華書局，2014年，第4051、
4052～4053頁。

之德」。《淮南子・本經訓》:「昔者倉頡作書而天雨粟,鬼夜哭。」〔註56〕正因為倉頡作書洩露天文,使絕地天通後天人得以再次溝通,所以才會有「天雨粟,鬼夜哭」的景象。《淮南子》與《三皇本紀》所言造書契者雖然不同,一為倉頡,一為神農,這也是中華民族神話演化中常有的現象,但他們造書契的動因以及結果卻並無二致。因此,畫八卦、造書契都是以德化民的表述。而「結網罟以教佃漁」,則在此基礎上,增加了教民漁牧以生民的新的內涵,也就是加入了生民以德的表述。與此相應,神農「火德王」,「始教耕」,也是直承前此有關神農神話的記載而來,這是以德化民、以德生民的表述。神農「作蠟祭。以赭鞭鞭草木,始嘗百草,始有醫藥」,則是神農神話演化中派生出來的新的內涵。神農嘗百草,自然是以德生民的生動寫照;而「作蠟祭」則在以德化民的同時,直接導向圍獵與尊祖,其中所蘊含的深意自是不言而明。以「聖德」化民,教人農牧以生民,歷世而不絕,這正是農牧互動的齒狀循行這一歷史模式的形象表述;而這一歷史模式的形象表述,又是在伏羲、神農神話不斷歷史化的進程中逐漸完成的。因此,可以這樣說,伏羲、神農神話歷史化的進程,就是它們在中國歷史模式制約下不斷演化的進程。

　　如上所述,與伏羲相關的神話,還有伏羲兄妹為夫婦創造人類的神話。最早載錄這一神話的是李冗的《獨異志》:

　　　　昔宇宙初開之時,只有女媧兄妹二人在崑崙山,而天下未有人民,議以為夫婦,又自羞恥。兄即與其妹上崑崙山,呪曰:「天若遣我兄妹二人為夫妻而煙悉合;若不使,煙散。」於是煙即合。其妹即來就兄,乃結草為扇以障其面。今時人取婦執扇,象其事也。〔註57〕

　　儘管李冗所記只是這一神話的片段,但即便在這一「斷片」中,也能見到中國歷史模式對其所施加的影響。伏羲、女媧兄妹婚配是天遣而非人為,也就是說,兄妹成婚是秉承天之德。而「其妹即來就兄」,則是夫權制下婚姻關係的表述。這都指向宗法所界定的歷史模式的某一層面。此後,這一神話在演化過程中,雖然增添了許多新的生動的情節,但其為歷史模式所制約的痕跡,仍然可以從關鍵情節中看出來。據常任俠《沙坪壩出土之石棺像研究》,「瑤族伏羲兄妹故事中尚有伏羲兄妹攀登天梯、到天庭去玩耍的情節」〔註58〕。這應當

〔註56〕劉文典:《淮南鴻烈集解》,中華書局,1989年,第252頁。
〔註57〕李冗、張讀:《獨異志・宣室志》,中華書局,1983年,第79頁。
〔註58〕袁珂:《古神話選釋》,人民文學出版社,1979年,第56頁。

是承伏羲神話「以通神明之德」的表述而來的。而伏羲兄妹舀水給雷王喝，則是好生之德的體現。正是因為這一舉動，雷王才會在「臨去時，拔下一顆牙齒送給他們，並囑咐他倆說：『到了有難之時，你們就把它點種在地裏，會長個大瓜來救你們。』」〔註59〕後來洪水滔天時，正是憑藉從這顆牙齒中長出的葫蘆，伏羲兄妹才得以飄到崑崙山上。此後，兄妹成婚的過程雖然與《獨異志》中所記有所不同，但秉承上天之德而婚配這一中心主旨，卻始終沒有改變。

　　中國歷史模式對神話的制約，當然不止體現於伏羲、神農神話中，其他神話也是這樣，如《論衡・吉驗篇》所載錄的貉族夫餘國緣起神話：

　　　　北夷橐離國王侍婢有娠，王欲殺之。婢對曰：「有氣大如雞子，

　　　　從天而下，故我有娠。」後產子，捐於豬溷中，豬以口氣噓之，不

　　　　死；復徙至馬欄中，欲使馬藉殺之，馬復以口氣噓之，不死。王疑

　　　　以為天子，令其母收取，奴畜之，名東明，令牧牛馬。東明善射，

　　　　王恐奪其國也，欲殺之。東明走，南至掩淲水，以弓擊水，魚鱉浮

　　　　為橋，東明得渡。魚鱉解散，追兵不得渡。因都王夫餘，故北夷有

　　　　夫餘國焉。〔註60〕

　　東明之所以數次遇難而不死，顯然源於天佑。《尚書・咸有一德》：「惟天佑於一德。」〔註61〕而東明最終得以「都王夫餘」，則是有德者終得天下這一觀念的具體體現。《呂氏春秋・孟春紀》：「天下，非一人之天下也，天下之天下也。」〔註62〕《六韜・武韜・順啟》則將這一層意思發揮得更為透徹：「故利天下者，天下啟之；害天下者，天下閉之。生天下者，天下德之；殺天下者，天下賊之。徹天下者，天下通之；窮天下者，天下仇之。安天下者，天下恃之；危天下者，天下災之。天下者，非一人之天下，惟有道者處之。」〔註63〕東明「都王夫餘」是因為有德，橐離國王數次欲殺東明則是無德，而天下「惟有道者處之」，因此，神話的這一表述，就潛在地指向了三教循環。《後漢書・東夷列傳》也載錄了這一神話：

〔註59〕陳慶浩、王秋桂主編：《中國民間故事全集⑥・廣西民間故事集（三）》，遠流
　　　　出版事業股份有限公司，1989年，第35頁。

〔註60〕黃暉：《論衡校釋》，中華書局，1990年，第88～89頁。

〔註61〕《儒學十三經》，北方文藝出版社，1997年，第83頁。

〔註62〕張雙棣、張萬彬、殷國光、陳濤：《呂氏春秋譯注》，吉林文史出版社，1987年，
　　　　第21頁。

〔註63〕曹勝高、安娜譯注：《六韜・鬼谷子》，中華書局，2007年，第69～70頁。

初，北夷索離國王出行，其侍兒於後妊身，王還，欲殺之。侍兒曰：「前見天上有氣，大如雞子，來降我，因以有身。」王囚之，后遂生男。王令置於豕牢，豕以口氣噓之，不死。復徙於馬蘭，馬亦如之。王以為神，乃聽母收養，名曰東明。東明長而善射，王忌其猛，復欲殺之。東明奔走，南至掩滅水，以弓擊水，魚鱉皆聚浮水上，東明乘之得度，因至夫餘而王之焉。於東夷之域，最為平敞，土宜五穀。出名馬、赤玉、貂豽，大珠如酸棗。以員柵為城，有宮室、倉庫、牢獄。其人麤大彊勇而謹厚，不為寇鈔。以弓矢刀矛為兵。以六畜名官，有馬加、牛加、狗加，其邑落皆主屬諸加，食飲用俎豆，會同拜爵洗爵，揖讓升降。以臘月祭天，大會連日，飲食歌舞，名曰「迎鼓」。是時斷刑獄，解囚徒。有軍事亦祭天，殺牛，以蹄占其吉凶。行人無晝夜，好歌吟，音聲不絕。其俗用刑嚴急，被誅者皆沒其家人為奴婢。盜一責十二。男女淫皆殺之，尤治惡妒婦，既殺，復尸於山上。兄死妻嫂。死則有槨無棺。殺人殉葬，多者以百數。其王葬用玉匣，漢朝常豫以玉匣付玄菟郡，王死則迎取以葬焉。〔註64〕

《後漢書》所載錄的這一神話，與《論衡·吉驗篇》所載相較，明顯多出了東明「都王夫餘」之後的一系列情節。在這些多出來的情節中，尤其值得注意的是這樣幾處：第一，「於東夷之域，最為平敞，土宜五穀」，「以員柵為城，有宮室、倉庫、牢獄」，這是農耕生活的描摹；第二，「出名馬、赤玉、貂豽」，這是游牧生活的延續；第三，「以臘月祭天」，「有軍事亦祭天」，這是祖神崇拜的寫照；第四，「男女淫皆殺之，尤治惡妒婦」，這是「因夫婦，定人倫」之舉。凡此等等，無一不是歷史模式某一層面內涵的生動圖解。據此可以斷言，這則神話歷史化的進程，同樣也是在中國歷史模式制約下不斷演化的進程。

需要指出的是，因為片段化的緣故，上述神話只能在某一層面見出其所受中國歷史模式的影響；而在那些體量龐大的史詩中，則可全面見出中國歷史模式對其所產生的深遠影響，如格薩爾王的傳說：

相傳，格薩爾王本上界白梵天王三子中之幼子。時下屆妖魔橫行，殘害百姓，觀音菩薩商之於王，議派天神下凡，降伏妖魔。王之三子與二兄謀，毅然肩此重任。遂降生為一部落小酋長所棄婦之

〔註64〕范曄：《後漢書》，中華書局，1965年，第2810～2811頁。

子。緣格薩爾王尚在母腹時，即為叔父所讒，被驅逐於山野。自孩提至少年，幾無時不在貧困山野中，恒掘地鼠、獵野獸以為食。年15與珠牡結婚，婚後乃借神力稱王，為格薩爾王，是為黑頭人之君長。稱王之次年，即開始南征北討，始降妖魔，繼服18大宗、7中宗、4小宗。中經地獄救妻，末復入地獄救母。所歷戰爭，或大軍對陣，互相衝殺；或獨用計謀，制勝敵人。又常變化無窮，至眾敵俱摧，民害悉除，終乃安置三界，歸還天國。〔註65〕

　　格薩爾是神子推巴噶瓦的化身，在天國一出生就被尊貴的諸神賦予了無上智慧與美德。「覺如5歲時和母親移居到了黃河川，小小年紀的他很快就把這片荒涼的土地改造成了人間天堂。這裡有了熱鬧的集市，宏偉的廟宇，歇腳的客棧……其他部落的百姓都陸續搬到了這裡。」〔註66〕為了降服世間的妖魔，格薩爾王先後除掉了作惡多端的黑魔怪，殺死了白帳王、黑帳王、黃帳王，消滅了姜國的全部軍隊，射死了辛赤王，殺掉了大食國國王，又一鼓作氣攻克了幾十個部落和小邦國，使藏區恢復了往日的平靜。等到藏民們的生活安定後，格薩爾王又闖進地獄，用降服三界的寶弓制服了閻羅王，救出了母親郭姆，同時又把無數的亡靈超度到了淨土。格薩爾王到人間81年，終於實現了讓所有人都過上好日子的願望。「於是，他當著臣民的面，把王位讓給了侄子扎拉。」〔註67〕在格薩爾王的傳說中，農牧互動的齒狀循行這一歷史模式所包含的全部內容——農牧互動、齒狀循環、大同太平，都可以十分清晰地見出。由此而言，格薩爾王歷史化的進程，同樣也是在中國歷史模式制約下不斷演化的進程。又如，因「生動形象地描述了世界形成、人類起源的歷程，融匯了混沌、浪蕩子、盤古、女媧、伏羲、炎帝神農氏、黃帝軒轅氏等許多歷史神話人物事件」〔註68〕，而被稱為「漢族首部創世史詩」〔註69〕的《黑暗傳》，其神話人

〔註65〕《中國各民族宗教與神話大詞典》編審委員會：《中國各民族宗教與神話大詞典》，學苑出版社，1993年，第749頁。

〔註66〕李學勤、潘守永主編：《中國56個民族神話故事典藏·名家繪本·藏族卷》，新蕾出版社，2012年，第9頁。

〔註67〕李學勤、潘守永主編：《中國56個民族神話故事典藏·名家繪本·藏族卷》，新蕾出版社，2012年，第63頁。

〔註68〕《黑暗傳·代序》，見胡崇峻整理《黑暗傳》，長江文藝出版社，2002年，第1頁。

〔註69〕《黑暗傳·代序》，見胡崇峻整理《黑暗傳》，長江文藝出版社，2002年，第1頁。

物事件的歷史化，也是在中國歷史模式的制約下得以完成的。得益於體量的龐大，中國歷史模式所包含的全部內容，同樣也可以在《黑暗傳》中一一清晰地見出。由此我們可以這樣說，中國神話歷史化的進程，就是在宗法所規範的歷史模式制約下不斷演化的進程。

中華民族神話從來就不是脫離現實土壤的懸空的想像。「六經皆史也」〔註70〕，散存於六經之中以及六經之外的中華民族神話，又何嘗不是。中華民族神話的這一特點，使得其必然會以特殊的方式肩負歷史使命：記載歷史以傳之後人，詮釋歷史以昭示來者。於是，遵循歷史模式轉述初民的歷史記憶，就成為中華民族神話的必然選擇。既然中國歷史模式是為宗法所界定規範的農牧互動的齒狀循行，中華民族神話自然就會在歷史化進程中受到這一模式的先在制約。由此，中華民族神話邁出了宗法化的第一步。

第二節　宗法倫理對中華民族神話的原初影響

中華民族神話歷史化的進程，實際上就是神話「神格」漸隱，人性漸張的演進歷程。正如魯迅先生所指出的那樣：「迨神話演進，則為中樞者漸近於人性，凡所敘述，今謂之傳說。傳說之所道，或為神性之人，或為古英雄，其奇才異能神勇為凡人所不及，而由於天授，或有天相者，簡狄吞燕卵而生商，劉媼得交龍而孕季，皆其例也。」〔註71〕既然「中樞者漸近於人性」，那麼，在刻畫「神性之人」或「古英雄」，敘述其「奇才異能神勇」事蹟，並由此描述「人神淆雜」〔註72〕的世界時，中華民族神話也就會自然地以人倫為據，界定規範人與神、人與人、人與自然、人與社會之間的一系列關係，因而也就會不可避免地受到倫理思想的原初影響。

一、中國倫理的宗法特質

論及中國倫理思想之緣起，蔡元培先生指出：「我國倫理學說，發軔於周季」，「我國人文之根據於心理者，為祭天之故習，而倫理思想，則由家長制度而發展，一以貫之，而敬天畏命之觀念，由是立焉」，「天之本質為道德，而其見於事物也，為秩序。故天神之下，有地祇，又有日月星辰山川林澤之神，降

〔註70〕葉瑛：《文史通義校注》，中華書局，1985 年，第 1 頁。
〔註71〕魯迅：《中國小說史略》，上海古籍出版社，1998 年，第 7 頁。
〔註72〕魯迅：《中國小說史略》，上海古籍出版社，1998 年，第 10 頁。

而至於貓虎之屬，皆統攝於上帝。是為人間秩序之模範。《易》曰：『天尊地卑，乾坤定矣。卑高以陳，貴賤位矣。』此其義也。以天道之秩序，而應用於人類之社會，則凡不合秩序者，皆不得為道德。《易》又曰：『有天地然後有萬物，有萬物然後有男女，有男女然後有夫婦，有夫婦然後有父子，有父子然後有君臣，有君臣然後有上下，有上下然後禮儀有所錯。』言循自然發展之跡而知秩序之當重也。重秩序，故道德界惟一之作用為中。中者，隨時地之關係，而適處於無過不及之地者也，是為道德之根本，而所以助成此主義者，家長制度也」，「吾族於建國以前，實先以家長制度，組織社會，漸發展而為三代之封建。而所謂宗法者，周之世猶盛行之，其後雖又變封建而為郡縣，而家長制度之精神，則終古不變。家長制度者，實行尊重秩序之道，自家庭始，而推暨之以及於一切社會也。一家之中，父為家長，而兄弟姊妹又以長幼之序別之。以是而推之於宗族，若鄉黨，以及國家。君為民之父，臣民為君之子，諸臣之間，大小相維，猶兄弟也。名位不同，而各有適於其時地之道德，名為中」。〔註73〕蔡元培先生認為，中國倫理思想發軔於周季，依於祭天故習，以道德為統屬，重秩序，經由家長制發展而來。祭天明德、上下有序、家長本位，正是宗法的重要內容，而周代文化的核心又是宗法，因此，可以這樣說，中國倫理思想本於宗法。而天命觀和德治主義引領下倫理學高度發展與發達的周代，「宗法倫理正是當時全部倫理學發展中的一個重要組成部分。在《尚書》中，我們已經看到字（慈）、孝、良、弟、恭、義、聽、惠、仁、柔、敬、和、中等倫理規範。這些規範在西周時代當然並不一定全都具備宗法倫理的意義，但是它們在春秋以後被改造為宗法倫理的基本成分則是事實」〔註74〕。這就意味著，中國倫理思想的核心，正是以道德規範宗法社會各種秩序的宗法倫理。

這些道德規範，或謂之「六順」，如《左傳·隱公三年》所說的「君義，臣行，父慈，子孝，兄愛，弟敬，所謂六順也」〔註75〕；或謂之「禮」，如《左傳·昭公二十六年》所說的「君令、臣共，父慈、子孝，兄愛、弟敬，夫和、妻柔，姑慈、婦聽，禮也」〔註76〕；或謂之「人義」，如《禮記·禮運》所說的「父慈、子孝、兄良、弟弟、夫義、婦聽、長惠、幼順、君仁、臣忠，十者

〔註73〕蔡元培：《中國倫理學史》，上海書店，1984年，第2、6、8～9、9頁。
〔註74〕錢杭：《周代宗法制度史研究》，學林出版社，1991年，第112頁。
〔註75〕《儒學十三經》，北方文藝出版社，1997年，第627頁。
〔註76〕《儒學十三經》，北方文藝出版社，1997年，第947頁。

謂之人義」〔註77〕。「由於這些規範體現了宗法關係的基本性質，強調以和、順、順從為手段來維護宗法社會的穩定，因此一向被視為宗法倫理最基本的元素。」〔註78〕要之，宗法倫理據於祭天故習，以天道為衡準，以「人義」為規範，以家長制為根基，由此規範自然秩序與社會秩序。對中華民族神話產生原初影響的倫理思想，正是上述宗法倫理思想。

二、宗法倫理與中華民族神話

祭天故習既為宗法倫理所產生的心理根據，「人神淆雜」的神話在處理人神關係時，也就會理所當然地先期受到其影響。較完備地留存祭天情節的神話，有《魏書·高車傳》所載錄的高車族源神話：

> 俗云匈奴單于生二女，姿容甚美，國人皆以為神。單于曰：「我有此女，安可配人，將以與天。」乃於國北無人之地，築高臺，置二女其上，曰：「請天自迎之。」經三年，其母欲迎之，單于曰：「不可，未徹之間耳。」復一年，乃有一老狼晝夜守臺嗥呼，因穿臺下為空穴，經時不去。其小女曰：「吾父處我於此，欲以與天，而今狼來，或是神物，天使之然。」將下就之。其姊大驚曰：「此是畜生，無乃辱父母也。」妹不從，下為狼妻而產子，後遂滋繁成國，故其人好引聲長歌，又似狼嗥。〔註79〕

匈奴單于二女因「國人皆以為神」，不可與人婚配，匈奴單于便以祭天的方式，「築高臺，置二女其上」，「請天自迎之」。這是神話依祭天故習以處理人神關係。四年後，天使狼來，匈奴單于小女「下為狼妻而產子，後遂滋繁成國」，則是神話依祭天故習處理人神關係的自然結果。與此相類的，還有《北史·突厥傳》所載錄的突厥族源神話：

> 突厥者，其先居西海之右，獨為部落，蓋匈奴之別種也。姓阿史那氏。後為鄰國所破，盡滅其族。有一兒，年且十歲，兵人見其小，不忍殺之，乃刖足斷其臂，棄草澤中。有牝狼以肉餌之，及長，與狼交合，遂有孕焉。彼王聞此兒尚在，重遣殺之。使者見在狼側，並欲殺狼。於是若有神物，投狼於西海之東，落高昌國西北山。山

〔註77〕 孫希旦：《禮記集解》，中華書局，1989年，第606～607頁。
〔註78〕 錢杭：《周代宗法制度史研究》，學林出版社，1991年，第113頁。
〔註79〕 魏收：《魏書》，中華書局，1974年，第2307頁。

有洞穴，穴內有平壤茂草，周廻數百里，四面俱山。狼匿其中，遂生十男。十男長，外託妻孕，其後各為一姓，阿史那即其一也，最賢，遂為君長。故牙門建狼頭纛，示不忘本也。〔註80〕

與上則神話相較，這則神話雖然沒有具體的祭天情節，但小兒「與狼交合，遂有孕焉」「遂生十男」「其後各為一姓」等表述，則與上則神話相似，而兩則神話同為匈奴神話，因此，這則神話當是上則神話的變異，貫穿其中的同樣是祭天故習。

上述兩則神話中人與狼交合的情節，在其他神話中，或表述為履巨人跡而生，如《史記・周本紀》所載錄的后稷神話：「周后稷，名弃。其母有邰氏女，曰姜原。姜原為帝嚳元妃。姜原出野，見巨人跡，心忻然說，欲踐之，踐之而身動如孕者。居期而生子，以為不祥，弃之隘巷，馬牛過者皆辟不踐；徙置之林中，適會山林多人，遷之；而弃渠中冰上，飛鳥以其翼覆薦之。姜原以為神，遂收養長之。初欲弃之，因名曰弃。」〔註81〕或表述為承受天命而生，如《蒙古秘史》所指載錄的成吉思汗祖先的降生神話：「成吉思合汗的祖先是承受天命而生的孛兒帖・赤那，他和妻子豁埃・馬蘭勒一同渡過騰汲思海子來到斡難河源頭的不兒罕山前住下，生子名巴塔赤罕。」〔註82〕因歷史化原因，這些神話雖然與上述兩則匈奴神話在情節上有所不同，但其同樣是依於祭天故習，則是可以肯定的。

祭天故敬天，敬天故尊祖，尊祖故敬宗，所以匈奴單于小女的後人「好引聲長歌，又似狼嗥」，突厥小兒的後人於「牙門建狼頭纛，示不忘本也」。從這一層面而言，尊祖敬宗，是神話依祭天故習處理人神關係所導向的必然結果。而以尊祖敬宗為必然導向，則為中華民族神話所共同遵從，如《後漢書・南蠻傳》所載錄的以夜郎及滇為大宗的濮族古國神話：

夜郎者，初有女子浣於遯水，有三節大竹流入足閒，聞其中有號聲，剖竹視之，得一男兒，歸而養之。及長，有才武，自立為夜郎侯，以竹為姓。武帝元鼎六年，平南夷，為牂柯郡，夜郎侯迎降，天子賜其王印綬。後遂殺之。夷獠咸以竹王非血氣所生，甚重之，

〔註80〕李延壽：《北史》，中華書局，1974年，第3285頁。
〔註81〕司馬遷：《史記》，中華書局，1959年，第111頁。
〔註82〕（蒙古）策・達木丁蘇隆編譯，謝再善譯：《蒙古秘史》，中華書局，1956年，第29頁。

求為立後。牂柯太守吳霸以聞，天子乃封其三子為侯。死，配食其父。今夜郎縣有竹王三郎神是也。〔註83〕

夜郎女子浣紗時所得竹中男兒，同樣是承受天命所生，而其由此導向的尊祖敬宗的含意，則在「配食其父。今夜郎縣有竹王三郎神是也」的表述中，見得分外清楚。

又，《元史譯文證補》所載錄的蒙古族神話：

相傳古時蒙兀與他族戰，全軍覆沒，僅遺男女各二人，遁入一山。斗絕險巇，惟一徑通出入。而山中壤地寬平，水草茂美，乃攜牲畜輜重往居。名其山曰阿兒格乃袞。二男，一名腦古，一名乞顏。乞顏，義為奔瀑急流，以其膂力邁眾，一往無前，故以稱名。乞顏後裔繁盛，稱之曰乞要特。乞顏變音為乞要。曰特者，統類之詞也。後世地狹人稠，乃謀出山。而舊徑蕪塞，且苦艱險。繼得鐵礦，洞穴深邃。爰伐木熾炭，篝火穴中。宰七十牛，剖革為筒。鼓風助火，鐵石盡熔，衢路遂闢。後裔於元旦，鍛鐵於爐，君與宗親，次第捶之，著為典禮。〔註84〕

這則神話雖然沒有承受天命而生的類似表述，但神話所導向的尊祖敬宗的本意，同樣在「後裔於元旦，鍛鐵於爐，君與宗親，次第捶之，著為典禮」的表述中，清晰可見。

「伐柯伐柯，其則不遠。」〔註85〕「惟天為大。」〔註86〕「天聰明也，聖人得之；天垂象也，聖人則之」，祭天的目的就是「俯察人事，仰觀天則」。〔註87〕「天有顯道，故人類有法天之義務，是為不容辯證之信仰，即所謂順帝之則者也。此等信仰，經歷世遺傳，而浸浸成為天性，如《尚書》中君臣交警之辭，動必及天，非徒辭令之習慣，實亦於無意識中表露其先天之觀念也。」〔註88〕因此，依祭天故習發展而來的宗法倫理，必然以天道為衡準。而「德者，道之舍，物得以生生，知得以職道之精。故德者，得也。得也者，

〔註83〕范曄：《後漢書》，中華書局，1965年，第2844頁。
〔註84〕楊復吉、錢大昕等：《金史詳校·元史氏族表·元史本證·元史譯文證補》，上海古籍出版社，2002年，第719～720頁。
〔註85〕王先謙：《詩三家義疏》，中華書局，1987年，第541頁。
〔註86〕劉寶楠：《論語正義》，中華書局，1990年，第308頁。
〔註87〕盧照鄰、楊炯：《盧照鄰集·楊炯集》，中華書局，1980年，第2、4頁。
〔註88〕蔡元培：《中國倫理學史》，上海書店，1984年，第7～8頁。

其謂所得以然也」〔註89〕，以天道為衡準就一定會導向重德明德。由此，依祭天故習而來的中華民族神話的倫理表述，也就必然會走上重德明德之路，如《說文》所載錄的女媧神話：「媧，古之神聖女，化萬物者也。」〔註90〕女媧化育萬物，這是天道的直接顯現。

又，《墨子・明鬼下》所載錄的上帝使句芒賜秦穆公19年壽的神話：

> 昔者鄭穆公（當為秦穆公）當晝日中處乎廟，有神入門而左，鳥身，素服三絕（當為玄純），面狀正方。鄭穆公見之，乃恐懼奔。神曰：「帝享女明德，使予賜女壽十年有九，使若國家蕃昌，子孫茂，勿失鄭。」穆公再拜稽首曰：「敢問神明？」曰：「予為句芒。」〔註91〕

秦穆公拿五羊皮換百里奚，赦免了吃他駿馬肉的岐下野人之罪，因為有這些大德，再加上祭天勤勉，所以上帝派句芒賜給他19年的壽命，使他的國家繁榮昌盛，子孫興旺。這是明德的直接表述。

又，皇甫謐《帝王世紀》所載錄的黃帝大戰神農、蚩尤的神話：

> 黃帝有熊氏，少典之子，姬姓也，生壽丘，長於姬水，龍顏，有聖德，受國於有熊，居軒轅之丘，故因以為號。治五氣，設五量。及神農氏衰，黃帝修德撫民，諸侯咸去神農而歸之。黃帝於是乃擾馴猛獸，與神農氏戰於版泉之野，三戰而克之。又征諸侯，使力牧、神皇直討蚩尤氏，擒之於涿鹿之野，使應龍殺之於凶黎之丘。凡五十二戰而天下大服。〔註92〕

黃帝「有聖德」，「修德撫民」，因而能得諸侯之助，克神農，擒蚩尤，終至「五十二戰而天下大服」。神話敘述的立足點，正是重德明德。

與此相互發明的，是《太平御覽》卷七九所引《蔣子萬機論》載錄的黃帝滅四帝的動因：

> 黃帝之初，養性愛民，不好戰伐，而四帝各以方色稱號，交共謀之，邊城日驚，介胄不釋。黃帝歎曰：「夫君危於上，民安於下；主失於其國，其臣再嫁。厥病之由，非養寇耶？今處民萌之上，而四盜亢衡，遞震於師。」於是遂即營壘以滅四帝。〔註93〕

〔註89〕黎翔鳳：《管子校注》，中華書局，2004年，第770頁。
〔註90〕許慎：《說文解字》，中華書局，1985年，第413頁。
〔註91〕辛志鳳、蔣玉斌等：《墨子譯注》，黑龍江人民出版社，2003年，第180頁。
〔註92〕徐宗元：《帝王世紀輯存》，中華書局，1964年，第15頁。
〔註93〕李昉、李穆、徐鉉等：《太平御覽》，中華書局，1960年，第369～370頁。

「黃帝之初，養性愛民，不好戰伐」，這是為了與民休息；而其最終不得不「營壘以滅四帝」，則是為了使民生存。無論是起初的「不好戰伐」，還是最終的不得不戰，黃帝的目的都是為了生民。這正是好生之德的具體呈現。「好生之德，洽於民心。」〔註94〕惟其如此，黃帝才能「五十二戰而天下大服」。

又，《瑪納斯》所載錄的有關柯爾克孜來歷的神話：

> 在遙遠的年代裏，有個叫做葉尼塞的地方。……在那古老的年代裏，有一群人住在這個地方。管理葉尼塞人民的，就是卡里瑪瑪依汗王。……他公正廉潔非同一般，不分親疏，不分貴賤。他像一輪明月，光輝普照人間。……人民得到繁衍生殖；從各地遷來的人們，像流水一樣匯聚此間，人丁興旺，越來越多，這兒成了四十個部落的家園。……四十個部落安下家園。子孫繁衍，人丁興旺。〔註95〕

史詩對卡里瑪瑪依汗王「公正廉潔非同一般，不分親疏，不分貴賤。他像一輪明月，光輝普照人間」諸多美德的盛讚，以及在其管理下，「人民得到繁衍生殖；從各地遷來的人們，像流水一樣匯聚此間，人丁興旺，越來越多，這兒成了四十個部落的家園」的生動描述，無一不是有關卡里瑪瑪依汗王好生之德的形象表述。

「神，天德，化，天道。德，其體，道，其用。」〔註96〕「修之身，其德乃真；修之家，其德有餘；修之鄉，其德乃長；修之於國，其德乃豐；修之於天下，其德乃普。」〔註97〕因此，「古之欲明明德於天下者，先治其國；欲治其國者，先齊其家；欲齊其家者，先修其身；欲修其身者，先正其心；欲正其心者，先誠其意；欲誠其意者，先致其知；致知在格物。物格而後知至，知至而後意誠，意誠而後心正，心正而後身修，身修而後家齊，家齊而後國治，國治而後天下平」〔註98〕。由明明德而來的修齊治平，就成為中華民族神話宗法倫理導向下的基本敘事框架。這一點，在上引神話中，已能見得十分清楚，如黃帝明明德而「天下大服」，卡里瑪瑪依汗王明明德而「子孫繁衍，人丁興旺」，等等，莫不如此。

〔註94〕《儒學十三經》，北方文藝出版社，1997年，第72頁。

〔註95〕劉發俊、朱瑪拉依、尚錫靜翻譯整理：《柯爾克孜族英雄史詩〈瑪納斯〉》，新疆人民出版社，1991年，第1～4頁。

〔註96〕張載：《張載集》，中華書局，1978年，第15頁。

〔註97〕朱謙之：《老子校釋》，中華書局，1984年，第215頁。

〔註98〕朱熹：《四書章句集注》，中華書局，1983年，第3～4頁。

又，《史記‧五帝本紀》所載錄的堯、舜神話：

　　帝堯者，放勳。其仁如天，其知如神。就之如日，望之如雲。
富而不驕，貴而不舒。黃收純衣，彤車乘白馬。能明馴德，以親九
族。九族既睦，便章百姓。百姓昭明，和合萬國。

　　舜年二十以孝聞。三十而帝堯問可用者，四嶽咸薦虞舜，曰可。
於是堯乃以二女妻舜以觀其內，使九男與處以觀其外。舜居媯汭，
內行彌謹。堯二女不敢以貴驕事舜親戚，甚有婦道。堯九男皆益篤。

　　舜耕歷山，歷山之人皆讓畔；漁雷澤，雷澤上人皆讓居；陶河濱，
河濱器皆不苦窳。一年而所居成聚，二年成邑，三年成都。〔註99〕

堯聖德廣大，浸潤生人，能明用俊德之士，親睦九族，辯章群臣之父子
兄弟，因而能「和合萬國」。舜大孝，「居媯汭，內行彌謹」。在他的影響下，
不僅其妻恭勤婦道，而且堯九男事舜也越發敦厚謹敬，乃至舜所居之地，百
姓都為舜的聖德所化，紛紛依其而居。幾年之後，舜所居住的地方，就成為
人煙密集的都邑了。神話的敘事框架，正是由明明德而來的修齊治平。在這
一敘事框架中，重道明德是神話的倫理核心，而「人義」則是神話具體闡述
的道德規範。如上引舜神話中，舜有大德，且能以德化人，這是神話的倫理
核心；而「舜順適不失子道，兄弟孝慈」〔註100〕，堯二女「甚有婦道」，「堯
九男皆益篤」，以及堯之仁，舜之忠，凡此等等，則是「人義」的具體表述。
上引其他神話所闡述的道德規範，如黃帝神話中的君義臣行，柯爾克孜來歷
神話中的君仁，堯神話中的君仁、兄弟孝慈，等等，雖然不如舜神話中所闡
釋的道德規範集中全面，但其無疑都屬於「人義」的某一範疇，而且其倫理
的核心，同樣也是重道明德。

　　既然中華民族神話以「人義」為具體的道德規範，而「人義」又是家長制
的產物，這就意味著，中華民族神話的倫理表述，一定是置於家長制背景下的。
這在上引神話中同樣可以清晰地見出，如鐵勒族源神話中匈奴單于二女聽命
於單于，突厥族源神話中阿史那為君長，濮族古國神話中竹中男兒長大後「自
立為夜郎侯」，等等，都是立足於家長制層面的直接表述。又，《山海經‧海內
經》所載錄的鯀禹治水神話：

　　洪水滔天。鯀竊帝之息壤以堙洪水，不待帝命。帝令祝融殺鯀

〔註99〕司馬遷：《史記》，中華書局，1959年，第15、33～34頁。
〔註100〕司馬遷：《史記》，中華書局，1959年，第32頁。

於羽郊。鯀復生禹。帝乃命禹卒布土以定九州。〔註101〕

鯀「不待帝命」而「竊帝之息壤以堙洪水」，這顯然是公然無視天帝即家長威權的行為，因而其為帝令祝融所殺，也就是可以想見的結果。

又，《拾遺記》所載錄的紂王昏亂神話：

> 紂之昏亂，欲討諸侯，使飛廉、惡來誅戮賢良，取其寶器，埋於瓊臺之下。使飛廉等惑所近之國，侯服之內，使烽燧相續。紂登臺以望火之所在，乃興師往伐其國，殺其君，囚其民，收其女樂，肆其淫虐。神人憤怨。時有朱鳥銜火，如星之照耀，以亂烽燧之光。紂乃回惑，使諸國滅其烽燧。於是億兆夷民乃歡，萬國已靜。〔註102〕

紂王「誅戮賢良」，使「侯服之內」「烽燧相續」，「登臺以望火之所在，乃興師往伐其國，殺其君，囚其民，收其女樂，肆其淫虐」，百姓任其宰割而無能為力。直到「朱鳥銜火」「以亂烽燧之光」，紂王這才不得不「使諸國滅其烽燧」，「於是億兆夷民乃歡，萬國已靜」。「億兆夷民」的痛苦與歡樂，天下萬國的動盪與安寧，全憑紂王一人主宰。這正是家長威權張揚到極致的獨特表述。而家長威權張揚到極致的結果，則是「神人怨憤」，「殷之世歷已盡，而姬之聖德方隆。是以三分天下而其二歸周。故蚩蚩之類，嗟殷亡之晚，望周來之遲矣」〔註103〕。於是，神話就在家長制背景下，從反面意味深長地強調了明德的重要性。這就足以說明，中華民族神話的倫理表述以及具體道德規範的闡釋，受到了宗法倫理的深層影響。

「在自然的大化流行中，中國哲學認為人應善體廣大和諧之道，充分實現自我，所以他自己必需殫精竭智，發揮所有潛能，以促使天賦之生命得以完成，正因為自然與人浩然同流，一體交融，均為創造動力的一部分，所以才能形成協合一致的整體。」〔註104〕因此，家長本位的道德規範，必依天尊地卑以定乾坤，據卑高以陳而列貴賤，「天下之理得，而成位乎其中矣」〔註105〕。五方上下是天地之位，五倫上下則是「體天地之撰」〔註106〕而來的正位與得位。由此，家長本位的道德規範所界定的自然與社會秩序的核心，就是依天地之位

〔註101〕袁珂：《山海經校注》，上海古籍出版社，1980年，第472頁。

〔註102〕孟慶祥、商媺姝：《拾遺記譯注》，黑龍江人民出版社，1989年，第50頁。

〔註103〕孟慶祥、商媺姝：《拾遺記譯注》，黑龍江人民出版社，1989年，第50頁。

〔註104〕黃克劍、鍾小霖編：《方東美集》，群言出版社，1993年，第164頁。

〔註105〕阮元：《十三經注疏》，中華書局，1980年，第76頁。

〔註106〕阮元：《十三經注疏》，中華書局，1980年，第89頁。

而來的正位與得位。或者說，以正位得位來界定規範各種秩序，是宗法倫理秩序建構的原則。中華民族神話在構建自然與社會秩序時，所遵從的正是這一原則。如《博物志》所引《尚書・考靈耀》載錄的大地四遊的神話：

> 《考靈耀》曰：地有四遊，冬至地行上北而西三萬里，夏至地行下南而東三萬里，春秋二分其中矣。地恆動而人不知，譬如人在大舟中閉牖而坐，舟行而不覺。天地四方皆海水相通，地在其中蓋無幾也。七戎六蠻，九夷八狄，形類不同，總而言之，謂之四海。
>
> 言皆近海，海之言晦冥無所覩也。〔註107〕

楊炯《公卿以下冕服議》：「夏后氏建寅，殷人建丑，周人建子。」〔註108〕《史記・秦始皇本紀》：「始皇推終始五德之傳，以為周得火德，秦代周德，從所不勝。方今水德之始，改年始，朝賀皆自十月朔。」〔註109〕《史記・孝武本紀》：「夏，漢改曆，以正月為歲首，而色上黃，官名更印章以五字，因為太初元年。」〔註110〕因而《考靈耀》敘大地向四面升降遊動時，在時節順序上先由冬至而夏至，中間又雜以春秋。這是自然秩序的人為確定，即依天地正位。《周禮・夏官司馬》：「惟王建國，辨方正位」，「正朝儀之位，辨其貴賤之等。王南鄉；三公北面東上；孤東面北上；卿大夫西面北上；王族故士、虎士在路門之右，南面東上；大僕、大右、大僕從者在路門之左，南面西上」。〔註111〕所以，《考靈耀》敘大地向四面升降遊動時，在方位次序上則由北而南，自西向東。這是由自然秩序而來的社會秩序的確立，即依天地之位正位得位。《爾雅・釋地》：「東至於泰遠，西至於邠國，南至於濮鉛，北至於祝栗，謂之四極。觚竹、北戶、西王母、日下，謂之四荒。九夷、八狄、七戎、六蠻，謂之四海。」〔註112〕故其由中央而及於「四海」，且認為東南西北諸民族「晦冥無識，不可教誨」〔註113〕的帶有明顯偏見的表述，同樣是由自然秩序而來的社會秩序的確定，即以華夏得位而正「夷夏」之位。由此可見，這則神話建構自然秩序與社會秩序的原則，正是依天地之位而來的正位與得位。

〔註107〕祝鴻傑：《博物志全譯》，貴州人民出版社，1992年，第17頁。

〔註108〕盧照鄰、楊炯：《盧照鄰集・楊炯集》，中華書局，1980年，第75頁。

〔註109〕司馬遷：《史記》，中華書局，1959年，第237頁。

〔註110〕司馬遷：《史記》，中華書局，1959年，第483頁。

〔註111〕孫詒讓：《周禮正義》，中華書局，1987年，第2235、2459頁。

〔註112〕郝懿行：《爾雅義疏》，上海古籍出版社，1983年，第844～846頁。

〔註113〕李昉、李穆、徐鉉等：《太平御覽》，中華書局，1960年，第169頁。

又，《淮南子‧覽冥訓》所載錄的黃帝治天下的神話：

> 昔者，黃帝治天下，而力牧、太山稽輔之，以治日月之行律，
> 治陰陽之氣，節四時之度，正律曆之數，別男女，異雌雄，明上下，
> 等貴賤，使強不掩弱，眾不暴寡，人民保命而不夭，歲時孰而不凶，
> 百官正而無私，上下調而無尤，法令明而不闇，輔佐公而不阿，田
> 者不侵畔，漁者不爭隈，道不拾遺，市不豫賈，城郭不關，邑無盜
> 賊，鄙旅之人相讓以財，狗彘吐菽粟於路而無忿爭之心，於是日月
> 精明，星辰不失其行，風雨時節，五穀登孰，虎狼不妄噬，鷙鳥不
> 妄搏，鳳皇翔於庭，麒麟游於郊，青龍進駕，飛黃伏皁，諸北、儋
> 耳之國莫不獻其貢職。〔註114〕

黃帝以正位得位治天下的良苦用心，以及由此而來的自然秩序與社會秩
序的井然有條，在神話表述中歷歷可見。又，《韓非子‧十過》所載錄的黃帝
合鬼神於泰山的神話：

> 昔者黃帝合鬼神於西泰山之上，駕象車而六蛟龍，畢方並鎋，
> 蚩尤居前，風伯進掃，雨師灑道，虎狼在前，鬼神在後，騰蛇伏地，
> 鳳皇覆上，大合鬼神，作為清角。〔註115〕

王先慎《集解》：「有小泰山稱東泰山，故泰山為西泰山。」〔註116〕裴駰
《史記集解》引張晏語：「天高不可及，於泰山上立封禪而祭之，冀近神靈也。」
〔註117〕因此，黃帝在泰山合鬼神，這是正天地之位；而黃帝乘象車居中，神
鬼、虎狼環繞前後，鳳凰、騰蛇周匝上下，則是明其得位。又上引格薩爾王的
傳說中，格薩爾王本是上界白梵天王之子，下凡後是為了做「藏族人民的君
主」，而其人間之父則「是領地最著名的九個氏族之一穆布咚族的森倫，母親
是龍女的化身郭姆」。〔註118〕這是明其得位。而格薩爾王南征北討，滅妖魔，
定三界，則是顯見的正位之舉。

又，《敦煌本吐蕃歷史文書‧贊普傳記》所載錄的止貢贊普為臣下羅阿木
達孜所殺的神話：

〔註114〕 劉文典：《淮南鴻烈集解》，中華書局，1989 年，第 205～206 頁。
〔註115〕 王先慎：《韓非子集解》，中華書局，1998 年，第 65 頁。
〔註116〕 王先慎：《韓非子集解》，中華書局，1998 年，第 65 頁。
〔註117〕 司馬遷：《史記》，中華書局，1959 年，第 243 頁。
〔註118〕 李學勤、潘守永主編：《中國 56 個民族神話故事典藏‧名家繪本‧藏族卷》，
新蕾出版社，2012 年，第 5、7 頁。

此王乃天神之子，雖賦具常人體型，但與常人迴乎殊異，具有飛昇天界之極大變幻神通，狂躁驕慢，常強令手下與之比武試能。與父王之屬民所謂「父部九臣」，母后之屬民所謂「母部三支」者，皆成仇敵，曾聲言：「爾等敢到犛牛跟前否？（喻勇武）」奴隸皆連連應言：「不敢！不敢！」當時，有一名叫羅阿木達孜者，也說：「不敢！」然而，王不應許，強令與之比武。羅阿木於是啟呈道：「若大王不許吾之所辭，則請授與大王神庫中自動窮刺之戈矛，自動揮舞之長劍，自動穿著之甲胄，自動著戴之兜鍪。以上幾種神通變幻之靈物若能賜與臣下，臣可以與大王一試。」贊普乃將庫藏中所有一切均給予他。羅阿木達孜按期先到娘若香波城堡。後，贊普也到達娘若香波。在娘若臺瓦林中布陣對壘。此時，達孜又向贊普啟請：「請將徑直悠遠的天繩砍斷，將九級天梯朝下放倒。」贊普也如他所請求照准了。此後，羅阿木乃以金矛二百支，拴在一百頭犍牛背上，牛背皆馱以灰囊，牛群相互搏擊，灰囊崩散，煙塵迷漫，羅阿木乃乘此時機向贊普進擊。止貢贊普為護身神道岱拉工甲導引往天宮時，羅阿木自腋下取出小斧砍去，岱拉工甲被投之於第斯雪山之中，因而死去，而止貢贊普亦於彼時遇害。〔註119〕

神話敘事從止貢贊普「乃天神之子」開始，這是明其得位；但止貢贊普「常強令手下與之比武試能」，不以德服人而欲以力服人，則是明顯的失德失位之舉，「父部九臣」「母部三支」都與他成為仇敵就是明證。此後，神話敘事始終圍繞止貢贊普失位而展開。羅阿木達孜不得不與止貢贊普比武時，請求止貢贊普將其庫藏中一切「神通變幻之靈物」都賞賜給他，止貢贊普答應了。這一敘述，是藉剝奪止貢贊普的「神通變幻之靈物」而使其喪失神力，也就是剝奪其位，是失位的進一步強化。羅阿木達孜向止貢贊普進擊時，「止貢贊普為護身神道岱拉工甲導引往天宮」，而羅阿木達孜則以「小斧砍去，岱拉工甲被投之於第斯雪山之中，因而死去」。這一敘述，是斬斷止貢贊普與天神之間的最後關聯，也就是斷其位。因此，失去了天神護佑也就是失位的止貢贊普，最終被羅阿木達孜所殺死，也就是順理成章的事了。於是，這則神話就藉止貢贊普因失位而死，從反面強化了正位與得位的重要性。

〔註119〕 王堯、陳踐譯注：《敦煌本吐蕃歷史文書（增訂本）》，民族出版社，1992年，第157頁。

正位得位，是以祭天故習為心理根據，以家長制為言說背景，以重道明德為倫理根基，以「人義」為倫理規範，由此而界定規範自然秩序與社會秩序的。當中華民族神話依此處理人神關係，描述「人神淆雜」的神話世界時，中華民族神話的倫理言說之途，也就必然地指向宗法倫理。於是，在宗法倫理的影響和推動下，中華民族神話加快了其宗法化進程。

第三節　宗族社會對中華民族神話的現實指引

神話是現實生活的變形反映，而「中國古代社會建立在無數個各自以血緣紐帶聯繫族人的宗族基礎上，屬於宗族社會」〔註120〕，奠定宗族社會根基的「宗族制度對中國人的觀念、意識、心理有著深遠的影響，如慎終追遠、尊祖敬宗、尋根意識、團體意識、互助互愛精神等等，都是由宗族制度派生的」〔註121〕，中華民族神話又以「慎終追遠、尊祖敬宗」等為核心理念，因此，中華民族神話必然是宗族制度的產物，而其所反映的變形的現實生活，也就必然以宗族社會現實生活為藍本。

一、宗族社會的行事準則與生活方式

宗族「的正式出現，當不晚於殷商時代。人類社會最早產生的社會群體是原始群、氏族公社，都是血緣群體，……可以視為宗族的萌芽狀態。大約由於經歷了幾千年的孕育，宗族在殷商一誕生，就比較成熟，到了周代，它的組織制度更臻完善。此後幾度出現危機，磕磕碰碰地延續下來，迄今至少已有三千幾百年的歷史，可以說與中國有文字的歷史並存」〔註122〕。「與中國有文字的歷史並存」的宗族，因其與中華民族神話的載錄傳承同步，不可避免地影響著中華民族神話的衍變；而「古未有今所謂國家。摶結之最大者，即為宗族」〔註123〕，步入文明社會之前的宗族，則因其所具有的「摶結」群體人心的功用，不可避免地影響著中華民族神話的產生。這些影響，集中體現在宗族「摶結」群體人心的精神感召力，以及由此而來的人們的行事準則與生活方式中。

〔註120〕程維榮：《中國繼承制度史》，東方出版中心，2006年，第7頁。
〔註121〕常建華：《宗族志》，上海人民出版社，1998年，第1頁。
〔註122〕馮爾康、閻愛民：《中國宗族》，廣東人民出版社，華夏出版社，1996年，第1頁。
〔註123〕呂誠之：《中國宗族制度小史》，中山書局，1929年，第15頁。

　　宗族經歷了從「原始社會末期的父家長制家族」，到「殷周時期的宗法式家族」，再到「魏晉至唐代的世家大族式家族」的漫長發展歷程。〔註124〕在這一發展歷程中，宗族「將族人凝聚在一起的精神感召力，便是祖先崇拜的觀念」〔註125〕，而祖先崇拜觀念的形象載體，則是宗廟。什麼是宗廟？《說文》：「廟，尊先祖皃也。」〔註126〕段注：「尊其先祖，而以是儀皃之，故曰宗廟。諸書皆曰：『廟，皃也。』《祭法》注云：『廟之言皃也。』宗廟者，先祖之尊皃也。古者廟以祀先祖，凡神不為廟也。為神立廟者，始三代以後。」〔註127〕《釋名・釋宮室》：「廟，貌也，先祖形貌所在也。」〔註128〕《玉篇》：「廟，宗廟也。」〔註129〕《古今注》：「廟者，皃也，所以彷彿先人之靈皃也。」〔註130〕據此，宗廟就是留存祖先形神，以供族人祭祀先祖的所在。

　　宗廟祭祀之禮本於孝。《禮記・祭統》：「祭者，所以追養繼孝也。孝者，畜也。順於道，不逆於倫，是之謂畜。」〔註131〕孫希旦《集解》：「孔氏曰：『親沒而祭之，追生時之養，繼生時之孝也。畜，謂畜養。愚謂順於道，謂立身行道，而能喻諸其親也。不逆於倫，謂承順乎親，而於倫理無所忤也。不逆於倫者，得親之謂；順於道者，順親之謂。』」〔註132〕因此，孝就是得親順親。《說文》：「孝，善事父母者。」〔註133〕《釋名・釋言語》：「孝，好也，愛好父母如所悅好也。」〔註134〕「善事父母」「愛好父母」正是得親順親。具體而言，孝包涵三個方面的內容：「生，事之以禮；死，葬之以禮，祭之以禮。」〔註135〕無論是對父母活著時的承順畜養，死時的以禮安葬，抑或安葬完畢後的虔誠祭祀，其中心都是祭奉祖先神靈，以延祖嗣。《左傳・定公四年》：「滅宗廢祀，非孝也。」〔註136〕楚國

〔註124〕徐揚傑：《中國家族制度史》，人民出版社，1992年，第19頁。

〔註125〕馮爾康、閻愛民：《中國宗族》，廣東人民出版社，華夏出版社，1996年，第2頁。

〔註126〕段玉裁：《說文解字注》，上海古籍出版社，1981年，第798頁。

〔註127〕段玉裁：《說文解字注》，上海古籍出版社，1981年，第798頁。

〔註128〕劉熙：《釋名》，中華書局，1985年，第85頁。

〔註129〕《宋本玉篇》，中國書店，1983年，第408頁。

〔註130〕崔豹：《古今注》，中華書局，1985年，第7頁。

〔註131〕孫希旦：《禮記集解》，中華書局，1989年，第1237頁。

〔註132〕孫希旦：《禮記集解》，中華書局，1989年，第1237頁。

〔註133〕許慎：《說文解字》，中華書局，1985年，第275頁。

〔註134〕劉熙：《釋名》，中華書局，1985年，第52頁。

〔註135〕劉寶楠：《論語正義》，中華書局，1990年，第46頁。

〔註136〕阮元：《十三經注疏》，中華書局，1980年，第2136頁。

郎公辛的這句話，就是在這一意義上言說的。

孝雖然在第一內涵層面上，是指對父母活著時的承順畜養，但其又絕不僅止於此。《論語・為政》：「今之孝者，是謂能養。至於犬馬，皆能有養。不敬，何以別乎？」〔註137〕這就是說，得親順親必須以敬為原則。這就為移孝作忠掃清了障礙。《說文》：「忠，敬也。」〔註138〕《玉篇》：「忠，敬也，直也。」〔註139〕孝與忠就在敬這一層面達成了一致。《孝經・廣揚名》：「君子之事親孝，故忠可移於君。」〔註140〕宗君合一背景下，移孝作忠便成為宗族社會的題中應有之義。在《孝經》所論基礎上，馬融進一步發揮道：「忠也者，一其心之謂也。為國之本，何莫由忠？忠能固君臣，安社稷，感天地，動神明，而況於人乎？夫忠興於身，著於家，成於國，其行一焉。是故一於其身，忠之始也；一於其家，忠之中也；一於其身，忠之終也。」〔註141〕始於孝立於家而復歸於孝的忠，是宗族社會的根本，而其之所以能「興於身，著於家，成於國」，則在於忠孝同歸於一，也就是敬。《說文》：「敬，肅也。」〔註142〕《釋名・釋言語》：「敬，警也，恒自肅警也。」〔註143〕《玉篇》：「敬，恭也，慎也，肅也。」〔註144〕恭、肅既是敬的內涵，也是孝的原則。將恭、肅之心推到極致，必然就是「孝當竭力，忠則盡命」〔註145〕。這正是祖先崇拜觀引領下宗族社會人們的最高行事準則。這一行事準則，既是宗族社會的自然選擇，也是「生相親愛，死相哀痛」〔註146〕的宗族生活義理性的強化。

宗族社會人們的生活方式，是明世系的同宗宗族集群式聚居，及其與異姓宗族集群之間的交互活動。

明世系，就是明宗族九代五世相承系統。《禮記・喪服小記》：「親親以三為五，以五為九，上殺、下殺、旁殺而親畢矣。」〔註147〕孫希旦《集解》：「親

〔註137〕劉寶楠：《論語正義》，中華書局，1990年，第48～49頁。
〔註138〕許慎：《說文解字》，中華書局，1985年，第350頁。
〔註139〕《宋本玉篇》，中國書店，1983年，第161頁。
〔註140〕阮元：《十三經注疏》，中華書局，1980年，第2558頁。
〔註141〕《忠經・孝經》，吉林攝影出版社，2003年，第5頁。
〔註142〕許慎：《說文解字》，中華書局，1985年，第303頁。
〔註143〕劉熙：《釋名》，中華書局，1985年，第52頁。
〔註144〕《宋本玉篇》，中國書店，1983年，第508頁。
〔註145〕李逸安譯注：《三字經・百家姓・千字文・弟子規》，中華書局，2009年，第144頁。
〔註146〕陳立：《白虎通疏證》，中華書局，1994年，第393～398頁。
〔註147〕孫希旦：《禮記集解》，中華書局，1989年，第864頁。

親以三為五者，己上親父，下親子，並己為三。又以父而親父之父，則及祖，以子而親子之子，則及孫，是以三為五也。以五為九者，己上親祖，下親孫，為五。又以祖而親祖之父、祖，則及曾祖、高祖，又以孫而親孫之子、孫，則及曾孫、玄孫，是以五為九也。上殺者，謂服之由父而上而漸殺者也。……下殺者，謂服之由子而下而漸殺者也。……旁殺者，謂由己殺己之昆弟，由父、祖而殺父、祖之昆弟，由子、孫而殺子、孫之昆弟。」〔註148〕九代之親是直系宗親，旁殺之親則是旁系宗親。

明世系的形象載體是宗廟。《禮記·王制》：「天子七廟，三昭三穆，與大祖之廟而七。」〔註149〕鄭注：「此周制。七者，大祖及文王、武王之祧與親廟四。大祖，后稷。」〔註150〕孫希旦《集解》：「三昭三穆，四親廟與高祖之父、高祖之祖也。」〔註151〕《全唐文》卷516引李嶠《獻懿二祖宜藏夾室議》：「周制也。七者，太祖及文王、武王之祧，與親廟四也。太祖，后稷也。」〔註152〕《文獻通考·宗廟考一》：「此周制。七者，太祖及文王、武王之祧與親廟四。太祖，后稷。疏曰：周所以七者，以文王、武王受命，其廟不毀，以為二祧，並始祖后稷及高祖以下親廟四，故為七也。」〔註153〕諸家之說皆本鄭注，都認為周代天子七廟就是始祖后稷、文王、武王及高祖以下四親廟。親廟就是祖廟。《白虎通·姓名》：「《禮服傳》曰：『子生三月，則父名之於祖廟。』於祖廟者，謂子之親廟也。」〔註154〕韓愈《請遷玄宗廟議》：「其下三昭三穆，謂之親廟。」〔註155〕又，《尚書·咸有一德》：「七世之廟，可以觀德。」〔註156〕由此可見，周代天子之所以立七廟，就是為了序昭穆以紀祖先功德。這正是明世系的目的所在。

同宗宗族集群、異姓宗族集群指九族。「所謂『九族』，首先是指九個獨立的父系宗族，它們是：父族、母之父族、妻之父族、媳之父族、婿族、姑夫之族、姊妹夫之族、姨夫之族和連襟之族。」〔註157〕九族中的父族是同宗宗族

〔註148〕孫希旦：《禮記集解》，中華書局，1989年，第864頁。
〔註149〕阮元：《十三經注疏》，中華書局，1980年，第1335頁。
〔註150〕阮元：《十三經注疏》，中華書局，1980年，第1335頁。
〔註151〕孫希旦：《禮記集解》，中華書局，1989年，第343頁。
〔註152〕董誥等編：《全唐文》，中華書局，1983年，第5241頁。
〔註153〕馬端臨：《文獻通考》，中華書局，1986年，第825頁。
〔註154〕陳立：《白虎通疏證》中華書局，1994年，第406～407頁。
〔註155〕馬其昶：《韓昌黎文集校注》，上海古籍出版社，1986年，第658頁。
〔註156〕《儒學十三經》，北方文藝出版社，1997年，第83頁。
〔註157〕錢杭：《中國宗族制度新探》，中華書局，1994年，第104頁。

集群，其他八族則是異姓宗族集群。摩爾根也意識到，九族是由世代將血親納入各親屬範疇之中的：「很明顯，在中國親屬制中，與在夏威夷親屬制中一樣，是由世代將血親歸納於各範疇之中的；所有同一範疇中旁系親屬，彼此都是兄弟姊妹。」〔註159〕集群式聚居，既包括族居、族祭、族葬，也包括族群遷移。族居、族祭、族葬前文已論及，毋庸贅言，此僅就族群遷移略作說明。

　　中華文明史，就是一部隨文明發源地出發的族群遷移而來的文明演化史，「在約公元前6000年開始的新石器時代，在歷史中國的範圍內存在著不止一個的文明發源地；從這些發源地出發的移民活動是相當頻繁而複雜的」〔註159〕。傳說時期，移民「遷移的基本單位是以共同的血緣關係為基礎的部族或部落集團、部落聯盟」〔註160〕。部落，按呂思勉先生的說法：「夫以一宗之主，推其權力，及於宗族以外，合若干地方之人民統治之，此則所謂部落者也。」〔註161〕可見部落就是以某一強宗為主體的多宗族集合群體，部族或部落遷移就是以宗族為核心的族群遷移。「宗法盛行之時，國家之下，宗亦自為一階級。」〔註162〕此後，不同時代不同地區不同民族以宗族為主體的族群遷移，如秦漢三國時期的實關中、少數民族的內徙和遷移、漢人的南下與內聚遷移，魏晉南北朝時漢人的南遷與少數民族的進一步內遷，隋唐五代時西北少數民族的再次內遷及漢人的南下與北遷，宋元時期各政權對峙中的移民、金代東北地區的雙向移民、元朝的移民，明初大移民以及清代的湖廣填四川、北疆移民，等等，便一直貫穿了中國古代歷史的始終。在這一次又一次的族群大遷徙中，除去政令的強制性因素外，支撐移民的主要動力，就是凝聚在宗族祖先崇拜觀念下的同宗之人「生相親愛，死相哀痛」之情。到達新的居住地後，歷盡艱辛的移民，又會在這一理念和情感的支配下，迅速「搏結」為一個牢不可破的族群，在新的環境中延續往日的生活。

　　環境可變，時代可變，但只要宗族社會形態不變，人們維繫情感的精神支柱，以及由此而來的行事準則與生活方式就不會改變。宗族社會對人們現實生

〔註158〕（美）摩爾根著，楊東蓴、張栗原、馮漢驥譯：《古代社會》，商務印書館，1971年，第709頁。

〔註159〕葛劍雄、曹樹基、吳松弟：《簡明中國移民史》，福建人民出版社，1993年，第23頁。

〔註160〕葛劍雄、曹樹基、吳松弟：《簡明中國移民史》，福建人民出版社，1993年，第28～29頁。

〔註161〕呂思勉：《中國制度史》，上海教育出版社，1985年，第411頁。

〔註162〕呂誠之：《中國宗族制度小史》，中山書局，1929年，第54頁。

活的影響在於此，對中華民族神話的現實指引也在於此。

二、宗族社會與中華民族神話

宗族社會對中華民族神話的現實指引，具體體現在三個層面：第一，神話以祖先崇拜觀念為凝聚群體的精神感召力；第二，神話以盡心竭力、不憚犧牲為人神行事準則；第三，神話以明世代系統的同宗宗族集群式聚居，及其與異姓宗族集群之間的交互活動，為人神主要的生活方式。

「宗族祖先崇拜觀念是維繫宗族穩定所必須的心理支柱。宗族之所以為宗族，相當程度上依賴於全體族人對共同祖先的尊崇。」〔註163〕祖先崇拜產生於人類社會初期，常常與自然崇拜、人造物崇拜、圖騰崇拜、英雄崇拜結合在一起。在這些崇拜中，人們對祖先的崇拜最為虔誠，最為持久。祖先崇拜可以分為兩類：一類是同族祖先崇拜，如契之於商族，棄之於周族，東明之於夫餘，等等；一類是多族祖先崇拜，「邃古之民，必篤於教。族各有其所尊祀之神，未必肯捨之而從他族。然各族聯合之際，亦自有其調融之道焉。合諸族以尊一族之神，一也」〔註164〕，如盤瓠之於畬族、瑤族，不勒扎汗之於蒙古人、突厥諸部落和一切的游牧人〔註165〕，炎帝、黃帝之於中華民族，等等。祖先崇拜觀念凝聚群體的精神感召力，不僅在於後人因襲祖先高貴血統而油然生發的自豪感，以及祖先的偉大功業給後人帶來的深遠影響中，還在於祖先創業的艱辛歷程給予後人的精神激勵。所有這一切，在中華民族神話裏，都得到了生動的呈現，如下面這些神話：

> 吐蕃上部的三個地方，被雪山和石山包圍，像一個水池，被鹿、石羊等野獸佔據，吐蕃中部的三個地方，山崖和草地緊接，像一條水渠，被猴子和巖魔女佔據，吐蕃下部的三個地方，滿是草灘和森林，像一塊平整的田地，被大象和飛禽佔據，沒有人類，還不到教化的時機。菩薩心想，要教化沒有法器利根的雪域各地，首先應當派遣一個能衍化成人類的化身前往。這時，菩薩身前出現了一個名叫哈努曼陀羅的猴子力士，菩薩對他說：「你能在雪域吐蕃修定嗎？」猴子答：「能。」於是觀世音菩薩授給他近事五戒，教給不淨相禪定法，遣其

〔註163〕錢杭：《周代宗法制度史研究》，學林出版社，1991年，第105頁。

〔註164〕呂誠之：《中國宗族制度小史》，中山書局，1929年，第23頁。

〔註165〕參見拉斯特著，余大鈞、周建奇譯：《史集》（第1卷第1分冊），商務印書館，1983年，第131頁。

前往。此猴子到雪域吐蕃中部一個大山崖底下修定，有一巖魔女每天來到這猴子身前，顯現各種不淨行之愛欲情狀，又現出要在猴子身前自殺的樣子。猴子慈悲心發，不能忍受，又不願違反了戒律，於是前往觀世音菩薩身前，報告原由。由觀世音菩薩和度母加以指示後，這猴子與巖魔女結合。過了九個月，在十個月上生下一個不像父母、沒有毛和尾巴的兒子，此子愛食生肉、飲熱血，故其父將他送到有鳥群的樹林中的猴群裏，與眾母猴子為伴。過了一年，與他類似的小兒繁衍到四百。這些小孩中，父親的血統占主要成分的具有信仰和智慧，慈悲勤奮，信奉教法和善業，所以對這些具有大智慧的後裔稱為菩薩聰慧之神，母親的血統占主要成分的，愛食肉飲血，精於買賣盤算，固執頑劣，大聲說話，臉色無常，愛揭別人短處，不能虔敬信仰，輕浮好動，不顧別人，這些盡是赭面食肉之種。為了繁衍這些後代，觀世音菩薩向雪域吐蕃各地拋下五穀、黃金及各種珍寶，為之加持。由於得到這些享用，變成人類的猴崽越來越多，又因為爭奪穀物產生不和，人類分成四個部落，即塞、穆、東、冬四個族姓。吐蕃之人，大多數都由這四大族姓分化而來。〔註166〕

神農以赭鞭鞭百草，盡知其平毒寒溫之性，臭味所主。以播百穀，故天下號「神農」也。〔註167〕

迪庫木贊博合罕為其臣隆納木所謀害，其臣遂即合罕位，則彼合罕之三子出亡，長子錫巴古出逃寧博地方，次子博囉出逃包博地方，末子布爾特齊諾則逃亡恭博地方矣。其臣隆納木居合罕位甫半載，時有前合罕之其他臣等數人，攜其夫人逃去，並設謀俾屬邦多叛離，而引以為伴，誅彼隆納木合罕後，共議：「當請三子中之一人。」則其母夫人曰：「昔日我生博囉出之前，一夜夢與一白色人共寢，後產一卵，卵即破，乃出此博囉出焉。由此觀之，其為膺命之子乎！當迎彼來。」云，遂遵旨，自包博地方請博囉出至，擁即罕位，稱蘇布迪·貢嘉勒合罕焉。其子羅勒咱凌，其子庫嚕木凌，其子希勒瑪凌。共為地上之六賢合罕焉。因葬其尸於地中，由是方有葬諸罕

〔註166〕達倉宗巴·班覺桑布著，陳慶英譯：《漢藏史集——賢者喜樂贍部州明鑒》，西藏人民出版社，1986年，第79～80頁。
〔註167〕馬銀琴、周廣榮譯注：《搜神記》，中華書局，2009年，第2頁。

於地之俗焉。〔註168〕

上引三則神話中，猴祖神話是昭示吐蕃四大族姓對猴子力士、巖魔女血統的承襲，在「父親的血統占主要成分的具有信仰和智慧，慈悲勤奮，信奉教法和善業，所以對這些具有大智慧的後裔稱為菩薩聰慧之神」的表述中，後人因襲祖先高貴血統而油然生發的強烈自豪感，撲面而來。第二則神話中，神農的偉大功業給後人帶來的深遠影響，毋庸贅言。第三則神話則與前引突厥族源神話一樣，都是有關祖先創業艱辛歷程的描述。據《多桑蒙古史》：「鐵木真幼年時，曾為泰亦赤兀部人所擄。其部長塔兒忽台，別號乞鄰勒禿黑，此言恨人者，以枷置其頸。聞鐵木真荷枷時，有老嫗為之理髮，並以氈隔枷創之處。已而鐵木真得脫走，藏一小湖中，沈身於水，僅露其鼻以通呼吸。泰亦赤兀人窮搜而不能得，有速勒都思人經其地，獨見之。待追者去，救之出水，脫其枷而負之歸，藏之載羊毛車中，泰亦赤兀部人搜至速勒都思人之宅，嚴搜之，且以杖抵羊毛中，竟未得。迨搜者去後，此速勒都思人以牧馬一匹並炙肉兵器贈鐵木真，而遣之歸。其人名舍不兒干失剌，後恐泰亦赤兀部人報怨，往投鐵木真。鐵木真不忘其德，厚報之。」〔註169〕鐵木真一生多難，而其幼年時的這一經歷，與神話中博囉出的逃亡尤其是突厥族源神話中小兒的經歷非常相似，由此，不難想見神話給予其的精神激勵。

「冒百死，遇一生，見創業之難。」〔註170〕祖先的偉大功業，由其開闢草萊的艱辛而來。「天將降大任於是人也，必先苦其心志，勞其筋骨，餓其體膚，空乏其身，行拂亂其所為，所以動心忍性，曾益其所不能。」〔註171〕此之謂也。是故，「紹休聖緒」〔註172〕必當立足於面對艱難時終始如一的抗爭之上，既有盡心竭力之誠，也有不憚犧牲之勇。中華民族神話正以此為人神的行事準則，如下面這些神話：

　　夸父與日逐走，入日。渴欲得飲，飲於河渭；河渭不足，北飲

大澤。未至，道渴而死。棄其杖，化為鄧林。〔註173〕

〔註168〕薩囊徹辰：《新校譯注〈蒙古源流〉》，內蒙古人民出版社，1980年，第39～40頁。

〔註169〕（瑞典）多桑著，馮承鈞譯：《多桑蒙古史》，中華書局，1962年，第39頁。

〔註170〕歐陽修、宋祁：《新唐書》，中華書局，1975年，第3855頁。

〔註171〕焦循：《孟子正義》，中華書局，1987年，第864頁。

〔註172〕班固：《漢書》，中華書局，1962年，第166頁。

〔註173〕袁珂：《山海經校注》，上海古籍出版社，1980年，第238頁。

古布拉國，民食牛羊肉，王與臣偶食水果，子阿初請往山神日烏達處借糧種，王允，選 20 武士伴之。阿初等爬山涉水，武士均為野人殺戮和野獸齧噬，阿初翻 99 座大山，見一老母坐羅漢松下執線垂紡毛線，詢之，老母曰：『逆河行至源，對瀑布呼之即是。』初遵行之，果見一身高如山、須垂及河的老人詢問何事，初告以來意。老人笑曰：『糧種在蛇王喀布勒處。』初急詢如何得之。老人曰：『從此地乘快馬七晝夜可達蛇王處。惟其凶吝，從不以糧種予人，有往求者均被彼罰變狗而食之。』初曰：『吾欲往。』老人感其誠，乃告彼路，又囑曰：『欲得糧種，唯有竊之。王將糧藏寶座下，有衛士守之。唯戌日日午去山頂訪龍王，一炷香時即回，衛士平時辛苦，乘此時小睡，竊糧種良機也。』又囑曰：『萬一被蛇王罰變狗，可速返東方，攜愛汝之女返國，可重變為人。』果如翁言，初攜女同見父母，二人成婚，布拉國亦長出青稞。〔註174〕

伏依兄妹繁衍了人類以後，人口漸多，擁擠在一塊不易謀生。大家就決定分散到各地去尋求生路。那時有三房長老出來商量：大家分散了以後，將來的子孫們互不認識，相互打起來怎麼辦？商量到最後決定到山上去種三種樹。頭一個上山去種木棉。為什麼要種木棉呢？因為布洛陀在紅水河開闢田地時，這地方被一個皇上看中了，就帶兵前來佔領。於是布洛陀的子孫就出來和他們打仗，結果殺得血流成河，染紅了大江，那條河就叫洪水河。布洛陀的戰士在戰鬥時都手執火把，一直到戰死還站著。死後就變成了木棉樹。到三月木棉花開時，滿樹紅花，遠處看就像一叢叢火把。第二個種大榕樹。因為大榕樹根深葉茂，枝椏繁盛，表示我們的子孫繁榮昌盛。第三個種楓樹。因為布洛陀的子孫們和敵人打仗時，用楓樹葉來包糯米飯做乾糧，後來受傷了，血染紅了楓樹葉，包裡的飯也染得發烏了，但吃起來特別香。所以後來子孫們就用楓樹來染糯米蒸飯，叫做精青飯。以後又做成黃色、紅色、紫色、黑色、白色成為五色飯，表示五穀豐收。這三棵樹長起來後，三家房長商量決定，今後我們不管搬遷到什麼地方，凡是我們子孫住的地方，都要在村寨邊

〔註174〕《中國各民族宗教與神話大詞典》編審委員會：《中國各民族宗教與神話大詞典》，學苑出版社，1993年，第749頁。

種這三種樹，作為我們子孫住地的標誌。現在，凡是你們走過有這
三種樹任何一種樹的村莊，請你們進去問一問，一定住的是壯族同
胞。〔註175〕

夸父與日逐走，至死不休；狗皮王子借糧種之志，不因艱難險阻而稍改；
布洛陀戰士為保衛家園，與皇帝的兵殊死搏鬥，凡此種種，無一不是宗族社
會人們盡心竭力、不憚犧牲行事準則的生動寫照。需要指出的是，這一行事
準則所生發的抗爭意識，雖然在中華民族神話中帶有不同的特點，既有形天
舞干戚、共工觸山式的怨恨不泯，也有女媧補天、羿射十日式的中正平和，
但由於人神行事準則本於祖先崇拜，因而這些看似對立的抗爭意識，也就能
在忠孝調和下融為一體，同歸於中道。有關這一點，在後面的論述中將詳加
說明。

忠孝既為宗族社會之本，由此而來的明世代系統，同宗宗族集群式聚居，
及其與異姓宗族集群之間的交互活動，就必然是人們主要的生活方式。中華民
族神話正是依此而展示人神世界的生活方式的，比如說下面這些神話：

成吉思合罕的祖先是承受天命而生的孛兒帖‧赤那，他和妻子
豁埃‧馬蘭勒一同渡過騰汲思海子來到斡難河源頭的不兒罕山前住
下，生子名巴塔赤罕。巴塔赤罕子塔馬察，塔馬察子豁里察兒篾兒
干，豁里察兒篾兒干子阿兀站孛羅溫勒，阿兀站孛羅溫勒子撒里合
察兀，撒里合察兀子也客你敦，也客你敦子挦鎖赤，挦鎖赤子合兒
出。合兒出子名孛兒只‧吉歹篾兒干。孛兒只‧吉歹篾兒干的妻名
忙豁‧勒真豁阿生子名脫羅豁‧勒真伯顏。……脫羅豁‧勒真伯顏
生了兩個兒子，叫都蛙鎖豁兒、朵奔篾兒干。〔註176〕

降世天神之上，天父六君之子，三兄三弟，連同墀頓祉共七位，
墀頓祉之子即岱‧聶墀贊普來作雅礱大地之主，降臨雅礱地方，天
神之子作人間之王，後又為人們目睹直接返回天宮。岱‧聶墀贊普
與南牟牟生子牟墀贊普。牟墀贊普與撒丁丁生子丁墀贊
普。丁墀贊
普與索當當生子索墀贊普。索墀贊普之子為德墀贊普。德墀贊普之

〔註175〕陳慶浩、王秋桂主編：《中國民間故事全集⑤‧廣西民間故事集（二）》，遠流
　　　　出版事業股份有限公司，1989年，第28～29頁。
〔註176〕（蒙古）策‧達木丁蘇隆編譯，謝再善譯：《蒙古秘史》，中華書局，1956年，
　　　　第29頁。

子為墀白贊普。以上諸王大致相同，王子能騎馬時父王即逝歸天界。
墀白贊普之子為止貢贊普。止貢贊普之子布帶貢甲。即所謂天上七
墀王也。〔註177〕

大荒之中，有山名曰融父山，順水入焉。有人名曰犬戎。黃帝
生苗龍，苗龍生融吾，融吾生弄明，弄明生白犬，白犬有牡牝，是
為犬戎。〔註178〕

以上三則神話都是明世系，但其中又有所分別。第一則神話敘帖木真先
世，是對蒙古祖先序列的記敘，也就是本於孝的明宗統。第二則神話敘贊普世
系，是對吐蕃君權傳承的記敘，也就是本於忠的明君統。第三則神話敘犬戎世
系，既是祖先序列也是君權傳承的記敘，也就是本於忠孝的明宗統與君統，即
宗君合一。在此背景下，中華民族神話構建了一個同宗宗族集群式聚居，及其
與異姓宗族集群交互的人神生活世界，比如下面這些神話：

以後吐蕃陷入分裂，朗達瑪被殺後，他的長妃找來一個男孩，
宣稱是她生的兒子。因為母后堅持他是王室後裔，所以被稱為雲丹
（即「母后堅認」之意），他佔據伍茹地區。朗達瑪的次妃生一遺腹
子，因怕長妃奪去，晚上用酥油燈火圍護王子，所以被稱為沃松（燈
光保護之意），他佔據約茹地區。伍茹和約茹雙方發生戰爭。到他們
的兒子之時，於陰土牛年發生奴隸反亂之事，於陰火雞年毀壞國王
陵墓。雲丹的兒子為赤德袞寧，赤德袞寧的兒子為赤德日巴袞、尼
瑪袞。弟弟尼瑪袞的兒子是尼沃貝袞，他的後裔在氂雪、彭域、朵
康等地有許多人。〔註179〕

孛端察兒的髮妻生子名叫把林失亦剌禿合必赤。孛端察兒又娶
了合必赤把阿禿兒的母親從嫁來的婦人做妾，生了一個兒子，名叫
沼兀列歹。孛端察兒在世的時候，使他有參加懸肉祭天典禮的權利。
孛端察兒死了以後，沼兀列歹的家裏因常有阿當罕兀良哈歹人來往，
疑是他們的兒子，在懸肉祭天的時候被驅逐出去。後來成為沼兀列

〔註177〕 王堯、陳踐譯注：《敦煌本吐蕃歷史文書（增訂本）》，民族出版社，1992 年，
第 174 頁。
〔註178〕 袁珂：《山海經校注》，上海：上海古籍出版社，1980 年，第 434 頁。
〔註179〕 蔡巴·貢噶多吉著，陳慶英、周潤年譯：《紅史》，西藏人民出版社，1988 年，
第 36 頁。

亦惕姓氏。〔註180〕

　　昔帝鴻氏有不才子，掩義隱賊，好行兇德，醜類惡物，頑嚚不友，是與比周，天下之民謂之「渾敦」。少皞氏有不才子，毀信廢忠，崇飾惡言，靖譖庸回，服讒蒐慝，以誣盛德，天下之民謂之「窮奇」。顓頊氏有不才子，不可教訓，不知話言，告之則頑，捨之則嚚，傲很明德，以亂天常，天下之民謂之「檮杌」。此三族也，世濟其凶，增其惡名，以至於堯，堯不能去。縉雲氏有不才子，貪於飲食，冒於貨賄，侵欲崇侈，不可盈厭，聚斂積實，不知紀極，不分孤寡，不恤窮匱，天下之民以比三凶，謂之「饕餮」。舜臣堯，賓於四門，流四凶族渾敦、窮奇、檮杌、饕餮，投諸四裔，以御魑魅。是以堯崩而天下如一，同心戴舜以為天子，以其舉十六相，去四凶也。〔註181〕

　　巴郡南郡蠻，本有五姓：巴氏，樊氏，瞫氏，相氏，鄭氏。皆出於武落鍾離山。其山有赤黑二穴，巴氏之子生於赤穴，四姓之子皆生黑穴。未有君長，俱事鬼神，乃共擲劍於石穴，約能中者，奉以為君。巴氏子務相乃獨中之，眾皆歎。又令各乘土船，約能浮者，當以為君。余姓悉沈，唯務相獨浮。因共立之，是為廩君。乃乘土船，從夷水至鹽陽。鹽水有神女，謂廩君曰：「此地廣大，魚鹽所出，願留共居。」廩君不許。鹽神暮輒來取宿，旦即化為蟲，與諸蟲群飛，掩蔽日光，天地晦冥。積十餘日，廩君伺其便，因射殺之，天乃開明。廩君於是君乎夷城，四姓皆臣之。〔註182〕

　　第一則神話敘述的是雲丹、沃松兩族各自分地而居，以及兩族之間發生戰爭之事。雲丹一族佔據伍茹地區，沃松一族佔據約茹地區，都是同宗宗族的聚居。雲丹雖名為王室後裔，但由於他並沒有王室血統，而且其身份也沒有得到朗達瑪的認可，因此，雲丹一族與沃松一族之間的戰爭，實際上可以看作異姓宗族集群之間的交互活動。第二則神話敘述的是由族居而來的族祭之事。孛端察兒賦予沼兀列夕「參加懸肉祭天典禮的權利」，是對沼兀列夕庶子身份太過僭越的認同。《禮記・曲禮下》：「支子不祭。」〔註183〕孛端察兒的這一做法，

〔註180〕（蒙古）策・達木丁蘇隆編譯，謝再善譯：《蒙古秘史》，中華書局，1956年，第35頁。

〔註181〕李夢生：《左傳譯注》，上海古籍出版社，1998年，第419頁。

〔註182〕范曄：《後漢書》，中華書局，1965年，第2840頁。

〔註183〕孫希旦：《禮記集解》，中華書局，1989年，第153頁。

侵犯了本該宗子獨享的權利，因此，等孛端察兒死後，把林失亦剌禿合必赤就以沼兀列歹不是孛端察兒的兒子為由，剝奪了其懸肉祭天的資格，並將其逐出本族。兩人之間的矛盾，是宗族生活中宗子與支子之間矛盾的真實反映。第三則神話記載的是堯時族群遷移之事。舜因為成功地將渾敦、窮奇、檮杌、饕餮四部族放逐到邊遠地區，而受到多數部族的擁戴。這裡的族群遷移，是一種帶有政治或軍事手段性質的強制性遷移。第四則神話記載的是巴人遷移之事。巴人早期聚族而居，源於赤穴、黑穴這兩支血緣系統。後來，巴人以宗族為單位，從夷水（今清江）遷移到了夷城（今湖北宜都）。到達新的定居地以後，黑穴系的四姓還是與巴氏聚居。神女留難的神話，則反映了巴人遷移過程中與另一母系氏族之間的戰爭。這裡的族群遷移，是一種族群為求生存的自發式遷移。這則神話，不僅是同宗宗族集群式聚居的人神世界生活的寫照，更是父系氏族社會與母系氏族社會交互的人神世界生活的寫照。

　　總而言之，宗族社會人們的生活方式，是以祖先崇拜為精神感召力，以忠孝為行事準則的，由此而來的明世系的同宗宗族集群式聚居，及其與異姓宗族集群之間的交互。這一生活方式，決定了中華民族神話人神世界的生活方式。當中華民族神話以宗族社會現實世界為其所反映的變形世界的藍本，依此構建人神世界的生活方式時，這便意味著，宗族社會的現實生活，為中華民族神話的宗法化，奠定了牢固的現實根基。

第四節　宗法思維與中華民族神話思維的同一

　　思維方式決定了生活方式。既然中華民族神話以宗族社會人們的生活方式為人神世界生活方式的藍本，因此，中華民族神話的思維方式，一定會受到宗族社會人們思維方式的制約；而神話又是神話思維的產物，當這兩種思維方式並行不悖地同存於中華民族神話之中時，這就一定意味著：這兩種思維方式具有同一性。

一、宗法思維及其特點

　　「思維術者、直任明睿的思維、深窮宇宙體用。」〔註184〕「宇宙體用」是思維之所得，也就是思想。任何一種思想都有一個不必論證和思索的終極依據，

〔註184〕黃克劍、王欣、萬承厚編：《熊十力集》，群言出版社，1993年，第424頁。

古代中國知識與思想的終極依據就是天人合一。〔註185〕史華茲也認為，中國古代各家思想的預設有三，其中之一就是「秩序至上的觀念（無論在宇宙領域還是在人類領域）更普遍地得到了認可」〔註186〕。史華茲所說的「秩序至上的觀念」，正是涵蓋天人的秩序觀念。既然中國古代思想以天人合一為預設，因此，思維以及直任思維的思維術的決定性的支持背景，同樣也是天人合一。

天人合一肇始於天的觀念。論及中國人的天的觀念時，蔡元培先生指出：「五千年前，吾族由西方來，居黃河之濱，築室力田，與冷酷之氣候相競，日不暇給。沐雨露之惠，懍水旱之災，則求其源於蒼蒼之天。而以為是即至高無上之神靈，監吾民而賞罰之者也。及演進而為抽象之觀念，則不視為具有人格之神靈，而竟認為溥博自然之公理。於是揭其起伏有常之諸現象，以為人類行為之標準。以為苟知天理，則一切人事，皆可由是而類推。此則由崇拜自然之宗教心，而推演為宇宙論者也。……天有顯道，故人類有法天之義務，是為不容辨證之信仰，即所謂順帝之則者也。」〔註187〕由此可見，天是由具有人格的神靈演化而來的自然與社會公理，其由自然向人事演化的樞紐，則在於其能「監吾民而賞罰之」；而人類效法天道，就是「順帝之則」。「順帝之則」，語出《列子・仲尼篇》所載堯時康衢童瑤：「不識不知，順帝之則。」〔註188〕楊伯峻《集釋》：「夫能使萬物咸得其極者，不犯其自然之性也。若以識知制物之性，豈順天之道哉？」〔註189〕「順天之道」而使萬物各得其所，就是「順帝之則」。天與帝互訓。《爾雅・釋詁》：「天、帝……君也。」〔註190〕郝懿行《義疏》：「天與帝亦訓為君者，天、帝俱尊大之極稱，故臣以目君焉。」〔註191〕天、帝同訓為君，是基於「尊大之極稱」這一點。極，《說文》：「棟也。」〔註192〕段注：「引申之義，凡至高至遠皆謂之極。」〔註193〕至高至遠是天的自然特徵，

〔註185〕　參見葛兆光：《中國思想史・導論・思想史的寫法》，復旦大學出版社，1998年，第39～40、第47頁。

〔註186〕　（美）本傑明・史華茲著，程鋼譯：《古代中國的思想世界》，江蘇人民出版社，2004年，第426頁。

〔註187〕　蔡元培：《中國倫理學史》，上海書店，1984年，第6～7頁。

〔註188〕　楊伯峻：《列子集釋》，中華書局，1979年，第143頁。

〔註189〕　楊伯峻：《列子集釋》，中華書局，1979年，第143頁。

〔註190〕　郝懿行：《爾雅義疏》，上海古籍出版社，1983年，第4頁。

〔註191〕　郝懿行：《爾雅義疏》，上海古籍出版社，1983年，第5頁。

〔註192〕　段玉裁：《說文解字注》，上海古籍出版社，1981年，第467頁。

〔註193〕　段玉裁：《說文解字注》，上海古籍出版社，1981年，第467頁。

也是帝的人格化特徵。天與帝就在自然與人事層面上合而為一了。又，《大戴禮記‧誥志》：「天子……卒葬曰帝。」〔註194〕《禮記‧曲禮下》：「君天下曰『天子』……措之廟，立之主，曰『帝』。」〔註195〕按照這種說法，天子死後都可稱帝；但裘錫圭認為，《大戴禮記‧誥志》和《禮記‧曲禮下》的說法並不完全可信，因為帝就是嫡的前身，從卜辭來看，商人只把死去的父王稱為帝，旁系先王從不稱為帝。〔註196〕依據這一說法，見諸文獻的最早的帝專指宗族祖先。這也就是說，在殷人的觀念中，天與祖是合一的。這一點，也可以從《尚書‧商書》中得到證明。《尚書‧高宗肜日》：「惟天監下民，典厥義。有永有不永，非天夭民，民中絕命。民有不若德，不聽罪。天既孚命，正厥德。」〔註197〕《尚書‧西伯戡黎》：「非先王不相我後人，惟王淫戲用自絕，故天棄我。」〔註198〕在這些文獻中，天、天命、先王都是一體的。這就說明，殷人的天人合一就是天祖合一。

天與祖的合一，既是天、祖在自然與人事層面上的合一，也是天、祖在神性層面上的合一。天具有神性，這是不言而喻的；而祖與神這兩個概念之間，也有著密切的關聯。祖，《說文》：「始廟也。」〔註199〕廟是留存祖先神靈的所在，祖與神之間有關係。神，《說文》：「天神，引出萬物者也。」〔註200〕化生萬物為神，能化生萬民的祖先，也就與天一樣具有了神性。又，據郭沫若《甲骨文字研究‧釋支干》，神與申在古時通用，「申字乃象以一線聯結二物之形」〔註201〕。這就說明，神就是溝通天人關係，或者說是溝通天人關係的中介。這一點，也可以從《詩‧商頌‧玄鳥》中得到證明：「天命玄鳥，降而生商。」〔註202〕子姓族始祖契承天命而生，這是秉受神性，而契與天溝

〔註194〕黃懷信、孔德立、周海生：《大戴禮記彙校集注》，三秦出版社，2005年，第1073頁。

〔註195〕孫希旦：《禮記集解》，中華書局，1989年，第126～128頁。

〔註196〕參見裘錫圭：《關於商代的宗族組織與貴族和平民兩個階級的初步研究》，《文史》（第17輯），中華書局，1983年，第2～3頁。

〔註197〕孫星衍：《尚書今古文注疏》，中華書局，1986年，第244頁。

〔註198〕孫星衍：《尚書今古文注疏》，中華書局，1986年，第250頁。

〔註199〕許慎：《說文解字》，中華書局，1985年，第3頁。

〔註200〕許慎：《說文解字》，中華書局，1985年，第3頁。

〔註201〕郭沫若著作編輯出版委員會：《郭沫若全集‧考古編》（第1卷），科學出版社，1982年，第215頁。

〔註202〕阮元：《十三經注疏》，中華書局，1980年，第622頁。

通的中介，又是帶有神性的玄鳥，於是，天與祖就在神性這一層面上合而為一了。天祖在神性層面上的合一，就是祖神合一，而祖神合一正是殷人的宗族祖先崇拜觀〔註203〕，因此，殷人的天祖合一也就是天人合一，無疑就是宗法的直接產物。在祖神合一宗族祖先崇拜觀的引領下，殷人祖先的世界也就是現實的世界（人間），與神的世界也就是虛幻的世界（宇宙），兩者合而為一了。

「所謂『天人合一』，其實是說『天』（宇宙）與『人』（人間）的所有合理性在根本上建立在同一個基本的依據上。」〔註204〕如果說商代及此前的天人合一的合理性，是建立在神性這一基礎上的話；那麼，周代及以後的天人合一的合理性，則建立在德這一基礎上。

「周朝的革命，打破黃帝、堯、舜以來部落政治的局面。」〔註205〕與「部落政治的局面」一同被打破的，是祖先與上帝之間依靠神性而自然聯結的天命。「這樣，在祖先與上帝，祖先與天命，當然歸根結底還是在今人與上帝，今人與天命之間產生了一個空隙，天、人之間的感應，不再是無條件的了，而必須是有條件的了。周公『以德配天』的思想因之而起。」〔註206〕於是，德就很自然地代替神，成為聯結天人關係的新的紐帶。《逸周書·諡法解》：「德象天地曰帝。」〔註207〕將德置於天地與帝之間，這正是德為溝通天人關係中介的形象闡釋。這一層意思，也可以從《尚書·周書》中一再清晰地見出。《尚書·召誥》：「我不敢知曰，有夏服天命，惟有歷年，我不敢知曰，不其延；惟不敬厥德，乃早墜厥命。我不敢知曰，有殷受天命，惟有歷年，我不敢知曰，不其延；惟不敬厥德，乃早墜厥命。」〔註208〕孫星衍疏：「言夏、殷曆年修短，我皆不敢知，惟知其皆以不敬德，故早失天命。」〔註209〕《尚書·多士》：「惟天不畀不明厥德，凡四方小大邦喪，罔非有辭於罰。」〔註210〕孫星衍疏：「惟

〔註203〕參見錢杭：《周代宗法制度史研究》，學林出版社，1991年，第106頁。
〔註204〕葛兆光：《中國思想史·導論·思想史的寫法》，復旦大學出版社，1998年，第47頁。
〔註205〕陳書良選編：《梁啟超文集》，北京燕山出版社，2009年，第584頁。
〔註206〕錢杭：《周代宗法制度史研究》，學林出版社，1991年，第110頁。
〔註207〕黃懷信、張懋鎔、田旭東：《逸周書彙校集注》，上海古籍出版社，1995年，第671頁。
〔註208〕孫星衍：《尚書今古文注疏》，中華書局，1986年，第398～399頁。
〔註209〕孫星衍：《尚書今古文注疏》，中華書局，1986年，第399頁。
〔註210〕孫星衍：《尚書今古文注疏》，中華書局，1986年，第427頁。

天不與不勉其德者，非惟紂也，凡四方小大國喪亡，無非有罪狀而天誅罰之。」
〔註211〕夏、殷因失德而失天命，紂王以及四方大小邦國因失德而招致天誅，
周公所說的這些話，一再表明了這樣一個主旨：德是溝通上天與君王關係的必
不可少的中介。

　　重德的觀念並非始於周代，如上引《尚書·高宗肜日》中的「天既孚命，
正厥德」，就是殷人重德的例證之一；但「周以前所重之德，據《尚書》所載，
不外敬慎、勿怠、寬容、勿矜，大皆帝王治者自守之德。周以後即漸重禮讓忠
信之德。……然此對一切人之敬，亦皆可謂由原始敬天敬祖之精神，通過宗法
關係而次第開出者。故亦可謂為敬天敬祖之敬，移至一切人，而成為向人表現
之敬」〔註212〕。由敬天敬祖移至一切人，說明了德在溝通天人關係中的重要
性；而德是「通過宗法關係而次第開出者」，則指明了德是宗法的直接產物。
既然德是宗法的直接產物，以德為中介的天人合一，也就理所當然是宗法的直
接產物。

　　具體而言，周代及以後的天人合一，是周代「祖神分離」〔註213〕宗族祖
先崇拜觀的直接產物。正是祖神分離，才使得人「得天而立」，天「待人而成」：
「人之所以生者、得天而生也。其所以立者、得天而立也。得天者、求仁而
得仁也。」〔註214〕求仁得仁的內涵指向「正德、利用、厚生」〔註215〕，也
就是「修德安民」〔註216〕。安民就是愛民保民，修德就是敬天孝祖。〔註217〕
因此，西周文獻常以德、孝並舉。《詩·大雅·卷阿》：「有孝有德。」〔註218〕
《鄭箋》：「『有孝』，斥成王也。『有德』，謂群臣也。……廟中有孝子，有群
臣。」〔註219〕馬瑞辰《通釋》：「《王尚書》曰：『《爾雅》：「善事父母為孝。」
推而言之，則為善德之通稱。《逸周書·諡法篇》曰：「五宗安之曰孝，慈惠

〔註211〕孫星衍：《尚書今古文注疏》，中華書局，1986年，第428頁。
〔註212〕黃克劍、鍾小霖編：《唐君毅集》，群言出版社，1993年，第268～269頁。
〔註213〕錢杭：《周代宗法制度史研究》，學林出版社，1991年，第106頁。
〔註214〕黃克劍、王欣、萬承厚編：《熊十力集》，群言出版社，1993年，第447～448
　　　　頁。
〔註215〕《儒學十三經》，北方文藝出版社，1997年，第71頁。
〔註216〕黃克劍、林少敏編：《牟宗三集》，群言出版社，1993年，第189頁。
〔註217〕參見侯外廬主編：《中國思想史綱》（上冊），中國青年出版社，1980年，第
　　　　26頁。
〔註218〕王先謙：《詩三家義集疏》，中華書局，1987年，第906頁。
〔註219〕王先謙：《詩三家義集疏》，中華書局，1987年，第906頁。

愛親曰孝，秉德不回曰孝。」則所包者廣矣。』……此詩『有孝有德』亦泛言有善有德，不必專指孝親言。」〔註220〕無論是孝親還是由孝推衍而來的善行，都屬於宗法範疇；而與孝並舉的德，就在囊括這些範疇的基礎上，全面緊密地將祖先的世界也就是現實的世界（人間），與神的世界也就是虛幻的世界（宇宙），兩者合而為一了。

　　如上所述，不同時期的天人合一都是宗法的直接產物，唯一不同的地方在於：周代以前的天人合一，是祖神合一宗族祖先崇拜觀的直接產物；而周代以後的天人合一，則是祖神分離宗族祖先崇拜觀的直接產物。既然天人合一是宗法的直接產物，而思維以及直任思維的思維術又以天人合一為決定性的支持背景，因此，宗法社會人們的思維方式，就必然是宗法意義上的天人合一。換句話說，天人合一就是宗法思維。

　　宗法思維，是建立在玄妙感應基礎上的，以物我同一為樞紐，以秩序建構為目的的整體性思維。

　　宗法思維建立在一個決定性的前提上：人能憑藉自身秉受於天的神性、德性而與天相溝通。德性由人法天道則天命攸歸演化而來，神性則由天祖以血緣關系聯結推衍而出。「神，天德，化，天道。德，其體，道，其用，一於氣而已。」〔註221〕神、德同出於天，又是天人在元始一氣層面的合一，因而「此兩者同出而異名」〔註222〕。而神、德以及聯結兩者的氣都是「不識不知」的，所以三者又在本質上帶有共同的特點——玄秘。「同謂之玄，玄之又玄，眾妙之門。」〔註223〕當神性、德性以元始一氣，上合於天，中合於己，下合於人，進而開啟「眾妙之門」時，就自然會「神動而天隨」〔註224〕。於是，「曰肅，時雨若；曰乂，時暘若；曰哲，時燠若；曰謀，時寒若；曰聖，時風若。曰咎徵：曰狂，恒雨若；曰僭，恒暘若；曰豫，恒燠若；曰急，恒寒若；曰蒙，恒風若」〔註225〕，「天人相與之際……以此見天心之仁愛人君」〔註226〕。以仁心合於天心，就必然會在天人之間生發玄妙的心靈感應的基礎上，導向物我同一。

〔註220〕馬瑞辰：《毛詩傳箋通釋》，中華書局，1989年，第917頁。

〔註221〕張載：《張載集》，中華書局，1978年，第15頁。

〔註222〕朱謙之：《老子校釋》，中華書局，1984年，第7頁。

〔註223〕朱謙之：《老子校釋》，中華書局，1984年，第7頁。

〔註224〕郭慶藩：《莊子集釋》，中華書局，1961年，第369頁。

〔註225〕孫星衍：《尚書今古文注疏》，中華書局，1986年，第314～315頁。

〔註226〕班固：《漢書》，中華書局，1964年，第2498頁。

　　物我同一是祖神合一、祖神分離宗族祖先崇拜觀的自然產物，是由神性而來的玄思，以及由德性而來的義理的同一。祖神合一賦予了物我同一屬神的玄思本質。祖先、上帝在神性層面的合一，不是祖先的人化，而是祖先的神化。祖神合一的結果，是祖先的世界帶有了神的色彩，而成為與神的世界毫無區別的虛幻世界。隨著現實世界與虛幻世界之間明確分界線的消失，天人世界同歸於虛無。由祖神合一而來的物我同一既以神性為中介，則其所導向的，同樣是泯滅一切界線之後的虛無。而「天地以虛為德」〔註227〕，以「神明為宗」〔註228〕，神性就是天道，因此，合於天道的物我同一，就在擁有哲理玄思特質的同時，得以成為宗法思維的樞紐。惟其如此，「以指喻指之非指，不若以非指喻指之非指；以馬喻馬之非馬，不若以非馬喻馬之非馬也。天地一指也，萬物一馬也」〔註229〕。與此同時，祖神分離又賦予了物我同一屬德的義理屬性。祖先、上帝在德性層面的合一，不是祖先的神化，而是祖先的人化。祖神分離的結果，是還神的世界於虛無，歸祖先世界於既有，因而最終在現實世界與虛幻世界之間，確立了一條明確的空間分界線。由祖神分離而來的物我同一既以德性為中介，則其所導向的，必然是由德孝而來的良善。這就在秉承哲理玄思的基礎上，為物我同一注入了義理特質。義理的注入，既使物我同一擁有了切實的根基——「盡人道則可以事天」〔註230〕，又使物我同一帶有了特定的價值導向——「為天地立志，為生民立道，為去聖繼絕學，為萬世開太平」〔註231〕。超凡入聖，由聖返道，「大化流行，天地萬物渾然一體，『生生不息』」〔註232〕。正是在這生生不息的終始循環中，人生意義得以彰顯，宇宙秩序得以建立。

　　秩序的建構，是祖神分離後以德溝通天人關係的必然結果。雖然「殷人認為在叫作『下』的人的世界的上面，還有叫作『上』的神的世界。他們按照當時社會中階級對立的狀況，幻想在『上』界裏有一位至尊無上的大神『帝』（或稱『上帝』），其屬下有許多臣吏」〔註233〕，但由於在祖神合一的指引下，殷

〔註227〕張載：《張載集》，中華書局，1978年，第326頁。

〔註228〕嚴遵：《老子指歸》，中華書局，1994年，第3頁。

〔註229〕郭慶藩：《莊子集釋》，中華書局，1961年，第66頁。

〔註230〕張載：《張載集》，中華書局，1978年，第311頁。

〔註231〕張載：《張載集》，中華書局，1978年，第320頁。

〔註232〕梁漱溟：《梁漱溟全集》（第8卷），山東人民出版社，2005年，第4頁。

〔註233〕侯外廬主編：《中國思想史綱》（上冊），中國青年出版社，1980年，第23～24頁。

人最終泯滅了上下世界的分界線，這就使其一度確立的上下秩序，又重新回歸到混沌無序的狀態。祖神分離則不然。祖神分離是在明確界定上下界限的基礎上，以德溝通上下世界。這就等於在上下世界之間架起了一座橋樑：上面是神的世界，中央是德的流佈，下面是人的世界。「有物三立，一濁一清，清上濁下，和在中央。」〔註234〕正是就此而言的。這就有了由中央支撐統轄的天下（空間序列），由中央衍申而來的四海（時間序列）。於是，在「天地四方曰宇，往古來今曰宙」〔註235〕的時空序列中，由祖而來的自然秩序（血緣）、由德界定的社會秩序（尊卑）得以確立。這正是宗法目的之所在，因而也就理所當然地成為宗法思維目的之所在。

神與德，本來就是一體而兩翼；由這兩者神而化之的玄妙感應，又在集玄思、義理於一身的基礎上，導向物我同一；而物我同一則在以神性為中介混一上下的同時，又以德性為中介將上下溝通為一，這就充分說明：宗法思維是一種整體性思維。

宗法思維的整體性，集中體現在如下三個層面。

第一，天、人皆繫於道，據於德，神而化之，是一個截然不可分的整體，所以說「人與天一也」〔註236〕，「天地一物也，陰陽一氣也」〔註237〕。這一整體性所達到的境界，《易·乾》將其表述為：「夫大人者，與天地合其德，與日月合其明，與四時合其序，與鬼神合其吉凶，先天而天弗違，後天而奉天時。」〔註238〕

第二，天、人各有其道。「天之道，損有餘而補不足，人道則不然，損不足，奉有餘。」〔註239〕天、人各依其道而循環，本身就是一個自足的整體，所以說「日月運行，一寒一暑。乾道成男，坤道成女」〔註240〕。

第三，天道尊神，人道重德。如同「馬者所以命形也，白者所以命色也」〔註241〕，神所以命無，德所以命有，單單從名出發，似乎很容易得出「白馬

〔註234〕嚴遵：《老子指歸》，中華書局，1994年，第112頁。

〔註235〕《商君書·尸子》，上海古籍出版社，1989年，第15頁。

〔註236〕郭慶藩：《莊子集釋》，中華書局，1961年，第690頁。

〔註237〕蘇軾：《東坡易傳》，吉林文史出版社，2002年，第289頁。

〔註238〕阮元：《十三經注疏》，中華書局，1980年，第17頁。

〔註239〕朱謙之：《老子校釋》，中華書局，1984年，第299頁。

〔註240〕阮元：《十三經注疏》，中華書局，1980年，第76頁。

〔註241〕王琯：《公孫龍子懸解》，中華書局，1992年，第42頁。

非馬」〔註242〕的結論。但「無名，天地始；有名，萬物母」〔註243〕，神、德都在本質上同歸於道，因此，自足的天道也就等於天道、人道所構成的整體，自足的人道也就等於天道、人道所構成的整體，反之亦然；所以說「有人，天也；有天，亦天也」〔註244〕。

於是，在局部等於整體、整體等於局部的神而化之中，宗法思維最終達至玄妙的天人合一之境。

二、神話思維及其特點

宗法思維所具有的上述特點，同樣為神話思維所擁有。

神話思維又稱為原始思維。論及原始思維的特點時，列維-布留爾認為，原始思維專注於神秘原因，無處不感到神秘原因的作用：「身體的孔竅、各種排泄物、毛髮、指甲屑、胎盤、臍帶、血液以及身體的其他液體組成部分，——所有這一切都給派上了某種巫術的用場。集體表象給這一切客體憑添上神秘的力量，而普遍流行的大量信仰和風俗又正是與這種力量聯繫著的。」〔註245〕這就是說，神話思維建立在巫術基礎上。巫術是一種建立在聯想之上而以人類的智慧為基礎的，以一種完全徹底的、囊括一切的決定論為前提的，以心靈感應為首要原則之一的特殊能力。〔註246〕葛兆光認為：「所謂『心靈感應』不是一個真實存在，而是一種暗示之後的聯想。」〔註247〕因此，建立於以虛幻存在為決定論的巫術的基礎上的神話思維，就與同樣建立在玄妙感應基礎上的宗法思維，在初始根基上具有了同一性。

這種心靈感應，列維-布留爾又稱之為「互滲律」，即「『原始』思維所特有的支配這些表象的關聯和前關聯的原則」〔註248〕。列維-布留爾認為，遵從

〔註242〕 王琯：《公孫龍子懸解》，中華書局，1992 年，第 42 頁。

〔註243〕 朱謙之：《老子校釋》，中華書局，1984 年，第 5～6 頁。

〔註244〕 郭慶藩：《莊子集釋》，中華書局，1961 年，第 694 頁。

〔註245〕 （法）列維-布留爾著，丁由譯：《原始思維》，商務印書館，1981 年，第 30 頁。

〔註246〕 參見：（英）愛德華‧伯內特‧泰勒著，連樹生譯《原始文化》，上海文藝出版社，1992 年，第 121 頁；（法）列維—斯特勞斯著，李幼蒸譯《野性的思維》，商務印書館，1987 年，第 16 頁；（英）詹‧喬‧弗雷澤著，徐育新、汪培基、張澤石譯《金枝》，中國民間文藝出版社，1987 年，第 35 頁。

〔註247〕 葛兆光：《中國思想史》（第一卷），復旦大學出版社，2001 年，第 13 頁。

〔註248〕 （法）列維-布留爾著，丁由譯：《原始思維》，商務印書館，1981 年，第 69 頁。

互滲律的「原始人的思維不像我們的思維那樣對存在物和客體的區別感到興趣。實際上，原始人的思維極其經常地忽視這種區別」〔註249〕。卡西勒也指出：「神話思維缺乏單純表象與真實感覺，意願與實現以及意象與事物本身的明確的分界線。」〔註250〕忽略存在物和客體也就是意象與事物本身的區別，就在泯滅兩者之間明確的分界線的同時，導向了兩者的同一。與此同時，卡西勒又指出：「神話意識確定了一條分界線。」〔註251〕空間分界線的確立，使得神話意識擁有了空間直覺，由此而有天地四方。如果說，現實世界與虛幻世界之間界限的泯滅，是一種本於神性的神秘的感覺的話；那麼，空間直覺的確立，則是一種本於現實的經驗化的結果。神話思維這一由神秘而轉入現實的想像，以及由此而來的時空的確立；正與宗法思維所遵循的由玄妙而步入切實的運思，以及由此而來的秩序的建構相同。「由天地四方的神秘感覺和思想出發的運思與想像，是中國古代思想的一個原初的起點，換句話說，是中國人推理和聯想中不證自明的基礎和依據。它通過一系列的隱喻，在思維中由此推彼，人們會產生在空間關係上中央統轄四方、時間順序上中央早於四方、價值等級上中央優先於四方的想法；……而當這種觀念與神話相遇，就會在人間的意識與儀式中形成中央之帝王與四方之神祇的整齊神譜。」〔註252〕於是，神話思維就與宗法思維在核心根基或者說思維目的上，具有了同一性。

神話思維之所以能在混同現實世界與虛幻世界的同時，又能明確地區隔時空，是因為神話思維不僅遵循整體性原則，還遵循同等性原則。卡西勒指出：「巫術從一開始就防止對事物進行各部分的分隔，甚至在經驗直覺已察覺到這樣一種分隔時，也立即被巫術直覺加以排除。為時間和空間所區別開的因果之間的張力也被巫術中因果的簡單同一所化解」；「對於神話思維，任何一種感性現象的相似，都足以構成某種實體。在這裡，相似被當作神話的唯一的『類』。任何特徵，無論多麼表面、外在都一樣，不存在諸如『內在』『外在』『本質』『非本質』的區別。因為對於神話，每一種可知覺的相似，都是本質統一性的

〔註249〕（法）列維-布留爾著，丁由譯：《原始思維》，商務印書館，1981年，第30頁。

〔註250〕劉大基：《人類文化及生命形式——恩·卡西勒、蘇珊·朗格研究》，中國社會科學出版社，1990年，第145頁。

〔註251〕劉大基：《人類文化及生命形式——恩·卡西勒、蘇珊·朗格研究》，中國社會科學出版社，1990年，第151頁。

〔註252〕葛兆光：《中國思想史》（第一卷），復旦大學出版社，2001年，第19頁。

表達」。〔註253〕神話思維既然將事物的各部分都分別視為一個完整的整體，同時又把事物的某一局部等同於事物本身，這就意味著，神話思維在整體審視上，與宗法思維具有了同一性。

初始根基的同一，思維目的的同一，整體觀的同一，決定了神話思維與宗法思維的同一。中華民族神話正是這種合一思維的產物。這一點，也可以從中華民族神話中一再清晰地見出。如，葛洪《神仙傳》卷一所載彭祖神話：

> 彭祖者，姓籛名鏗，帝顓頊之玄孫。至殷末世，年七百六十歲而不衰老。少好恬靜，不恤世物，不營名譽，不飾車服，唯以養生治身為事。殷王聞之，拜為大夫，常稱疾閒居，不與政事。……又有采女者，亦少得道，知養形之方，年二百七十歲，視之年如十五六。王奉事之於掖庭……乃令采女乘輕軿而往，問道於彭祖。……
> 彭祖曰：「……僕遺腹而生，三歲失母，遇犬戎之亂，流離西域百有餘年，加以少怙，喪四十九妻，失五十四子，數遭憂患，和氣折傷，肌膚不澤，榮衛焦枯，恐不得度世。所聞素又淺薄，不足宣傳。」……
> 彭祖去殷時，年七百七十歲，非壽終也。〔註254〕

彭祖之所以能「數遭憂患」而終與天地同壽，在於他能法天之道，順帝之則，以恬靜為務，萬事不縈於懷，所以能行事無跡，縱橫隨心。這正是人道與天道於玄妙感應基礎之上同一的生動表述。

又如，鄂倫春族《逗雷神》故事：

> 在鄂倫春族姓關的氏族裏，傳說著一個「逗雷神」的故事。
> 雷神脾氣非常暴，無論是天上、地上，無論是神仙、人類，還是動物，滿打滿算，沒有一個不怕雷神的，妖魔鬼怪就更不用說了。可是，唯有又淘氣又聰明的沙加（魚鷹）和翁卡伊（飛鼠）不怕。不但不怕，還專愛和雷神逗趣兒玩兒呢！
> 一天，沙加迎著滂沱大雨，冒著交加的雷電，落在嶙峋聳削的岩石上，眨巴著眼睛學雷神打閃、轟鳴；雷神一看，討厭死了，當即舉起鑿子錘子向它身上打來。啼鳴悅耳的蘆鶯嚇壞了，但是不必擔憂，聰明靈巧的沙加早鑽進深水中去了。雷神一看白白轟隆隆卡

〔註253〕劉大基：《人類文化及生命形式——恩・卡西勒、蘇珊・朗格研究》，中國社會科學出版社，1990 年，第 146、148 頁。

〔註254〕胡守為：《神仙傳校釋》，中華書局，2010 年，第 15～18 頁。

拉拉了一陣，氣得鬍子直抖，實在是拿沙加毫沒有辦法。

翁卡伊呢，更有意思。一天，它告訴雷神說：「喂，雷神爺爺，我即使是住在堅硬的松樹上，你那鑿子錘子也沒有法兒擊著我！」雷神一聽這話是向它的神威挑戰，便氣壞了，馬上掄起鑿子錘子轟擊它；可是，一如往常，老是擊不著。因為翁卡伊飛鼠實際上並不住在堅硬的松樹上，而是住在像棉花一樣軟的朽木洞穴裏，雷神再厲害也是擊不碎朽木的。〔註255〕

天上、地上、神仙、人類、動物、鬼怪都怕雷神，這是萬物在敬畏這一層面的合一；而敬畏之心本於雷神，所以這又是在神性層面的合一。沙加學雷神打閃轟鳴，這是沙加與雷神行為舉止的同一，也就是廣義上的人神同一。雷神轟擊翁卡伊不得，是因為擊打在了虛無不實的洞穴裏，這是立足於天道本無基礎上的萬物與天道的合一。

又如，《雅隆尊者教法史》所載薩迦五祖之一的薩迦班智達神話：

從師貝欽沃波有二子，係師母伽浦瑪尼日降所生。長子稱法主薩迦班智達，名袞噶堅贊貝桑波。彼係父親三十二歲時，於水虎（壬寅）年鶹月二十六日誕生。將入母胎時，母親夢見龍王寶莊嚴一不勝觀看之血肉塊片，言及暫寄汝處。且入胎之後，使母禪定。誕生時，天空布滿光芒。降生後，知寂滅而悟前生，能誦梵語。珀東仁波且等個別虔誠徒眾，眼見與文殊無異之人，並確信無疑，另外，私處不顯，頭頂肉髻突出，眉間白毫相則似螺右旋，具此諸多功德。又有神通。前往北方，時在木蛇（乙巳）年仲秋之月，及至北方後，於去世前一年，即鐵狗（庚戌）年季秋之月，曾向跟前人眾言道：鐵豬年將他往，即言登天。上師建有席托寢舍。於木龍（甲辰）年去蒙古。總之，三十六歲至七十歲，任住持三十五年。七十歲。於鐵豬（辛亥）年觜宿月十四日，天神、咒師、空行母前來迎迓，現無數奇兆，逝世於北方珠巴德寺。〔註256〕

薩迦班智達是龍王投胎，菩薩轉世，這是祖神合一，也就是天祖合一。薩

〔註255〕陳慶浩、王秋桂主編：《中國民間故事全集㉜·黑龍江民間故事集》，遠流出版事業股份有限公司，1989年，第117～118頁。

〔註256〕釋迦仁欽德著，湯池安譯：《雅隆尊者教法史》，西藏人民出版社，1989年，第87頁。

迦班智達降生後，便「知寂滅而悟前生」，「又有神通」，能預知登天時日，這是以玄妙感應而上與神通的人神合一。薩迦班智達逝世之時，「天神、咒師、空行母前來迎逛」，這是復歸本來面目後的天人合一。

因此，在上引神話中，我們都能十分清晰地見出：神話思維與宗法思維在本質上具有同一性。思維的趨同，為中華民族神話以想像再現宗族社會生活，插上了騰飛的翅膀。而當中華民族神話由此而自由地翱翔於人神世界時，這就意味著中華民族神話宗法化的最終完成。

宗法思維與神話思維的同一，使中華民族神話在建構人神世界時，能夠自然而毫無阻礙地取法宗族社會，進而使其在歷史模式、倫理準則、生活方式等諸多層面，廣泛而深入地接受了宗法文化的深刻影響。從另一層面來說，宗法文化對中華民族神話所產生的這些深刻影響，在促成中華民族神話宗法化的同時，又為中華民族神話奠定了牢固的現實根基，賦予了中華民族神話鮮明的民族色彩。這正是中華民族神話宗法化的意義所在。

第二章　中華民族神話宗法化的歷史進程

　　宗法是自然與文明的複合體。「『宗』是自然血緣的符號，『君』是文明的標誌；家族是血緣群體，其多層次性則是文明的業績。」〔註1〕而連接自然與文明之間的紐帶，則是由族婚制（以族系為標準的婚姻制度）〔註2〕開出的家族、宗族，以及由此而來的家族、宗族成員之間的相互關係。

　　中國族婚制主要有三種表現形式。

　　第一，母系氏族社會的族內婚制。內婚制是禁止本群體中的人與其他群體中的人聯姻的規則，而最大的內婚群體，便是人類本身；〔註3〕因此，母系氏族社會的族內婚就是血族亂婚。《禮記・曲禮上》：「夫唯禽獸無禮，故父子聚麀。是故聖人作為禮以教人，使人以有禮，知自別於禽獸。」〔註4〕這是周代「取妻不取同姓」〔註5〕婚姻制度立場上的表述，將「父子聚麀」視為禽獸行為，正從反面印證了母系氏族社會血族亂婚的存在。又，《管子・君臣下》：「古者未有君臣上下之別，未有夫婦妃匹之合，獸處群居，以力相征。」〔註6〕《商

〔註1〕劉廣明：《宗法中國》，上海三聯書店，1993年，第24頁。

〔註2〕本文有關族婚制的界定及其分類，皆本於陳顧遠先生所論。參見陳顧遠《中國婚姻史》，上海書店，1984年，第21～29頁。

〔註3〕參見（芬蘭）E.A.韋斯特馬克著，李彬、李毅夫、歐陽覺亞譯：《人類婚姻史》，商務印書館，2002年，第516頁。

〔註4〕孫希旦：《禮記集解》，中華書局，1989年，第10～11頁。

〔註5〕孫希旦：《禮記集解》，中華書局，1989年，第46頁。

〔註6〕黎翔鳳：《管子校注》，中華書局，2004年，第568頁。

君書・開塞》：「天地設而民生之。當此之時也，民知其母而不知其父。」〔註7〕
《呂氏春秋・恃君覽》：「昔太古嘗無君矣，其民聚生群處，知母不知父，無親
戚兄弟夫妻男女之別。」〔註8〕上述文獻都指出，太古之民群處群居，未有夫
婦匹配之合，這正是對母系氏族社會族內婚制存在的正面肯定。而《詩・商頌・
玄鳥》所載錄的玄鳥生商之類的感生神話，更是母系氏族社會族內婚制存在的
直接證明。

　　第二，父系氏族社會的族外婚制。外婚制「是指禁止同一氏族（clan）的
成員彼此媾和的規則」〔註9〕。這一規則，在族外婚制中具體體現為同姓不
婚。《左傳・僖公二十三年》：「男女同姓，其生不蕃。」〔註10〕又，《白虎通・
嫁娶》云：「不娶同姓者，重人倫，防淫佚，恥與禽獸同也。」〔註11〕人倫就
是由宗法所界定的六順、十禮、人義，是人之所以為人的根本。《禮記・大傳》
云：「雖百世而昏姻不通者，周道然也。」〔註12〕族外婚制就是以宗法維繫同
族關係，以婚姻增進異姓之間聯絡的周代宗法制的產物。族外婚制由族內婚
制發展而來，在相當長的時期內，曾一度與族內婚制並存。韋斯特馬克指出：
「人類在擇偶上有內婚制與外婚制這樣兩類規則。……這兩類規則各自用於
不同的群體，相互並無牴觸。因此，內婚制與外婚制總是並存於同一民族之
中。」〔註13〕這一情形，正可從殷人的族婚制中見出。殷人「仍以母系社會
之族內婚制為主」，而「殷人五世之後即可通婚，則亦與最古之血族婚有別，
蓋時代愈後，族人繁衍，由近族之婚姻，漸變而為遠族之婚姻，乃自然之道
也。夫既通婚於五世之後，其在實質上乃一族內婚制中之外婚制」。〔註14〕
殷代婚制既然是族內婚制與族外婚制並存，而殷代又是原始宗法的成熟期，
族外婚制又是宗法婚制，這就充分說明，母系氏族社會的族內婚制是宗法婚

〔註7〕 蔣禮鴻：《商君書錐指》，中華書局，1986年，第51頁。

〔註8〕 張雙棣、張萬彬、殷國光、陳濤：《呂氏春秋譯注》，吉林文史出版社，1987年，
　　　　第704頁。

〔註9〕 （法）愛彌兒・涂爾幹著，汲喆、付德根、渠東譯：《亂倫禁忌及其起源》，世
　　　　紀出版集團，上海人民出版社，2006年，第4頁。

〔註10〕 楊伯峻：《春秋左傳注》，中華書局，1981年，第408頁。

〔註11〕 陳立：《白虎通疏證》，中華書局，1994年，第477頁。

〔註12〕 孫希旦：《禮記集解》，中華書局，1989年，第910頁。

〔註13〕 （芬蘭）E.A.韋斯特馬克著，李彬、李毅夫、歐陽覺亞譯：《人類婚姻史》，商
　　　　務印書館，2002年，第516頁。

〔註14〕 陳顧遠：《中國婚姻史》，上海書店，1984年，第23頁。

制的萌芽。

　　第三，周代及其以後部族之間的族際婚制，即各異族以宗法維繫彼此之間關係的通婚制。自「周納狄后……晉升戎女」〔註15〕之後，族際之間的通婚就史不絕書。《史記・劉敬叔孫通列傳》：「高帝……取家人子名為長公主，妻單于。」〔註16〕《史記・匈奴列傳》：「孝惠、呂太后時……復與匈奴和親」，「老上稽粥單于初立，孝文皇帝復遣宗室女公主為單于閼氏」，「老上稽粥單于死，子軍臣立為單于。既立，孝文皇帝復與匈奴和親。……孝景皇帝復與匈奴和親，通關市，給遺匈奴，遣公主，如故約。……今帝（即武帝）即位，明和親約束」〔註17〕。《漢書・匈奴傳》：「元帝以後宮良家子王牆字昭君賜單于。」〔註18〕《新唐書・突厥上》：「處羅復妻隋義成公主」，「右賢王阿史那泥孰，蘇尼失子也。始歸國，妻以宗女，賜名忠」，「詔淮陽王武延秀聘其（即默啜可汗）女為妃」，「玄宗立……默啜乃遣子楊我支特勒入宿衛，固求昏，以蜀王女南和縣主妻之」。〔註19〕此後，雖然宋太宗於至道元年（995年）八月「癸卯，禁西北緣邊諸州民與內屬戎人昏娶」〔註20〕，但由於「金、元則與宋異，提倡族際婚甚力。……明律禁止蒙古色目人本類自相嫁娶，蓋恐其種類日滋，故又強其為族際婚也」〔註21〕，因此，族際婚制始終與中國古代歷史一同前行。

　　由族內婚制而族外婚制再到族際婚制，族婚制演變所帶來的，不僅是家族、宗族觀念的日益成熟與穩固，以及由此而來的家族、宗族成員內外關係的日益明確化，更有漢族宗法對其他民族宗法所產生的深刻影響。與此相應，以漢族宗法為主體，其他民族宗法為輔翼的宗法制度，也先後從萌芽階段（原始社會末期父系氏族公社及其基層組織家長制大家庭內的宗法形態），經過原始宗法制度（直接從原始父系氏族家長制發展而來的宗法形態），而發展為封建社會的宗法制度（原始宗法制度瓦解後產生的個體家長制家庭基礎上繁衍分化發展而來的宗法制家族制度，主要表現為宗族對皇權的或依附或對抗或聽

〔註15〕令狐德棻等：《周書》，中華書局，1971年，第149頁。

〔註16〕司馬遷：《史記》，中華書局，1963年，第2719頁。

〔註17〕司馬遷：《史記》，中華書局，1963年，第2895、2898、2904頁。

〔註18〕班固：《漢書》，中華書局，1962年，第3803頁。

〔註19〕歐陽修、宋祁：《新唐書》，中華書局，1975年，第6029、6041、6045、6047頁。

〔註20〕脫脫等：《宋史》，中華書局，1977年，第98頁。

〔註21〕陳顧遠：《中國婚姻史》，上海書店，1984年，第28~29頁。

從）。〔註22〕中華民族神話宗法化的歷史進程，正與此相同步。

中華民族神話宗法化的歷史進程，就是以漢族神話宗法化為主體，其他民族神話宗法化為輔翼的，多形態一體化的進程。以漢族神話宗法化為主體，是指漢族神話不僅最先完成了由原始宗法化到封建宗法化的轉型，還在全面彰顯宗法特質的同時，促進了其他民族神話的宗法化。以其他民族神話宗法化為輔翼，是指其他民族在漢族宗法影響下，其宗法先後由原始宗法發展到封建宗法，而其神話也相應地從原始宗法化步入封建宗法化。多形態，是指不同民族神話由原始宗法化步入封建宗法化時，形態不一，進程也有先後之別；一體化，則指中華民族神話宗法化的總體進程，都是在漢族神話的引領下，由原始宗法化而步入封建宗法化的。

由於漢族宗法的發展脈絡十分清晰（夏代步入原始宗法階段，西周春秋時期原始宗法發展到典型形態，春秋戰國以後轉入封建宗法階段〔註23〕），與漢族宗法演變進程相同步的漢族神話的宗法化進程，毋庸再行論述；因此，本章只論述其他民族神話宗法化的歷史進程。這裡的其他民族，是指中國古代華夏族也就是後來的漢族以外的民族。這一民族範圍的界定，是由神話宗法化的歷史進程所決定的。呂思勉先生認為，中國歷史上的民族可以分成三派：「匈奴、鮮卑、丁令、貉、肅慎為北派；羌、藏、苗、越、濮為南派（此以大致言。羌藏中，亦有具北派之性質者）；而漢族居其中。」〔註24〕據此，本章將其他民族分為北方民族、西南民族兩大集群，分別論述其宗法化的歷史進程；因為羌藏兼有南北兩派性質，所以將羌族、藏族從南方民族集群中劃分出來，單獨論述其宗法化的歷史進程。

第一節　北方民族神話宗法化的歷史進程

中國歷史上的北方民族，有匈奴、鮮卑、丁令、貉族、肅慎。北方民族神話宗法化的歷史進程，就是上述民族神話先後由原始宗法化步入封建宗法化的歷史進程；而這一歷史進程，則與上述民族宗法在漢族宗法影響下，先後由

〔註22〕參見唐仁郭、錢宗範等：《中國少數民族宗法制度研究》，江西高校出版社，2006年，第7～9頁。

〔註23〕參見唐仁郭、錢宗範等：《中國少數民族宗法制度研究》，江西高校出版社，2006年，第8頁。

〔註24〕呂思勉：《中華民族史》，東方出版社，1996年，第6頁。

原始宗法階段步入封建宗法階段的進程相始終。

一、匈奴神話宗法化的歷史進程

匈奴是最早見於文獻載錄，也是最早與漢族生發關係，且聯繫最為密切的強梁民族。

匈奴，《晉書·四夷傳》：「匈奴之類，總謂之北狄。匈奴地南接燕趙，北暨沙漠，東連九夷，西距六戎。世世自相君臣，不稟中國正朔。夏曰薰鬻，殷曰鬼方，周曰獫狁，漢曰匈奴」，「嬴劉之際，匈奴最強；元成之間，呼韓委質，漢嘉其節，處之中壤。歷年斯永，種類逾繁，殊號殊名，不可勝載」〔註25〕《通典·邊防十·北狄一·序略》：「唐虞則山戎，夏則獯鬻。周則獫狁。」〔註26〕王國維《鬼方昆夷獫狁考》：「其見於商、周間者，曰鬼方、曰混夷、曰獯鬻。其在宗周之季，則曰獫狁。入春秋後，則始謂之戎，繼號曰狄。戰國以降，又稱之曰胡、曰匈奴。」〔註27〕總之，歷代文獻中所提到的鬼方、昆夷、獫狁、戎、狄、胡、羯等，皆指匈奴。

《史記·匈奴列傳》：「匈奴，其先祖夏后氏之苗裔也，曰淳維。」〔註28〕呂思勉先生認為「其說未必可信」〔註29〕，但司馬遷此說必有所據，至少有一點是可以肯定的：匈奴與漢族同源。《山海經·海經》：「黃帝生苗龍，苗龍生融吾，融吾生弄明，弄明生白犬，白犬有牡牝，是為犬戎。」〔註30〕這一匈奴族源神話，正是匈奴與漢族同源的佐證；而匈奴與漢族教相類、政相類、俗相類〔註31〕，更是匈奴與漢族同源的有力證明。

與漢族同源同俗的匈奴，其原始宗法也與漢族相類。《史記·匈奴列傳》：「父死，妻其後母；兄弟死，皆取其妻妻之。其俗有名不諱，而無姓字」，「五月，大會龍城，祭其先、天地、鬼神」。〔註32〕祭祀祖先、天地是宗法之本，「其俗有名不諱，而無姓字」與漢族尚質之世相類；而「父死，妻其後母；兄弟死，皆取其妻妻之」的婚姻，則是原始宗法制的特有產物。這種形式的婚姻，

〔註25〕房玄齡等：《晉書》，中華書局，1974年，第2548、2550頁。

〔註26〕杜佑：《通典》，中華書局，1988年，第5298頁。

〔註27〕王國維：《觀堂集林（外二種）》，河北教育出版社，2003年，第296頁。

〔註28〕司馬遷：《史記》，中華書局，1963年，第2879頁。

〔註29〕呂思勉：《中華民族史》，東方出版社，1996年，第39頁。

〔註30〕袁珂：《山海經校注》，上海古籍出版社，1980年，第434頁。

〔註31〕參見呂思勉：《中華民族史》，東方出版社，1996年，第52～55頁。

〔註32〕司馬遷：《史記》，中華書局，1963年，第2879、2892頁。

是父系家長制大家庭形式下特有的蒸報式婚姻；所謂蒸報式婚姻，就是繼承父親地位的兒子，可以和除了生母以外的父親的其他妻妾產生婚姻關係。〔註33〕春秋前期，蒸報式婚姻為禮法所認可。《史記·魯周公世家》：「初，惠公適夫人無子，公賤妾聲子生子息。息長，為娶於宋。宋女至而好，惠公奪而自妻之。生子允。登宋女為夫人，以允為太子。」〔註34〕《左傳·桓公十六年》：「初，衛宣公烝於夷姜，生急子，屬諸右公子。為之娶於齊，而美，公取之。」〔註35〕《左傳·莊公二十八年》：「晉獻公娶於賈，無子。烝於齊姜，生秦穆夫人及大子申生。」〔註36〕《左傳·閔公二年》：「初，惠公之即位也少，齊人使昭伯烝於宣姜，不可，強之。」〔註37〕昭伯欲蒸於宣姜而宣姜不願，預示了蒸報式婚姻即將為漢族所擯棄，漢族宗法行將步入封建宗法階段。此後，《左傳》中類似的記載不再多見。據此可以斷言，匈奴原始宗法的發展進程，雖稍後於漢族原始宗法，但大體是與漢族同步的。

春秋戰國以後，隨著漢族宗法步入封建宗法階段，漢族已徹底擯棄了蒸報式婚姻，而匈奴卻依然留存了這一婚俗。《史記·匈奴列傳》：「中行說曰：『匈奴之俗……父子兄弟死，取其妻妻之，惡種姓之失也。故匈奴雖亂，必立宗種。』」〔註38〕中行說為漢文帝時宦者，後「降單于，單于甚親幸之」〔註39〕。他所說的匈奴婚俗，當為其所親見。《後漢書·南匈奴列傳》：「初，單于弟右谷蠡王伊屠知牙師以次當（為）左賢王。左賢王即是單于儲副。單于欲傳其子，遂殺知牙師。知牙師者，王昭君之子也。昭君……生二子。及呼韓邪死，其前閼氏子代立，欲妻之，昭君上書求歸，成帝勑令從胡俗，遂復為後單于閼氏焉。」〔註40〕單于殺知牙師，是由王位傳子與傳弟所引發的衝突，由兄終弟及過渡到父子相襲，正是原始宗法的突出特徵；而王昭君因「從胡俗」不得不為復株絫單于閼氏，說明此婚俗漢族已無，而匈奴猶存。這就說明，東漢時期，匈奴宗法仍處於原始宗法階段。《漢書·匈奴傳》：「其與中國殊章服，異習俗。」〔註41〕正

〔註33〕參見錢宗範：《周代宗法制度研究》，廣西師範大學出版社，1989年，第53頁。
〔註34〕司馬遷：《史記》，中華書局，1963年，第1528～1529頁。
〔註35〕楊伯峻：《春秋左傳注》，中華書局，1981年，第145～146頁。
〔註36〕楊伯峻：《春秋左傳注》，中華書局，1981年，第238～239頁。
〔註37〕楊伯峻：《春秋左傳注》，中華書局，1981年，第266頁。
〔註38〕司馬遷：《史記》，中華書局，1963年，第2900頁。
〔註39〕司馬遷：《史記》，中華書局，1963年，第2898頁。
〔註40〕范曄：《後漢書》，中華書局，1965年，第2941頁。
〔註41〕班固：《漢書》，中華書局，1962年，第3834頁。

是就此而言的。匈奴與漢族「異習俗」，是匈奴原始宗法與漢族封建宗法的分野。《後漢書・南匈奴列傳》：「匈奴俗，歲有三龍祠，常以正月、五月、九月戊日祭天神。南單于既內附，兼祠漢帝。……單于姓虛連題。異姓有呼衍氏、須卜氏、丘林氏、蘭氏四姓，為國中名族，常與單于婚姻。」〔註42〕南匈奴因內附而「兼祠漢帝」，又由起初的「無姓字」發展出同姓與異姓宗族，這顯然帶有原始宗法的特點；而四姓「常與單于婚姻」，又意味著宗族需要依託皇權得到保護，或者說支持皇權以完成或維護其統一，則又明顯帶有封建宗法的特點。這就說明，東漢時期，匈奴宗法雖然還帶有原始宗法的特質，但在漢族宗法的影響下，已開始逐漸向封建宗法過渡。

呂思勉先生指出：「此族當前二世紀至紀元一世紀時，據今內外蒙古地方，為中國之強敵。一世紀末，為中國所破；輾轉西遷，直至歐洲為止，與中國無甚交涉矣。其入居中國內地者，四世紀之初，乘中國內亂而崛起。是為五胡中之胡、羯，十六國中之前後趙，約五十年，大為冉閔所屠戮，遂驟衰，其遺族浸與漢族相同化焉。」〔註43〕冉閔屠胡，事見《晉書・載記第七・石季龍下》：「閔潛於襄國行宮，與十餘騎奔鄴。降胡栗特康等執冉胤及左僕射劉琦等送於祇，盡殺之。司空石璞、尚書令徐機、車騎胡睦、侍中李琳、中書監盧諶、少府王鬱、尚書劉欽、劉休等及諸將士死者十餘萬人，於是人物殲矣。」〔註44〕這是匈奴所遭受的最為沉重的一次打擊。既然匈奴「遺族浸與漢族相同化」，因此，其步入封建宗法的最晚時期，當在四世紀末。

匈奴神話宗法化的歷史進程，正與其宗法由原始宗法步入封建宗法的進程相始終。最早見於文獻的匈奴神話，似為長狄神話。《春秋穀梁傳・文公十一年》：「長狄也，弟兄三人，佚害中國，瓦石不能害。叔孫得臣，最善射者也。射其目，身橫九畝。斷其首而載之，眉見於軾。」〔註45〕范寧引《春秋考異郵》云：「兄弟三人各長百尺，別之國欲為君。」〔註46〕這則神話，大約本於《國語》所載錄的防風氏神話。《國語・魯語下・孔丘論大骨》：「吳伐越，墮會稽，

<hr>

〔註42〕范曄：《後漢書》，中華書局，1965 年，第 2944～2945 頁。
〔註43〕呂思勉：《中華民族史》，東方出版社，1996 年，第 2 頁。
〔註44〕房玄齡等：《晉書》，中華書局，1974 年，第 2795 頁。
〔註45〕李學勤主編：《十三經注疏・春秋穀梁傳注疏》，北京大學出版社，1999 年，第 174 頁。
〔註46〕李學勤主編：《十三經注疏・春秋穀梁傳注疏》，北京大學出版社，1999 年，第 174 頁。

獲骨焉，節專車。吳子使來好聘，且問之仲尼。……仲尼曰：『丘聞之：昔禹致群神於會稽之山，防風後至，禹殺而戮之，其骨節專車。……汪芒氏之君也，守封、嵎之山者也，為漆姓。在虞、夏、商為汪芒氏，於周為長狄。』〔註47〕汪芒是長狄國名。秦時，這則神話又由長狄三兄弟演化為長狄 12 兄弟。《史記·秦始皇本紀》：「收天下兵，聚之咸陽，銷以為鍾鐻，金人十二，重各千斤，置廷宮中。」〔註48〕《索隱》：「二十六年，有長人見於臨洮，故銷兵器，鑄而象之。」〔註49〕又，《漢書·五行志第七下之上》：「史記秦始皇帝二十六年，有大人長五丈，足履六尺，皆夷狄服，凡十二人，見於臨洮。天戒若曰，勿大為戎狄之行，將受其禍。」〔註50〕《太平御覽·人事部十八·長絕域人》所錄，則與此大同小異：「秦始皇時有大人身長五丈，足跡六尺。夷狄服，見於臨洮。天戒秦曰：勿大行夷狄之道，將受其禍云。」〔註51〕既然長狄神話是上天戒秦「勿大行夷狄之道」，而匈奴之道又是由「有名不諱」而來的無尊卑，以及已為漢族所擯棄的蒸報式婚俗，因此，狄人三兄弟「佚害中國」而被叔孫得臣射死這一神話，可視為匈奴原始宗法與漢族封建宗法之間所引發劇烈衝突的變形反映。換句話說，長狄三兄弟神話可以看作匈奴原始宗法的產物。

又，《十六國春秋·前趙錄三·劉聰》：

> 劉聰，字玄明，一名載，淵第四子也。母曰張夫人。初，聰之在孕也，張氏夢日入懷，寤而以告淵。淵曰：『此吉徵也，慎勿言之。』自是十五月而生聰焉。夜有日光之異，形體非常，左耳有一白毫，長二尺餘，甚光澤。〔註52〕

劉聰是漢趙烈宗。該神話敘其承天命而生，天賦神性，有異能，敘事目的指向皇權的張揚，是合神、祖、人於一體，集宗統、君統於一身的產物，與漢族同類神話如漢高祖降生神話〔註53〕，已經沒有多大區別。宗君合一是周代宗法的典型特徵，而皇權獨張又是封建宗法的突出特點，因此，該神話既是匈奴神話原始宗法化的延續，又標誌著匈奴神話封建宗法化的開始。《魏書·匈奴

〔註47〕《國語》，上海古籍出版社，1978 年，第 213 頁。
〔註48〕司馬遷：《史記》，中華書局，1963 年，第 239 頁。
〔註49〕司馬遷：《史記》，中華書局，1963 年，第 240 頁。
〔註50〕班固：《漢書》，中華書局，1962 年，第 1472 頁。
〔註51〕李昉、李穆、徐鉉等：《太平御覽》，中華書局，1960 年，第 1742 頁。
〔註52〕湯球：《十六國春秋輯補》，中華書局，1985 年，第 13 頁。
〔註53〕漢高祖降生神話，參見司馬遷《史記》，中華書局，1963 年，第 341 頁。

劉聰》另載有一則與劉聰有關的神話：

> 平陽地震，聰崇明觀陷為池，水赤如血，赤氣至天，有赤龍奮
> 迅而去。流星起於牽牛，入紫薇，龍形委蛇，其光照地，落於平陽
> 北十里。視之則肉，長三十步，廣二十七步，臭達於平陽。肉旁常
> 有哭聲，晝夜不止。聰惡之。劉后產一蛇一虎，各害人而走，尋之
> 不得，須之見在隕肉之旁。〔註54〕

龍為君，紫薇星是帝星。該神話既是劉聰殺害晉懷帝的生動注腳，又為此後劉聰執晉愍帝，驕昏而亡埋下伏筆。神話以劉聰失德為敘事核心，以神罰天譴為敘事主線，以劉聰不義而亡為敘事目的，是匈奴與晉懷帝、晉愍帝所代表的皇權相對抗的形象體現，帶有明顯的封建宗法特質。因此，該神話意味著匈奴神話在原始宗法化基礎上，封建宗法化的持續發展。此後，匈奴遺族與漢族相同化，其神話也就在漢族宗法影響下，匯入到了封建宗法化的總體進程之中。

二、鮮卑神話宗法化的歷史進程

鮮卑是繼匈奴而起的北方游牧民族，西鄰匈奴，東接貉族，古稱東胡，為匈奴別種。

東胡，《史記·匈奴列傳》：「燕北有東胡、山戎。」〔註55〕《索隱》：「服虔云：『東胡，烏丸之先，後為鮮卑。在匈奴東，故曰東胡。』」〔註56〕漢初，鮮卑為冒頓所擊破，直到漢和帝時，才逐漸強大起來。《後漢書·烏桓鮮卑列傳》：「鮮卑者，亦東胡之支也，別依鮮卑山，故因號焉。……漢初，亦為冒頓所破，遠竄遼東塞外，與烏桓相接，未嘗通中國焉」，「和帝永元中，大將軍竇憲遣右校尉耿夔擊破匈奴，北單于逃走，鮮卑因此轉徙據其地。匈奴餘種留者尚有十餘萬落，皆自號鮮卑，鮮卑由此漸盛」。〔註57〕三國時期，鮮卑盡收匈奴故地。《三國志·魏書三十·烏丸鮮卑東夷傳》：「後鮮卑大人軻比能複製御群狄，盡收匈奴故地，自云中、五原以東抵遼水，皆為鮮卑庭。……烏丸、鮮卑即古所謂東胡也。」〔註58〕軻比能，《通典·邊防十二·

〔註54〕魏收：《魏書》，中華書局，1974年，第2046頁。
〔註55〕司馬遷：《史記》，中華書局，1963年，第2883頁。
〔註56〕司馬遷：《史記》，中華書局，1963年，第2885頁。
〔註57〕范曄：《後漢書》，中華書局，1965年，第2985、2986頁。
〔註58〕陳壽：《三國志》，中華書局，1959年，第831～832頁。

北狄三・軻比能》：「軻比能本小種鮮卑，以勇健，斷法平端，不貪財物，眾推以為大人。」〔註59〕

到十六國時，鮮卑又分而為三：慕容氏、乞伏氏、禿髮氏。慕容氏所立之國為前燕、後燕、南燕。《十六國春秋輯補・前燕錄一・慕容廆》：「慕容廆，字奕落環，昌黎棘城鮮卑人也。」〔註60〕乞伏氏所立之國為西秦。《十六國春秋輯補・西秦錄一・乞伏國仁》：「乞伏國仁，隴西鮮卑人也。」〔註61〕禿髮氏所立之國為南涼。《十六國春秋輯補・南涼錄一・禿髮烏孤》：「禿髮烏孤，河西鮮卑人也。」〔註62〕禿髮又作拓跋。《舊唐書・經籍上》：「《拓跋涼錄》十卷。」〔註63〕禿髮為南涼國姓，因而南涼史又名《拓跋涼錄》。拓跋系托跋一音之轉，而托跋氏所立之國則為北魏。《魏書・序紀第一》：「昔黃帝有子二十五人，或內列諸華，或外分荒服，昌意少子，受封北土，國有大鮮卑山，因以為號。其後，世為君長，統幽都之北，廣漠之野，畜牧遷徙，射獵為業，淳樸為俗，簡易為化，不為文字，刻木紀契而已，世事遠近，人相傳授，如史官之紀錄焉。黃帝以土德王，北俗謂土為托，謂后為跋，故以為氏。」〔註64〕當慕容氏崛起之時，其支庶向西遷入青海，是為吐谷渾。《晉書・四夷傳》：「吐谷渾，慕容廆之庶長兄也，其父涉歸分部落一千七百家以隸之。及涉歸卒，廆嗣位，而二部馬鬥……於是遂行……乃西附陰山。」〔註65〕吐谷渾又省稱為吐渾，於後晉天福元年（936年）隸屬於契丹。《五代會要・吐渾》：「吐渾，本吐谷渾也。……晉天福元年，高祖以契丹有助立之功，割雁門已北及幽州之地以賂之，由是吐渾部族皆隸於契丹。」〔註66〕

契丹則是最後興起的鮮卑部族。契丹之稱始於北魏。《遼史紀事本末・太祖肇興》：「魏時始號契丹。」〔註67〕契丹本為宇文氏別種。《周書・文帝上》：「太祖文皇帝姓宇文氏，諱泰，字黑獺，代武川人也。其先出自炎帝神農氏，為黃帝所滅，子孫遯居朔野。有葛烏菟者，雄武多算略，鮮卑慕之，奉以為主，

〔註59〕杜佑：《通典》，中華書局，1988年，第5370頁。
〔註60〕湯球：《十六國春秋輯補》，中華書局，1985年，第174頁。
〔註61〕湯球：《十六國春秋輯補》，中華書局，1985年，第588頁。
〔註62〕湯球：《十六國春秋輯補》，中華書局，1985年，第609頁。
〔註63〕劉昫等：《舊唐書》，中華書局，1975年，第1993頁。
〔註64〕魏收：《魏書》，中華書局，1974年，第1頁。
〔註65〕房玄齡等：《晉書》，中華書局，1974年，第2537頁。
〔註66〕王溥：《五代會要》，上海古籍出版社，1978年，第450～451頁。
〔註67〕李有棠：《遼史紀事本末》，中華書局，1983年，第28頁。

遂總十二部落，世為大人。其後曰普回，因狩得玉璽三紐，有文曰皇帝璽，普回心異之，以為天授。其俗謂天曰宇，謂君曰文，因號宇文國，並以為氏焉。普回子莫那，自陰山南徙，始居遼西，是曰獻侯，為魏舅生之國。九世至侯豆歸，為慕容晃所滅。」〔註68〕為慕容氏所破後，宇文氏餘部流落於松漠之間，至北魏時又為拓跋珪所破，於是一分為二。其居於西部者為庫莫奚。《魏書・庫莫奚傳》：「庫莫奚國之先，東部宇文之別種也。初為慕容元真所破，遺落者竄匿松漠之間。……登國三年，太祖親自出討，至弱洛水南，大破之。」〔註69〕隋時，庫莫奚省稱為奚。《隋書・奚》：「奚本曰庫莫奚，東部胡之種也。為慕容氏所破，遺落者竄匿松、漠之間。」〔註70〕唐時，奚隸屬於契丹，後因契丹政苛，首領去諸引眾逃去，遂分為東、西奚。《新唐書・奚》：「是後契丹方彊，奚不敢亢，而舉部役屬。虜政苛，奚怨之，其酋去諸引別部內附，保媯州北山，遂為東、西奚。」〔註71〕後晉天福元年（936年），奚部族再次隸屬於契丹。《五代會要・奚》：「晉天福元年，高祖以契丹有助立之功，割雁門已北及幽州之地以賂之，由是奚之部族復隸於契丹。自後常為契丹之所役屬。開運三年十二月，契丹犯闕，其王拽剌以所部兵屯於洛陽，及虜主死，隨眾北遁。」〔註72〕契丹則在庫莫奚的東邊。《魏書・契丹傳》：「契丹國，在庫莫奚東，異種同類，俱竄於松漠之間。登國中，國軍大破之，遂逃迸，與庫莫奚分背。」〔註73〕又，《宋會要輯稿・蕃夷一》：「契丹，匈奴之種也。世居潢水之南，南距幽州千七百里，本鮮卑之地。君長姓大賀氏，有八部。唐光啟後，其王欽德乘中原多故，侵略諸部，轊韎、奚、室韋咸被驅役，由是放帳浸盛。欽德政衰，別部酋長邪律阿保機代其位。先是，八部互立為主，三年而代。至阿保機，遂怙強不受代。」〔註74〕北齊時，契丹依附高麗，隋開皇年間，契丹內附。《遼史紀事本末・太祖肇興》：「北齊時，嘗犯塞，軍敗，復為突厥所逼，附高麗。隋開皇年間，欵塞內附。」〔註75〕公元907年，耶律阿保機稱帝。《遼史紀事本末・太祖肇興》：「後梁太祖開平元年（丁卯907）春正月庚寅，遼太祖自稱

〔註68〕令狐德棻等：《周書》，中華書局，1971年，第1頁。
〔註69〕魏收：《魏書》，中華書局，1974年，第2222頁。
〔註70〕魏徵等：《隋書》，中華書局，1973年，第1881頁。
〔註71〕歐陽修、宋祁：《新唐書》，中華書局，1975年，第6175～6176頁。
〔註72〕王溥：《五代會要》，上海古籍出版社，1978年，第453頁。
〔註73〕魏收：《魏書》，中華書局，1974年，第2223頁。
〔註74〕徐松：《宋會要輯稿》，中華書局，1957年，第7673頁。
〔註75〕李有棠：《遼史紀事本末》，中華書局，1983年，第29頁。

天皇帝。」〔註76〕公元947年，契丹入主中原，是為遼。此後，「契丹」一詞就轉化為漢人的另一種稱呼了〔註77〕。

總之，歷代文獻中所提到的東胡、烏桓、吐谷渾、奚、契丹，皆為鮮卑。

鮮卑大抵與匈奴同習，又繼匈奴而起，因此，其宗法既是匈奴宗法的繼承，又是在匈奴宗法基礎上的發展。《後漢書‧烏桓鮮卑列傳》稱，其俗「貴少而賤老，其性悍塞。怒則殺父兄，而終不害其母，以母有族類，父兄無相仇報故也。……其嫁娶則先略女通情，或半歲百日，然後送牛馬羊畜，以為娉幣。婿隨妻還家，妻家無尊卑，旦旦拜之，而不拜其父母。為妻家僕役，一二年間，妻家乃厚遣送女，居處財物一皆為辦。其俗妻後母，報寡嫂，死則歸其故夫。計謀從用婦人，唯鬥戰之事乃自決之」，「敬鬼神，祠天地日月星辰山川及先大人有健名者」。〔註78〕「母有族類」，嫁娶與計謀皆從婦人，「妻家無尊卑」，說明鮮卑社會還殘留有母系氏族社會的痕跡；「其嫁娶則先略女通情」，「然後送牛馬羊畜，以為娉幣」，雖然屬於買賣婚姻中的聘禮婚，但已顯露出向後來的聘娶婚過渡的趨勢，而「聘娶婚在中國歷史上，是封建宗法婚姻的表現形式之一」〔註79〕；習尚蒸報式婚姻，「死則歸其故夫」，祭祀「先大人有健名者」，又說明其宗法帶有原始宗法的突出特點。因此，這一時期的鮮卑宗法，一方面同於匈奴宗法，尚處於原始宗法階段；另一方面，又是匈奴宗法的延續，顯露出封建宗法的萌芽。

此後，受漢族影響，鮮卑加快了其漢化進程。《三國志‧魏書‧烏丸鮮卑東夷傳》：「軻比能……部落近塞，自袁紹據河北，中國人多亡叛歸之，教作兵器鎧楯，頗學文字。故其勒御部族，擬則中國，出入弋獵，建立旌麾，以鼓節為進退」，「比能……乃與輔國將軍鮮于輔書曰：『……我夷狄雖不知禮義，兄弟子孫受天子印綬，牛馬尚知美水草，況我有人心邪！將軍當保明我於天子』」。〔註80〕學習漢族文字，軍事組織模仿漢族，由無尊卑到願意受禮義約束，意味著鮮卑宗法已開始自覺地趨向原始宗法典型形態。

〔註76〕李有棠：《遼史紀事本末》，中華書局，1983年，第27頁。

〔註77〕參見費孝通主編：《中華民族多元一體格局（修訂本）》，中央民族大學出版社，1999年，第189頁。

〔註78〕范曄：《後漢書》，中華書局，1965年，第2979、2980頁。

〔註79〕唐仁郭、錢宗範等：《中國少數民族宗法制度研究》，江西高校出版社，2006年，第332頁。

〔註80〕陳壽：《三國志》，中華書局，1959年，第838、839頁。

《晉書・四夷傳》:「其婚姻,富家厚出娉財,竊女而去。父卒,妻其群母;兄亡,妻其諸嫂。喪服制,葬迄而除」,「《禮》云公孫之子得以王父字為氏,吾祖始自昌黎光宅於此,今以吐谷渾為氏,尊祖之義也」。〔註81〕掠奪婚是後世婚禮之本。《說文》:「婚,婦家也。《禮》:娶婦以昏時,婦人陰也,故曰婚。」〔註82〕搶婚要趁婦家不備,其最佳時間為黃昏時,後世婚禮便以此為名,且保留了其象徵性儀式。《禮記・曾子問》:「孔子曰:『嫁女之家,三夜不息燭,思相離也。取婦之家,三日不舉樂,思嗣親也。』」〔註83〕《周易》一書中,掠奪婚遺跡猶存。《周易・屯卦》:「匪寇婚媾。」〔註84〕又,《周易・賁卦》:「匪寇婚媾。」〔註85〕又,《周易・睽卦》:「匪寇婚媾。」〔註86〕掠奪婚本是父系氏族社會的產物,「殷之世雖大部分處於母系社會中,母姓不來自異族,然與父系社會既存有交替期間……由異族掠奪女子而獨佔之,則亦有其事也」〔註87〕;而這一種帶有象徵意味又歸於「尊祖之義」的掠奪婚,同樣也是以聘禮婚的形式表現出來的,因此,這一時期的鮮卑宗法,一方面既與殷代相同,已經步入原始宗法成熟階段;另一方面,又在不知不覺中開始向封建宗法過渡。

《十六國春秋輯補・前燕錄一・慕容廆》:「父歸涉,以全柳城之勳進拜鮮卑單于,遷邑於遼東北。於是漸變胡風,遵循華俗,自云慕二儀之德,繼三光之容,遂以慕容為姓。」〔註88〕「漸變胡風,遵循華俗」,意味著慕容鮮卑宗法已開始有意識地向封建宗法轉型。至六世紀中葉,宇文泰建立府兵制,則標誌著鮮卑封建宗法轉型的最終完成。《玉海・兵制》:「《後魏書》:西魏大統八年,宇文泰仿周典置六軍,合為百府(每府一郎將統之,分屬二十四軍,開府各領一軍。大將軍凡十二人,每一大將軍統二府,一柱國統二大將軍,凡柱國六員,復加持節都督以統之)。」〔註89〕府兵制是在仿傚漢族六軍之制的基礎上,將其與鮮卑氏族宗法組織相結合的,合宗統、君統於一體的,封建國家的

〔註81〕房玄齡等:《晉書》,中華書局,1974年,第2538、2539頁。
〔註82〕許慎:《說文解字》,中華書局,1985年,第411頁。
〔註83〕孫希旦:《禮記集解》,中華書局,1989年,第521頁。
〔註84〕阮元:《十三經注疏》,中華書局,1980年,第19頁。
〔註85〕阮元:《十三經注疏》,中華書局,1980年,第38頁。
〔註86〕阮元:《十三經注疏》,中華書局,1980年,第51頁。
〔註87〕陳顧遠:《中國婚姻史》,上海書店,1984年,第79～80頁。
〔註88〕湯球:《十六國春秋輯補》,中華書局,1985年,第174頁。
〔註89〕王應麟:《玉海》,江蘇古籍出版社,上海書店,1987年,第2559頁。

正規軍事制度。因此，其既帶有原始宗法的典型特點，又帶有封建宗法的突出特徵。「至581年，隋代宇文周，而其在中國割據之局始終，其人亦大抵同化於中國」〔註90〕，據此，鮮卑宗法全面步入封建宗法的最晚時期，當在六世紀末。

鮮卑神話宗法化的進程，正與其宗法演進歷程相同步。《後漢書·烏桓鮮卑列傳》：

> 桓帝時，鮮卑檀石槐者，其父投鹿侯，初從匈奴軍三年，其妻在家生子。投鹿侯歸，怪欲殺之。妻言嘗晝行聞雷震，仰天視而雹入其口，因吞之，遂娠身，十月而產，此子必有奇異，且宜長視。投鹿侯不聽，遂弃之。妻私語家令收養焉，名檀石槐。〔註91〕

檀石槐為其母感天而生，後又為其父所棄，由此而言，該神話很像是玄鳥生商與后稷神話的合體。感天而生是知母不知父的母系氏族社會觀念的體現，而為父所棄則是父系家長制權威的表述，因此，該神話可視為原始宗法成熟階段的產物。《魏書·序紀》：

> 聖武帝嘗率數萬騎田於山澤，欻見輜軿自天而下。既至，見美婦人，侍衛甚盛。帝異而問之，對曰：「我，天女也，受命相偶。」遂同寢宿。旦，請還，曰：「明年周時，復會此處。」言終而別，去如風雨。及期，帝至先所田處，果復相見。天女以所生男授帝曰：「此君之子也，善養視之。子孫相承，當世為帝王。」語迄而去。子即始祖也。故時人諺曰：「詰汾皇帝無婦家，力微皇帝無舅家。」〔註92〕

該神話敘拓跋力微承天命而生，為北魏始祖，顯然受到了殷代祖神合一宗族祖先崇拜觀的影響；而「子孫相承，當世為帝王」這一表述所導向的宗君合一，又明顯帶有周代宗法的烙印。因此，該神話正好展示了鮮卑神話由原始宗法成熟化，再到原始宗法典型化的發展進程。《周書·文帝上》：

> 太祖，德皇帝之少子也。母曰王氏，孕五月，夜夢抱子昇天，纔不至而止。寤而告德皇帝，德皇帝喜曰：「雖不至天，貴亦極矣。」生而有黑氣如蓋，下覆其身。及長，身長八尺，方顙廣額，美鬚髯，髮長委地，垂手過膝，背有黑子，宛轉若龍盤之形，面有紫光，人

〔註90〕呂思勉：《中華民族史》，東方出版社，1996年，第3頁。
〔註91〕范曄：《後漢書》，中華書局，1965年，第2989頁。
〔註92〕魏收：《魏書》，中華書局，1974年，第2~3頁。

望而敬畏之。〔註93〕

　　宇文泰感天而生，天賦神性，又為北周不祧之祖。這則神話與漢族同類神話已經完全沒有區別。宗君合一與封建正統意識的突出強調，說明這則神話已在原始宗法典型化的基礎上，開始向封建宗法化轉型。與此相類的，還有《遼史・太祖上》所載耶律阿保機降生神話：「初，母夢日墮懷中，有娠。及生，室有神光異香，體如三歲兒，即能匍匐。祖母簡獻皇后異之，鞠為己子。常匿於別幕，塗其面，不令他人見。三月能行；晬而能言，知未然事。自謂左右若有神人翼衛。」〔註94〕耶律阿保機也是感天而生，天賦神性，且為遼不祧之祖。因此，該神話同樣是宗君合一與封建正統意識的產物。此後，鮮卑遺族同化於漢族，其神話也就在漢族宗法影響下，匯入到了封建宗法化的總體進程之中。

三、丁令神話宗法化的歷史進程

　　丁令是繼鮮卑而起的北方游牧民族，為匈奴別種。

　　丁令，又作釘靈、丁零、丁靈。《山海經・海內經》：「有釘靈之國，其民從都已下有毛，馬蹄善走。」〔註95〕又，《史記・匈奴列傳》：「北服渾庾、屈射、丁零、鬲昆、薪犁之國。」〔註96〕《索隱》引魚豢《魏略》云：「丁零在康居北，去匈奴庭接習水七千里。」〔註97〕又，《漢書・李廣蘇建傳》：「其冬，丁令盜武牛羊。」〔註98〕顏師古注：「令音零。丁令，即上所謂丁靈耳。」〔註99〕又，《後漢書・烏桓鮮卑列傳》：烏桓「在丁令西南，烏孫東北焉」〔註100〕。李賢注：「《前書音義》曰：『丁令，匈奴別種也。令音零。』」〔註101〕丁令是漢人對這一部族的稱呼。

　　漢人又稱丁令為高車，北方則稱為敕勒。《魏書・高車傳》：「高車，蓋古赤狄之餘種也，初號為狄歷，北方以為勒勒，諸夏以為高車、丁零。」〔註102〕

〔註93〕令狐德棻等：《周書》，中華書局，1971 年，第 2 頁。

〔註94〕脫脫等：《遼史》，中華書局，1974 年，第 1 頁。

〔註95〕袁珂：《山海經校注》，上海古籍出版社，1980 年，第 463 頁。

〔註96〕司馬遷：《史記》，中華書局，1963 年，第 2893 頁。

〔註97〕司馬遷：《史記》，中華書局，1963 年，第 2893 頁。

〔註98〕班固：《漢書》，中華書局，1962 年，第 2463 頁。

〔註99〕班固：《漢書》，中華書局，1962 年，第 2464 頁。

〔註100〕范曄：《後漢書》，中華書局，1965 年，第 2980 頁。

〔註101〕范曄：《後漢書》，中華書局，1965 年，第 2981 頁。

〔註102〕魏收：《魏書》，中華書局，1974 年，第 2307 頁。

敕勒又訛為鐵勒。《新唐書・回鶻上》：「高車部，或曰敕勒，訛為鐵勒。」〔註103〕鐵勒種類繁多，姓氏各別，臣屬東西兩突厥。《北史・鐵勒傳》：「鐵勒之先，匈奴之苗裔也。種類最多，自西海之東，依山據谷，往來不絕。……雖姓氏各別，總謂為鐵勒。並無君長，分屬東西兩突厥。」〔註104〕突厥這一稱呼，由其部落所居之金山而來。《隋書・突厥傳》：「突厥之先，平涼雜胡也，姓阿史那氏。後魏太武滅沮渠氏，阿史那以五百家奔茹茹，世居金山，工於鐵作。金山狀如兜鍪，俗呼『兜鍪』為突厥，因以為號。」〔註105〕突厥在北方諸部族中最為強盛，至唐末則勢力轉微。《五代會要・突厥》：「北番之中，最為強盛，至唐室末為諸番所侵，部族微弱。」〔註106〕

　　唐初，鐵勒又作特勒，後稱回紇。《宋史・回鶻傳》：「後魏號鐵勒，唐初號特勒，後稱回紇。」〔註107〕又，《舊唐書・廻紇傳》：「廻紇，其先匈奴之裔也，在後魏時，號鐵勒部落。其眾微小，其俗驍強。依託高車，臣屬突厥，近謂之鐵勒。」〔註108〕回紇則是隋煬帝大業年間，由袁紇合併鐵勒部族中的僕骨、同羅、拔野古部落而來的部族，於突厥亡後雄強一時。《新唐書・回鶻上》：「袁紇者，亦曰烏護，曰烏紇，至隋曰韋紇。……大業中……韋紇乃並僕骨、同羅、拔野古叛去，自為俟斤，稱回紇」，「貞觀三年，始來朝，獻方物。突厥已亡，惟回紇與薛延陀為最雄彊」。〔註109〕唐元和四年（809年），回紇改名回鶻。《舊五代史・回鶻傳》：「回鶻，其先匈奴之種也。後魏時，號為鐵勒，亦名回紇。唐元和四年，本國可汗遣使上言，改為回鶻，義取迴旋搏擊，如鶻之迅捷也。」〔註110〕司馬光則以為，回紇改名回鶻，當在貞元四年（788年）。《資治通鑒・唐紀四十九》：「冬，十月，戊子，回紇至長安，可汗仍表請改回紇為回鶻；許之。」〔註111〕此後，回鶻又指高昌。《宋史・高昌傳》：「高昌國，漢車師前王之地。有高昌城，取其地勢高敞、人民昌盛以為名焉。……語訛亦云『高敞』，然其地頗有回鶻，故亦謂之回

〔註103〕歐陽修、宋祁：《新唐書》，中華書局，1975年，第6111頁。
〔註104〕李延壽：《北史》，中華書局，1974年，第3303頁。
〔註105〕魏微等：《隋書》，中華書局，1973年，第1863頁。
〔註106〕王溥：《五代會要》，上海古籍出版社，1978年，第466頁。
〔註107〕脫脫等：《宋史》，中華書局，1977年，第14114頁。
〔註108〕劉昫等：《舊唐書》，中華書局，1975年，第5195頁。
〔註109〕歐陽修、宋祁：《新唐書》，中華書局，1975年，第6111、6112頁。
〔註110〕薛居正等：《舊五代史》，中華書局，1976年，第1841頁。
〔註111〕司馬光：《資治通鑒》，中華書局，1956年，第7515頁。

鶻。」〔註112〕

唐宣宗大中初，回鶻勢力消歇。《新唐書·回鶻下》：「大中初，仲武討奚，破之，回鶻寖耗滅，所存名王貴臣五百餘，轉依室韋。」〔註113〕室韋，《新唐書·室韋傳》：「室韋，契丹別種，東胡之北邊，蓋丁零苗裔也。」〔註114〕室韋有五部，在南邊的叫契丹，在北邊的叫室韋。《通典·邊防十六·北狄七·室韋》：「室韋有五部，後魏末通焉，並在靺鞨之北，路出柳城。諸部不相總一，所謂南室韋、北室韋、鉢室韋、深末怛室韋、大室韋，並無君長，人眾貧弱。突厥沙鉢略可汗嘗以吐屯潘垤統領之，蓋契丹之類也。其在南者為契丹，在北者號室韋。」〔註115〕而與回鶻同為一時之雄的薛延陀，則為李勣所滅。《新唐書·回鶻下》：「薛延陀者，先與薛種雜居，後滅延陀部有之，號薛延陀，姓一利咥氏。在鐵勒諸部最雄張，風俗大抵與突厥同」，「勣知之，縱兵擊，斬五千餘級，係老孺三萬，遂滅其國」。〔註116〕

九世紀中葉，回鶻又為黠戛斯所破。黠戛斯，就是《史記》中所說的鬲昆，又作堅昆、居勿、結骨。《新唐書·回鶻下》：「黠戛斯，古堅昆國也。……或曰居勿，曰結骨。其種雜丁零，乃匈奴西鄙也」，「堅昆，本彊國也，地與突厥等……始隸薛延陀」，「句錄莫賀導阿熱破殺回鶻可汗，諸特勒皆潰。阿熱身自將，焚其牙及公主所廬金帳者，回鶻可汗常坐也。乃悉收其寶貨，并得太和公主」。〔註117〕此後，回鶻遷徙到天德、振武之間，先為石雄、劉沔所破，又為張仲武所攻，遂放棄漠北，徙居河西及天山南路。《五代會要·廻鶻》：「會昌初，其國為黠戛斯所侵，部族擾亂，乃移帳至天德、振武間，又為石雄、劉沔所襲，破之，復為幽州節度使張仲武所攻，餘眾西奔，歸於吐蕃，吐蕃處之甘州。其後時通中國，世以中國為舅，朝廷每賜書詔，亦嘗以甥呼之。」〔註118〕此後，回鶻依所居地之不同，或為回回，或為畏兀兒（今日通稱維吾爾），或為裕固。

總之，歷代文獻中所提到的敕勒、鐵勒、高車、突厥、回紇、高昌，皆為

〔註112〕脫脫等：《宋史》，中華書局，1977年，第14109～14110頁。
〔註113〕歐陽修、宋祁：《新唐書》，中華書局，1975年，第6133頁。
〔註114〕歐陽修、宋祁：《新唐書》，中華書局，1975年，第6176頁。
〔註115〕杜佑：《通典》，中華書局，1988年，第5487頁。
〔註116〕歐陽修、宋祁：《新唐書》，中華書局，1975年，第6134、6138頁。
〔註117〕歐陽修、宋祁：《新唐書》，中華書局，1975年，第6146～6147、6149、6149～6150頁。
〔註118〕王溥：《五代會要》，上海古籍出版社，1978年，第448頁。

丁令。

丁令與匈奴同習，又繼鮮卑而起，因此，其宗法既同於匈奴，亦大抵同於鮮卑。《北史·突厥傳》：「其俗……賤老貴壯，寡廉恥，無禮義，猶古之匈奴」，「父、兄、伯、叔死，子、弟及姪等妻其後母、世叔母、嫂，惟尊者不得下淫。移徙無常，而各有地分。可汗恒處於都斤山，牙帳東開，蓋敬日之所出也。每歲率諸貴人，祭其先窟。又以五月中旬，集他人水祭拜天神」，「敬鬼神，信巫覡，重兵死，恥病終，大抵與匈奴同俗」。〔註119〕又，《北史·鐵勒傳》：「其俗大抵與突厥同。唯丈夫婚畢，便就妻家，待產乳男女，然後歸舍；死者埋殯之：此其異也。」〔註120〕突厥無尊卑上下，敬天地，祭祀日月、先祖，習尚蒸報式婚姻；除此之外，鐵勒還有「丈夫婚畢，便就妻家，待產乳男女，然後歸舍」的習俗。由此可見，此時已進入父系氏族社會的丁令諸族，還殘留有母系氏族社會的痕跡，其宗法尚處於原始宗法階段。

《魏書·高車傳》：「婚姻用牛馬納聘以為榮。結言既定，男黨營車闌馬，令女黨恣取，上馬祖乘出闌，馬主立於闌外，振手驚馬，不墜者即取之，墜則更取，數滿乃止。」〔註121〕「婚姻用牛馬納聘以為榮」，是在聘禮婚基礎上向聘娶婚過渡的標誌，說明其宗法已在原始宗法的基礎上，開始逐漸向封建宗法過渡。此後，因受漢族宗法影響，丁令宗法加快了向封建宗法過渡的進程。《新唐書·回鶻上》：「肅宗即位，使者來請助討祿山，帝詔燉煌郡王承案與約，而令僕固懷恩送王，因召其兵。可汗喜，以可敦妹為女，妻承案，遣渠領來請和親，帝欲固其心，即封虜女為毗伽公主。……可汗……俄以大將軍多攬等造朝，及太子葉護身將四千騎來，惟所命。帝因冊毗伽公主為王妃。……帝命廣平王見葉護，約為昆弟」，「乾元元年，回紇……又使請昏，許之。帝以幼女寧國公主下嫁，即冊磨延啜為英武威遠毗伽可汗，詔漢中郡王瑀攝御史大夫為冊命使，以宗子右司郎中巽兼御史中丞為禮會使，並以副瑀，尚書右僕射裴冕送諸境。……可汗曰：『見國君，禮無不拜。』瑀曰：『天子顧可汗有功，以愛女結好。比中國與夷狄婚，皆宗室子。今寧國乃帝玉女，有德容，萬里來降，可汗天子婿，當以禮見，安踞受詔邪？』可汗慚，乃起奉詔，拜受冊。……俄爾可汗死，國人慾以公主殉，主曰：『中國人婿死，朝夕臨，喪期三年，此終禮也。

〔註119〕李延壽：《北史》，中華書局，1974年，第3287、3288、3289頁。
〔註120〕李延壽：《北史》，中華書局，1974年，第3304頁。
〔註121〕魏收：《魏書》，中華書局，1974年，第2307頁。

回紇萬里結昏，本慕中國，吾不可以殉。』乃止，然劓面哭，亦從其俗云。後以無子，得還」。〔註122〕可汗死後，回紇主依漢族禮節，不以公主殉葬，而公主「後以無子，得還」。這就說明，回紇不僅開始摒棄宗族奴隸制的殉葬習俗，同時也摒棄了帶有原始宗法特質的蒸報式婚姻。可汗「以可敦妹為女，妻承寀」，唐肅宗又以幼女寧國公主下嫁可汗，是回紇與唐王朝之間的族際婚；而這類族際婚，又建立在肅宗「封虜女為毗伽公主」，廣平王與葉護約為昆弟、肅宗以宗室女嫁可汗的基礎上，是回紇與唐王朝宗室之間的聘娶婚。因此，族際婚就在強化回紇與唐王朝之間宗法關係的同時，又推動了回紇原始宗法向封建宗法的轉型。

《新五代史·四夷附錄第三》：「回鶻……唐嘗以女妻之，故其世以中國為舅。……當五代之際，有居甘州、西州者嘗見中國，而甘州回鶻數至，猶呼中國為舅，中國答以詔書亦呼為甥。……莊宗遣司農卿鄭續持節冊仁美為英義可汗。是歲，仁美卒，其弟狄銀立，遣都督安千想等來。同光四年，狄銀卒，阿咄欲立。天成二年，權知國事王仁裕遣李阿山等來朝，明宗遣使者冊仁裕為順化可汗。晉高祖時又冊為奉化可汗。阿咄欲，不知其為狄銀親疏，亦不知其立卒；而仁裕，迄五代常來朝貢，史亦失其紀。」〔註123〕實際上，阿咄欲就是仁裕，也就是仁美之弟。〔註124〕又，《宋史·回鶻傳》：「仁裕卒，子景瓊立。先是，唐朝繼以公主下嫁，故回鶻世稱中朝為舅，中朝每賜答詔亦曰外甥。五代之後皆因之。」〔註125〕仁裕之前回鶻權力世襲所實行的兄終弟及制，是商代前期與周族早期的繼承制度，而自仁裕開始的王位父子相襲，則是商代後期與周武王之後的繼承制度，都屬於原始宗法的範疇。唐明宗冊封仁裕為順化可汗，晉高祖冊封仁裕為奉化可汗，說明此時的回鶻已大抵同化於漢族。這一點，也可從回鶻與唐世代為舅甥中見出。回鶻由此而來的姻親關係，以遵唐為原則，既是對皇權的依附，也是對皇權的順從，帶有明顯的封建宗法的特點。因此，五代時期的丁令宗法，是原始宗法典型形態與封建宗法的合體。

《宋史·高昌傳》：「其王遣人來言，擇日以見使者，願勿迓其淹久。至七日，見其王及王子侍者，皆東向拜受賜。旁有持磬者擊以節拜，王聞磬聲

〔註122〕歐陽修、宋祁：《新唐書》，中華書局，1975 年，第 6115、6116～6167 頁。

〔註123〕歐陽修：《新五代史》，中華書局，1974 年，第 916 頁。

〔註124〕參見高文德主編：《中國少數民族史大辭典》，吉林教育出版社，1995 年，第 315 頁。

〔註125〕脫脫等：《宋史》，中華書局，1977 年，第 14114 頁。

乃拜，既而王之兒女親屬皆出，羅拜以受賜。」〔註126〕高昌王七日而見宋使，先由王及王子侍者拜，再由兒女親屬次第有序而拜。周全謹嚴的禮儀所表達出的對皇權的依附與尊崇，說明此時丁令宗法已開始自覺趨向封建宗法。此後，高昌、回紇頗有內附意，常遣使入宋朝貢，一直持續到宣和年間。《宋史·回鶻傳》：「端拱二年九月，回鶻都督……麼囉王子自云，向為靈州馮暉阻絕，由是不通貢奉，今有內附意」，「熙寧元年入貢，求買金字《大般若經》，以墨本賜之。六年復來，補其首領五人為軍主。……宣和中，間因入貢散而之陝西諸州，公為貿易，至留久不歸。朝廷慮其習知邊事，且往來皆經夏國，於播傳非便，乃立法禁之」。〔註127〕回鶻願意內附，又與緣邊諸州漢人往來頻繁，朝貢時不僅求《大般若經》，而且其地「佛寺五十餘區，皆唐朝所賜額，寺中有《大藏經》《唐韻》《玉篇》《經音》等。……有敕書樓，藏唐太宗、明皇御札詔敕，緘鎖甚謹」〔註128〕，足見其傳受漢族文明之積極，而漢文化精神又是由宗法所界定規範的，因此，丁令宗法全面步入封建宗法的最晚時期，當在12世紀中葉。

丁令神話宗法化的進程，正與其宗法演進歷程相同步。《北史·突厥傳》：

> 突厥之先，出於索國，在匈奴之北。其部落大人曰阿謗步，兄弟七十人，其一曰伊質泥師都，狼所生也。阿謗步等性並愚癡，國遂被滅。泥師都既別感異氣，能徵占風雨。娶二妻，云是夏神、冬神之女。一孕而生四男：其一變為白鴻；其一國於阿輔水、劍水之間，號為契骨；其一國於處折水；其一居跋斯處折施山，即其大兒也。山上仍有阿謗步種類，並多寒露，大兒為出火溫養之，咸得全濟。遂共奉大兒為主，號為突厥，即納都六設也。都六有十妻，所生子皆以母族姓，阿史那是其小妻之子也。都六死，十母子內欲擇立一人，乃相率於大樹下，共為約曰：「向樹跳躍，能最高者，即推立之。」阿史那子年幼而跳最高，諸子遂奉以為主，號阿賢設。〔註129〕

該神話認為突厥狼種，且都六「所生子皆以母族姓」，又於十子中擇一人為主，帶有母系氏族社會向父系氏族社會過渡的鮮明烙印，顯係原始宗法的產

〔註126〕脫脫等：《宋史》，中華書局，1977年，第14112～14113頁。

〔註127〕脫脫等：《宋史》，中華書局，1977年，第14115、14117～14118頁。

〔註128〕脫脫等：《宋史》，中華書局，1977年，第14112頁。

〔註129〕李延壽：《北史》，中華書局，1974年，第3286頁。

物。《北史‧高車傳》：

> 匈奴單于生二女，姿容甚美，國人皆以為神。單于曰：「吾有此
> 女，安可配人？將以與天。」乃於國北無人之地築高臺，置二女其
> 上曰：「請天自迎之。」經三年，其母欲迎之。單于曰：「不可，未徹
> 之間耳。」復一年，乃有一老狼，晝夜守臺嘷呼，因穿臺下為空穴，
> 經時不去。其小女曰：「吾父處我於此，欲以與天，而今狼來，或是
> 神物，天使之然。」將下就之。其姊大驚曰：「此是畜生，無乃辱父
> 母？」妹不從，下為狼妻而產子。後遂滋繁成國。故其人好引聲長
> 歌，又似狼嘷。〔註130〕

　　此神話本於前引《魏書‧高車傳》所載高車族源神話。匈奴單于欲以二女
配天，而二女尤其是小女兒則無條件地聽命於父王，甚至其母也不能違拗單于
之令。神話在祭天故習下，合神權、君權、父權、夫權於一體，同樣是原始宗
法的產物。《隋書‧突厥傳》：

> 其先國於西海之上，為鄰國所滅，男女無少長盡殺之。至一兒，
> 不忍殺，刖足斷臂，棄於大澤中。有一牝狼，每啣肉至其所，此兒
> 因食之，得以不死。其後遂與狼交，狼有孕焉。彼鄰國者，復令人
> 殺此兒，而狼在其側。使者將殺之，其狼若為神所憑，欻然至於海
> 東，止於山上。其山在高昌西北，下有洞穴，狼入其中，遇得平壤
> 茂草，地方二百餘里。其後狼生十男，其一姓阿史那氏，最賢，遂
> 為君長，故牙門建狼頭纛，示不忘本也。〔註131〕

　　此神話為前引《北史‧突厥傳》載突厥族源神話所本。這則神話與上面那
則高車族源神話一樣，都認為其為狼種；所不同的是，突厥族源神話有了狼所
生十男各為一姓的表述。這一點，從《北史‧突厥傳》「十男長，外託妻孕，
其後各為一姓」〔註132〕的表述中，見得更為清楚。十姓各為一族，意味著同
姓宗族與異姓宗族的形成，因此，該神話顯然是原始宗法持續成熟的產物。《新
唐書‧回鶻下》：

> 延陀將滅，有丐食於其部者，延客帳中，妻視客人而狼首，主
> 不覺，客已食，妻語部人共追之，至鬱督軍山，見二人焉，曰：「我

〔註130〕李延壽：《北史》，中華書局，1974年，第3270頁。
〔註131〕魏徵等：《隋書》，中華書局，1973年，第1863頁。
〔註132〕李延壽：《北史》，中華書局，1974年，第3285頁。

神也，薛延陀且滅。」追者慢，卻走，遂失之。〔註133〕

丁令諸族既為狼種，狼首的客人自然就是薛延陀先祖的化身。客人說自己是神，且能先期預料薛延陀將滅，這種類似於漢族的讖言，顯然是祖神合一的產物，帶有明顯的原始宗法的特點。而薛延陀最終為李勣所滅，則是其挑戰皇權，對抗唐王朝的必然結果，又帶有鮮明的封建宗法的特質。因此，當丁令神話呈現出這樣的面貌時，這就意味著，其已在漢族宗法影響下，開始匯入到封建宗法化的總體進程之中。

四、貊族神話宗法化的歷史進程

貊是介於鮮卑、肅慎之間，最早傳受漢族文明的北方民族。

貊，《周禮·夏官司馬·職方氏》：「職方氏掌天下之圖，以掌天下之地，辨其邦國、都鄙、四夷、八蠻、七閩、九貊、五戎、六狄之人民與其財用。」〔註134〕《正義》引鄭司農語：「東方曰夷，南方曰蠻，西方曰戎，北方曰貊狄。」〔註135〕又，《史記·燕召公世家》：「燕北迫蠻貊。」〔註136〕貊，又作貉。《詩·大雅·韓奕》：「王錫韓侯，其追其貉，奄受北國，因以其伯。」〔註137〕《三家義集疏》：「追、貉，戎狄國也。」〔註138〕貉為貊之俗字。《日知錄集釋》卷之三《韓城》注云：「貉，俗字也，本作貊。」〔註139〕

貊，又作穢貊。《史記·貨殖列傳》：燕北「東綰穢貊、朝鮮、真番之利」〔註140〕。穢貊，又單稱穢。《後漢書·穢》：「穢北與高句驪、沃沮，南與辰韓接，東窮大海，西至樂浪。穢及沃沮、句驪，本皆朝鮮之地也。……耆舊自謂與句驪同種，言語法俗大抵相類。」〔註141〕穢所立之國為夫餘。《後漢書·夫餘傳》：「夫餘國，在玄菟北千里。南與高句驪，東與挹婁，西與鮮卑接，北有弱水。地方二千里，本穢地也。」〔註142〕又，《三國志·魏書三十·

〔註133〕歐陽修、宋祁：《新唐書》，中華書局，1975 年，第 6139 頁。

〔註134〕孫詒讓：《周禮正義》，中華書局，1987 年，第 2636 頁。

〔註135〕孫詒讓：《周禮正義》，中華書局，1987 年，第 2636 頁。

〔註136〕司馬遷：《史記》，中華書局，1963 年，第 1561 頁。

〔註137〕王先謙：《詩三家義集疏》，中華書局，1987 年，第 980 頁。

〔註138〕王先謙：《詩三家義集疏》，中華書局，1987 年，第 980 頁。

〔註139〕黃汝成：《日知錄集釋》，花山文藝出版社，1990 年，第 133 頁。

〔註140〕司馬遷：《史記》，中華書局，1963 年，第 3265 頁。

〔註141〕范曄：《後漢書》，中華書局，1965 年，第 2817～2818 頁。

〔註142〕范曄：《後漢書》，中華書局，1965 年，第 2810 頁。

夫餘》:「夫餘本屬玄菟。漢末，公孫度雄張海東，威服外夷，夫餘王尉仇台更屬遼東。時句麗、鮮卑彊，度以夫餘在二虜之間，妻以宗女。……國有故城名濊城，蓋本濊貊之地，而夫餘王其中。」〔註143〕夫餘又作扶餘。《舊唐書·高麗傳》:「高麗者，出自扶餘之別種也。」〔註144〕公元285年，夫餘為慕容廆所破。《晉書·夫餘國傳》:「太康六年，為慕容廆所襲破，其王依慮自殺，子弟走保沃沮。」〔註145〕沃沮，《後漢書·東沃沮傳》:「武帝滅朝鮮，以沃沮地為玄菟郡。後為夷貊所侵，徙郡於高句驪西北，更以沃沮為縣，屬樂浪東部都尉。至光武罷都尉官，後皆以封其渠帥，為沃沮侯。」〔註146〕此後，夫餘再度為高句麗所破，併入高句麗。《魏書·高句麗傳》:「朱蒙死，閭達代立。閭達死，子如栗代立。如栗死，子莫來代立，乃征夫餘，夫餘大敗，遂統屬焉。」〔註147〕

夫餘南下朝鮮半島所立之國，有伯濟、高句麗。

伯濟，起初為三韓附屬國。《後漢書·三韓傳》:「韓有三種：一曰馬韓，二曰辰韓，三曰弁辰。……凡七十八國，伯濟是其一國焉。」〔註148〕又，《三國志·魏書三十·韓》:「韓在帶方之南，東西以海為限，南與倭接，方可四千里。有三種，一曰馬韓，二曰辰韓，三曰弁韓。……有……伯濟國。」〔註149〕伯濟，又作百濟。《魏書·百濟傳》:「百濟國，其先出自夫餘。……延興二年，其王餘慶始遣使上表曰：『……臣與高句麗源出夫餘。』」〔註150〕百濟為夫餘王尉仇台後裔。《通典·邊防一·北狄七·東夷上·百濟》:「百濟，即後漢末夫餘王尉仇台之後，初以百家濟海，因號百濟。晉時句麗既略有遼東，百濟亦據有遼西、晉平二郡。自晉以後，吞併諸國，據有馬韓故地。」〔註151〕唐顯慶五年（660年），高宗遣蘇定方討平百濟。《通典·邊防一·北狄七·東夷上·百濟》:「顯慶五年，遣蘇定方討平之。舊有五部，分統三十七郡、二百城、七十六萬戶，至是以其地分置熊津、馬韓、東明等五都督府，仍以其酋渠為都督

〔註143〕陳壽：《三國志》，中華書局，1959年，第842頁。
〔註144〕劉昫等：《舊唐書》，中華書局，1975年，第5319頁。
〔註145〕房玄齡等：《晉書》，中華書局，1974年，第2532頁。
〔註146〕范曄：《後漢書》，中華書局，1965年，第2816頁。
〔註147〕魏收：《魏書》，中華書局，1974年，第2214頁。
〔註148〕范曄：《後漢書》，中華書局，1965年，第2818頁。
〔註149〕陳壽：《三國志》，中華書局，1959年，第849頁。
〔註150〕魏收：《魏書》，中華書局，1974年，第2217頁。
〔註151〕杜佑：《通典》，中華書局，1988年，第4990頁。

府刺史。其舊地沒於新羅，城傍餘眾後漸寡弱，散投突厥及靺鞨。其主夫餘崇竟不敢還舊國，土地盡沒於新羅、靺鞨，夫餘氏君長遂絕。」〔註152〕隨著「夫餘氏君長遂絕」，百濟之種亦絕。《舊唐書·百濟傳》：「時百濟本地荒毀，漸為新羅所據，隆竟不敢還舊國而卒。其孫敬，則天朝襲封帶方郡王、授衛尉卿。其地自此為新羅及渤海靺鞨所分，百濟之種遂絕。」〔註153〕

高句驪，《後漢書·高句驪傳》：「高句驪，在遼東之東千里，南與朝鮮、濊貊，東與沃沮，北與夫餘接。……東夷相傳以為夫餘別種。」〔註154〕高句驪又省稱為句驪。《梁書·高句驪傳》：「句驪地方可二千里，中有遼山，遼水所出。」〔註155〕高句驪又作高句麗。《魏書·高句麗傳》：「高句麗者，出於夫餘，自言先祖朱蒙。」〔註156〕高句麗又作高勾麗。《高麗史》卷九十七《列傳第七·徐熙》：「我國即高勾麗之舊也，故號高麗，都平壤。」〔註157〕高句麗又簡稱為高麗。「高句麗稱號沿用了約六百年，在五世紀前後，出現了『高麗』簡稱。」〔註158〕《通志·四夷傳第一·東夷·高句麗》：「齊武帝永明中，高麗使至。」〔註159〕這裡需要指出的是，簡稱為高麗的，是朱蒙所建高句麗國，即高氏高麗，而並非徐熙所說的高麗；徐熙所說的高麗，是王建所建高麗國，即王氏高麗，始於後梁貞明四年（918年），至1392年權位轉歸李成桂，改稱朝鮮，即今日朝鮮與韓國。〔註160〕王建於後唐長興年間封高麗國王。《宋史·高麗傳》：「長興中，權知國事王建承高氏之位，遣使朝貢，以建為玄菟州都督，充大義軍使，封高麗國王。」〔註161〕高句麗又省稱為句麗。《通典·邊防二·東夷下·高句麗》：「朱蒙棄夫餘，東南走渡普述水，至紇升骨城，遂居焉，號曰句麗。」〔註162〕唐總章元年（668年）九月，高句麗為李勣平定。《資治通

〔註152〕 杜佑：《通典》，中華書局，1988年，第4992頁。
〔註153〕 劉昫等：《舊唐書》，中華書局，1975年，第5334頁。
〔註154〕 范曄：《後漢書》，中華書局，1965年，第2813頁。
〔註155〕 姚思廉：《梁書》，中華書局，1973年，第801頁。
〔註156〕 魏收：《魏書》，中華書局，1974年，第2213頁。
〔註157〕 （高麗）鄭麟趾等：《高麗史》（第56冊），國立漢城大學奎章閣檔案館本。
〔註158〕 馬大正、楊保隆等：《古代中國高句麗歷史論叢》，黑龍江教育出版社，2001年，第2頁。
〔註159〕 鄭樵：《通志》，中華書局，1987年，第3113頁。
〔註160〕 參見馬大正、楊保隆等：《古代中國高句麗歷史論叢》，黑龍江教育出版社，2001年，第108～111頁。
〔註161〕 脫脫等：《宋史》，中華書局，1977年，第14035頁。
〔註162〕 杜佑：《通典》，中華書局，1988年，第5010頁。

鑒・唐紀十七》：「癸巳，李勣拔平壤。勣既克大行城，諸軍出他道者皆與勣會，進至鴨綠柵，高麗發兵拒戰，勣等奮擊，大破之，追奔二百餘里，拔辱夷城，諸城遁逃及降者相繼。契苾何力先引兵至平壤城下，勣軍繼之，圍平壤月餘，高麗王藏遣泉男產帥首領九十八人，持白幡詣勣降，勣以禮接之。泉男建猶閉門拒守，頻遣兵出戰，皆敗。男建以軍事委僧信誠，信誠密遣人詣勣，請為內應。後五日，勣縱兵登城鼓譟，焚城四（角），男建自刺，不死，遂擒之。高麗悉平。……分高麗五部、百七十六城、六十九萬餘戶，為九都督府、四十二州、百縣，置安東都護府於平壤以統之。」〔註163〕自此，高句麗遺族，除少部逃亡新羅（今韓國境），部分匯入靺鞨和渤海（此二族後融合為女真）、突厥外，大部則遷居中原各地，匯入漢族。

總之，歷代文獻中所提到的穢貊、濊、夫餘、沃沮、高句麗、高麗、百濟，皆為貊。

貊族深受殷人文化影響，「食用籩豆、簠簋、罇俎、罍洗，頗有箕子之遺風」〔註164〕，其宗法亦總體上同於殷代宗法。這一點，可從貊族諸國因傳受箕子之教而來的風習中，清晰地見出。《後漢書・濊》：「昔武王封箕子於朝鮮，箕子教以禮義田蠶，又制八條之教。其人終不相盜，無門戶之閉。婦人貞信。飲食以籩豆」，「同姓不昏。……常用十月祭天，晝夜飲酒歌舞，名之為『舞天』。又祠虎以為神」。〔註165〕受箕子之教，「飲食以籩豆」，祭祀天地、祖先，這是殷人宗法的延續，而同姓不婚則與周代宗法原則相同。由此可見，貊族的文明起點非常高，其步入原始宗法的時期，幾乎與漢族相同。

《後漢書・夫餘傳》：「食飲用俎豆，會同拜爵洗爵，揖讓升降。以臘月祭天，大會連日，飲食歌舞，名曰『迎鼓』。是時斷刑獄，解囚徒。有軍事亦祭天，殺牛，以蹄占其吉凶。行人無晝夜，好歌吟，音聲不絕。其俗用刑嚴急，被誅者皆沒其家人為奴婢。盜一責十二。男女淫皆殺之，尤治惡妒婦，既殺，復尸於山上。兄死妻嫂。死則有椁無棺。殺人殉葬，多者以百數。其王葬用玉匣，漢朝常豫以玉匣付玄菟郡，王死則迎取以葬焉。」〔註166〕「食飲用俎豆」、祭祀天地、喜好占卜是殷人習俗的翻版，殺人以殉是奴隸制社會的常態，蒸報

〔註163〕司馬光：《資治通鑒》，中華書局，1956年，第6355～6357頁。

〔註164〕劉昫等：《舊唐書》，中華書局，1975年，第5320頁。

〔註165〕范曄：《後漢書》，中華書局，1965年，第2817、2818頁。

〔註166〕范曄：《後漢書》，中華書局，1965年，第2811頁。

式婚姻則是原始宗法的典型特點。又，《三國志・魏書三十・夫餘》：「漢末，公孫度雄張海東，威服外夷，夫餘王尉仇台更屬遼東。時句麗、鮮卑強，度以夫餘在二虜之間，妻以宗女。尉仇台死，簡位居立。無適子，有孽子麻余。位居死，諸加共立麻余。」〔註167〕父子世襲，是商代後期與周武王之後常見的政治身份繼承制度。據此，夫餘國時期，貉族宗法已逐漸發展到原始宗法典型形態。

《通志・四夷傳第一・東夷・高句麗》：「其俗作婚姻，言語已定，女家作小屋於大屋後，名婿屋。婿暮至女家戶外，自名跪拜，乞得就女宿。如是者再三，女父母乃聽，使就小屋中宿，傍頓錢帛。至生子已長大，乃將婦歸家。……父母及夫喪，其服制同於華夏。」〔註168〕喪服之制同於漢族，說明其受殷人宗法影響之深；而婚姻皆就婦家，待生子長大後歸夫家，也與殷代社會一樣，殘留有母系氏族社會向父系氏族社會過渡的痕跡。又，《後漢書・高句驪傳》：「其俗淫，皆絜淨自憙，暮夜輒男女群聚為倡樂。好祠鬼神、社稷、零星，以十月祭天大會，名曰『東盟』。其國東有大穴，號襚神，亦以十月迎而祭之。」〔註169〕其「好祠鬼神」之習，祭祀之制，與殷人風習完全相同。又，《魏書・高句麗傳》：「初，朱蒙在夫餘時，妻懷孕，朱蒙逃後生一子，字始閭諧。及長，知朱蒙為國主，即與母亡而歸之，名之曰閭達，委之國事。朱蒙死，閭達代立。閭達死，子如栗代立。如栗死，子莫來代立」，「常以十月祭天，國中大會。……好蹲踞。食用俎几」。〔註170〕「食用俎几」之俗同於殷人，而其王位的父子相襲，則完全同於商代後期的繼承制度。據此，高句麗時期，貉族宗法與殷代宗法相同，已步入原始宗法階段。

《通志・四夷傳第一・東夷・百濟》：「俗重騎射，兼愛墳史，而秀異者頗解屬文，能吏事，又知醫藥、蓍龜與相術、陰陽五行法。……婚娶之禮，略同華俗。父母及夫死者，三年居服。……國中大姓有八，曰族沙氏、燕氏、劦氏、解氏、真氏、國氏、木氏、苜氏。其王每以四仲月祭天及五帝之神。立其始祖仇台之廟於國城，歲四祠之。」〔註171〕極高的文化素養，與漢族同樣的婚娶之禮、喪葬之禮、祭祀之禮，以及由八大族姓而來的同姓宗族與異姓宗族，再

〔註167〕 陳壽：《三國志》，中華書局，1959年，第842頁。
〔註168〕 鄭樵：《通志》，中華書局，1987年，第3112頁。
〔註169〕 范曄：《後漢書》，中華書局，1965年，第2813頁。
〔註170〕 魏收：《魏書》，中華書局，1974年，第2214、2215頁。
〔註171〕 鄭樵：《通志》，中華書局，1987年，第3108頁。

加上太廟之制的完善，所有這些無不說明：百濟國時期，貊族宗法已步入封建宗法階段。

《周書·高麗傳》：「婚娶之禮，略無財幣，若受財者，謂之賣婢，俗甚恥之。父母及夫喪，其服制同於華夏。兄弟則限以三月。敬信佛法，尤好淫祀。又有神廟二所：一曰夫餘神，刻木作婦人之像；一曰登高神，云是其始祖夫餘神之子。並置官司，遣人守護。蓋河伯女與朱蒙云。」〔註172〕婚娶之禮無財幣，是聘娶婚的從簡。喪制與祭祖之禮同於華夏，敬信佛法，說明其文化已大體與漢族同步。《舊唐書·高麗傳》：「其俗多淫祀，事靈星神、日神、可汗神、箕子神。國城東有大穴，名神燧，皆以十月，王自祭之。俗愛書籍，至於衡門廝養之家，各於街衢造大屋，謂之扃堂，子弟未婚之前，晝夜於此讀書習射。其書有《五經》及《史記》《漢書》、范曄《後漢書》《三國志》、孫盛《晉春秋》《玉篇》《字統》《字林》，又有《文選》，尤愛重之。」〔註173〕祭祀包括箕子神在內的不同類型的神靈，說明其受殷代宗法影響之深；而子弟所讀經史、小學、文集等書，幾乎已囊括當時漢族文士習讀之書，說明其傳受漢族文化之積極而全面。漢文化精神是由宗法所界定規範的，高麗文化既大體與漢族文化同步，且又積極傳受漢族文化，這就意味著，高麗時期，貊族宗法已在其原始宗法的基礎上，開始自覺地向封建宗法轉型；而高麗於668年亡國後，其遺族大部同化於漢族，據此可以斷言：貊族宗法全面步入封建宗法的最晚時期，當在七世紀末。

貊族神話從原始宗法化到封建宗法化的進程，正與其宗法發展進程相始終。《後漢書·夫餘傳》：

> 初，北夷索離國王出行，其侍兒於後娠身，王還，欲殺之。侍兒曰：『前見天上有氣，大如雞子，來降我，因以有身。』王囚之，後遂生男。王令置於豕牢，豕以口氣噓之，不死。復徙於馬蘭，馬亦如之。王以為神，乃聽母收養，名曰東明。東明長而善射，王忌其猛，復欲殺之。東明奔走，南至掩㴲水，以弓擊水，魚鱉皆聚浮水上，東明乘之得渡，因至夫餘而王之焉。〔註174〕

這一夫餘國緣起神話神話，不同時期的文獻都有記載，前引《論衡·吉驗篇》所載夫餘國緣起神話即是，又如《周書·高麗傳》：「高麗者，其先出於夫

〔註172〕令狐德棻等：《周書》，中華書局，1971年，第885頁。
〔註173〕劉昫等：《舊唐書》，中華書局，1975年，第5320頁。
〔註174〕范曄：《後漢書》，中華書局，1965年，第2810～2811頁。

餘。自言始祖曰朱蒙，河伯女感日影所孕也。朱蒙長而有材略，夫餘人惡而逐之。土於紇斗骨城，自號曰高句麗，仍以高為氏。」〔註175〕而記載這一神話最為詳細的，當為《魏書・高句麗傳》：

> 朱蒙母河伯女，為夫餘王閉於室中，為日所照，引身避之，日影又逐。既而有孕，生一卵，大如五升。夫餘王棄之與犬，犬不食；棄之於豕，豕又不食；棄之於路，牛馬避之；後棄之野，眾鳥以毛茹之。夫餘王割剖之，不能破，遂還其母。其母以物裹之，置於暖處，有一男破殼而出。及其長也，字之曰朱蒙，其俗言『朱蒙』者，善射也。夫餘人以朱蒙非人所生，將有異志，請除之，王不聽，命之養馬。朱蒙每私試，知有善惡，駿者減食令瘦，駑者善養令肥。夫餘王以肥者自乘，以瘦者給朱蒙。後狩于田，以朱蒙善射，限之一矢。朱蒙雖矢少，殪獸甚多。夫餘之臣又謀殺之。朱蒙母陰知，告朱蒙曰：「國將害汝，以汝才略，宜遠適四方。」朱蒙乃與烏引、烏違等二人，棄夫餘，東南走。中道遇一大水，欲濟無梁，夫餘人追之甚急。朱蒙告水曰：「我是日子，河伯外孫，今日逃走，追兵垂及，如何得濟？」於是魚鱉並浮，為之成橋，朱蒙得渡，魚鱉乃解，追騎不得渡。朱蒙遂至普述水，遇見三人，其一人著麻衣，一人著納衣，一人著水藻衣，與朱蒙至紇升骨城，遂居焉，號曰高句麗，因以為氏焉。〔註176〕

這則神話說朱蒙母為河伯女，朱蒙為其母感日所孕；此後，其母生一卵，夫餘王先後棄之於犬、棄之於豕、棄之於路，皆為犬、豕、鳥所護幼，得以不死。從這些方面來看，該神話與前引《後漢書・烏桓鮮卑列傳》所載檀石槐降生神話非常相似，同樣是玄鳥生商與后稷神話的複合體，當為原始宗法的產物。而朱蒙後來為夫餘王所追殺，則明確指向其與王權之間的尖銳對立，又帶有封建宗法的特質。因此，該神話意味著貊族神話在原始宗法化基礎上，已開始步入封建宗法化階段。《新唐書・高麗傳》：

> 城有朱蒙祠，祠有鎖甲、銛矛，妄言前燕世天所降。方圍急，飾美女以婦神，污言朱蒙悅，城必完。〔註177〕

〔註175〕令狐德棻等：《周書》，中華書局，1971年，第884頁。
〔註176〕魏收：《魏書》，中華書局，1974年，第2213～2214頁。
〔註177〕歐陽修、宋祁：《新唐書》，中華書局，1975年，第6191頁。

　　唐太宗自將引兵伐遼東，圍城之際，高麗以讖言及祭祀先祖的方式，神化高氏皇權，自居封建正統，而唐王朝又自詡為封建正統，因此，這一最終以高麗滅國而告終的所謂正統之爭，實際上就意味著高麗與皇權之間的尖銳對立，帶有封建宗法的鮮明特色。從這一層面而言，這一與漢族別無二致的帶有神話意味的表述，預示著高麗神話封建宗法化的延續。此後，貉族大部融入漢族，其神話也就在漢族宗法影響下，匯入到了封建宗法化的總體進程之中。

五、肅慎神話宗法化的歷史進程

　　肅慎是居住在白山、黑水一帶的北方民族，與夫餘、辰韓、百濟、高句麗之間，有著千絲萬縷的聯繫。

　　肅慎，《左傳・昭公九年》：「肅慎、燕、亳，吾北土也。」〔註178〕肅慎向為中原貢楛矢。《國語・魯語下・孔丘論楛矢》：「素慎氏貢楛矢、石砮，其長尺有咫。」〔註179〕肅慎又作息慎。《史記・五帝本紀》：「北山戎、發、息慎。」〔註180〕《索隱》引鄭玄語：「息慎，或謂之肅慎，東北夷。」〔註181〕肅慎又作稷慎。《逸周書・王會解》：「西面者正北方，稷慎大麈。」〔註182〕《集注》引孔晁語：「稷慎，肅慎也。」〔註183〕

　　後漢時，肅慎一名挹婁。《晉書・肅慎氏》：「肅慎氏一名挹婁。」〔註184〕北魏時，肅慎又稱為勿吉。《魏書・勿吉傳》：「勿吉國，在高句麗北，舊肅慎國也。」〔註185〕唐時，勿吉又稱靺鞨。《北史・勿吉傳》：「勿吉國在高句麗北，一曰靺鞨。」〔註186〕靺鞨本作靺羯。《北齊書・武成紀》：「室韋、庫莫奚、靺羯並遣使朝貢。」〔註187〕勿吉則為靺羯音轉。靺鞨共有七部。《北史・勿吉傳》：「其部類凡有七種：其一號粟末部，與高麗接，勝兵數千，多驍武，每寇高麗；

〔註178〕楊伯峻：《春秋左傳注》，中華書局，1981年，第1308頁。

〔註179〕《國語》，上海古籍出版社，1978年，第215頁。

〔註180〕司馬遷：《史記》，中華書局，1963年，第43頁。

〔註181〕司馬遷：《史記》，中華書局，1963年，第43頁。

〔註182〕黃懷信、張懋鎔、田旭東：《逸周書彙校集注》，上海古籍出版社，1995年，第877～878頁。

〔註183〕黃懷信、張懋鎔、田旭東：《逸周書彙校集注》，上海古籍出版社，1995年，第878頁。

〔註184〕房玄齡等：《晉書》，中華書局，1974年，第2534頁。

〔註185〕魏收：《魏書》，中華書局，1974年，第2219頁。

〔註186〕李延壽：《北史》，中華書局，1974年，第3123～3124頁。

〔註187〕李百藥：《北齊書》，中華書局，1972年，第92頁。

其二伯咄部，在粟末北，勝兵七千；其三安車骨部，在伯咄東北；其四拂涅部，在伯咄東；其五號室部，在拂涅東；其六黑水部，在安車骨西北；其七白山部，在粟末東南。勝兵不過三千，而黑水部尤為勁健。」〔註188〕粟末靺鞨即渤海靺鞨，其首領大祚榮內附後，專稱渤海。《新唐書·渤海傳》：「渤海，本粟末靺鞨附高麗者，姓大氏。高麗滅，率眾保挹婁之東牟山。……祚榮即并比羽之眾，恃荒遠，乃建國，自號震國王，遣使交突厥，地方五千里，戶十餘萬，勝兵數萬，頗知書契，盡得夫餘、沃沮、弁韓、朝鮮海北諸國。中宗時，使侍御史張行岌招慰，祚榮遣子入侍。睿宗先天中，遣使拜祚榮為左驍衛大將軍、渤海郡王，以所統為忽汗州，領忽汗州都督，自是始去靺鞨號，專稱渤海。」〔註189〕黑水部即黑水靺鞨。《新唐書·黑水靺鞨》：「黑水靺鞨居肅慎地，亦曰挹婁，元魏時曰勿吉。」〔註190〕

肅慎音轉又為女真。《聖武記·開國龍興記一》：「肅慎即女真之轉音。」〔註191〕女真之名見於唐初。《宋會要輯稿·蕃夷三》：「女真，東北別國也，蓋渤海之別種，本姓掔。唐正觀中，靺羯來朝中國，始聞女真之名。」〔註192〕金則是由黑水靺鞨而來的生女真。《金史·世紀》：「黑水靺鞨居肅慎地。……其後渤海盛強，黑水役屬之，朝貢遂絕。五代時，契丹盡取渤海地，而黑水靺鞨附屬于契丹。其在南者籍契丹，號熟女直；其在北者不在契丹籍，號生女直。生女直地有混同江、長白山，混同江亦號黑龍江，所謂『白山、黑水』是也。」〔註193〕女直，《金史紀事本末·帝基肇造》：「原作女真，避興宗諱改。」〔註194〕

女真本名朱理真。《三朝北盟會編·政宣上秩三》：「女真，古肅慎國也，本名朱理真，番語訛為女真，本高麗朱蒙之遺種，或以為黑水靺鞨之種，而渤海之別族，三韓之辰韓，其實皆東夷之小國。世居混同江之東，長白山、鴨綠水之源。……《三國志》所謂挹婁，元魏所謂勿吉，隋謂之黑水部，唐謂之黑水靺鞨。……五代時始稱女真。」〔註195〕女真又作慮真。《大金國志·金國初

〔註188〕李延壽：《北史》，中華書局，1974年，第3124頁。
〔註189〕歐陽修、宋祁：《新唐書》，中華書局，1975年，第6179～6180頁。
〔註190〕歐陽修、宋祁：《新唐書》，中華書局，1975年，第6177頁。
〔註191〕《魏源全集》（第三冊），嶽麓書社，2004年，第1頁。
〔註192〕徐松：《宋會要輯稿》，中華書局，1957年，第7711頁。
〔註193〕脫脫等：《金史》，中華書局，1975年，第1～2頁。
〔註194〕李有棠：《金史紀事本末》，中華書局，1980年，第17頁。
〔註195〕徐夢梓：《三朝北盟會編》，上海古籍出版社，1987年，第16頁。

興本末》：「金國本名朱里真，番語舌音訛為女真，或曰慮真，避契丹興宗名，又曰女直，肅慎氏遺種，渤海之別族也。或曰三韓辰之後，姓拏氏，於北地中最微且賤。」〔註 196〕

「天命元年（1616 年），努爾哈赤稱大汗，沿用『金』為國號，史稱後金。……天命十一年（1626 年）努爾哈赤死，其第八子皇太極繼大汗位，於天聰九年（1635 年）改『諸申』（女真另一譯寫形式）為『滿洲』，從此滿洲代替女真為族名，而其餘女真各部亦各以赫哲（赫真）、鄂倫春、鄂溫克等族名通行，女真一名在清代逐漸消失。」〔註 197〕滿洲本為滿珠之假借。《欽定滿洲源流考·部族》：「滿洲本作滿珠。……我朝光啟東土，每歲西藏獻丹書，皆稱曼珠師利大皇帝。翻譯名義曰曼珠，華言妙吉祥也。……殊珠音同。……今漢字作滿洲，蓋因洲字義近地名，假借用之，遂相沿耳。」〔註 198〕滿洲現在則通稱為滿族。

總之，歷代文獻中所提到的挹婁、勿吉、靺鞨、女真，皆為肅慎。

肅慎雖然與渤海有淵源，但由於渤海文化並沒有全部普及於女真各部，所以生女真開化較遲。《金史·世紀》：「生女直之俗，至昭祖時稍用條教，民頗聽從，尚未有文字，無官府，不知歲月晦朔」，「生女直舊無鐵，鄰國有以甲冑來鬻者，傾貲厚賈以與貿易，亦令昆弟族人皆售之。得鐵既多，因之以修弓矢，備器械，兵勢稍振，前後願附者眾」。〔註 199〕女真在完顏石魯時期還沒有文字、鐵器，可見其進入階級社會之晚。據此，肅慎宗法步入原始宗法的時期，最早當在 11 世紀中葉。

這一點，可以從肅慎風習的演進中清晰地看出來。《魏書·勿吉傳》：「初婚之夕，男就女家執女乳而罷，便以為定，仍為夫婦。……其父母春夏死，立埋之，冢上作屋，不令雨濕；若秋冬，以其尸捕貂，貂食其肉，多得之。」〔註 200〕元魏時，肅慎婚俗無禮儀，更無尊祖之習，足見其宗法尚未萌芽。《北史·勿吉傳》：「國南有從太山者，華言太皇，俗甚敬畏之，人不得山上溲汙，行經山者，以物盛去。」〔註 201〕隋時，肅慎雖然還沒有正式形成宗法含意上的敬天制，但這一觀念似乎已經開始萌生了。《新唐書·黑水靺鞨》：「死者埋

〔註 196〕宇文懋昭：《大金國志》，齊魯書社，2000 年，第 1 頁。
〔註 197〕（日）稻葉君山：《清朝全史》，三秦出版社，2012 年，第 26 頁。
〔註 198〕于敏中、阿桂：《欽定滿洲源流考》，文海出版社，1967 年，第 42 頁。
〔註 199〕脫脫等：《金史》，中華書局，1975 年，第 4、5～6 頁。
〔註 200〕魏收：《魏書》，中華書局，1974 年，第 2220 頁。
〔註 201〕李延壽：《北史》，中華書局，1974 年，第 3124 頁。

之，無棺椁，殺所乘馬以祭。」〔註202〕唐時，肅慎雖然還沒有正式形成宗法含意上的祭祀制，但這一觀念已開始萌芽。

在此基礎上，肅慎的敬天、祭祀觀念繼續向前發展。《金史·太祖紀》：「故事，五月五日、七月十五日、九月九日拜天射柳，歲以為常。」〔註203〕既然是故事，又「歲以為常」，可見其敬天地、祀巫鬼之習由來已久，而且已漸趨成型。此後，在漢族宗法影響下，金人宗法開始步入原始宗法階段。《金史·郊志》：「金人之入汴也，時宋承平日久，典章禮樂粲然備具。金人既悉收其圖籍，載其車輅、法物、儀仗而北，時方事軍旅，未遑講也。既而，即會寧建宗社，庶事草創。皇統間，熙宗巡幸析津，始乘金輅，導儀衛，陳鼓吹，其觀聽赫然一新，而宗社朝會之禮亦次第舉行矣。」〔註204〕因受漢族宗法影響，金人開始建宗社，次第行宗社朝會之禮。這是原始宗法漸趨成熟的標誌。《金史紀事本末·太祖建國》：「天輔元年（丁酉1117）……夏五月丁巳，詔：『自收寧江州以後，同姓為婚者，杖而離之。』」〔註205〕同姓不婚，是周代宗法的顯著特徵，意味著金人宗法此時已步入原始宗法典型形態。《金史·宗廟志》：「金初無宗廟。天輔七年九月，太祖葬上京宮城之西南，建寧神殿於陵上，以時薦享。自是諸京皆立廟，惟在京師者則曰太廟，天會六年，以宋二帝見太祖廟者，是也。或因遼之故廟，安置御容，亦謂之廟，天眷三年，熙宗幸燕及受尊號，皆親享恭謝，是也。皇統三年，初立太廟，八年，太廟成，則上京之廟也」，「大定十二年，議建閔宗別廟，禮官援晉惠、懷、唐中宗、後唐莊宗升祔故事，若依此典，武靈皇帝無嗣亦合升祔。然中宗之祔，始則為虛室，終則增至九室。惠、懷之祔乃遷豫章、潁川二廟，莊宗之祔乃祧懿祖一室。今太廟之制，除祧廟外，為七世十一室，如當升祔武靈，即須別祧一廟。……十九年四月，禘祔閔宗，遂增展太廟為十二室」〔註206〕金從起初的無宗廟，到天輔七年（1123年）九月始有宗廟之制，並於天會六年（1128年）於太祖廟見宋二帝，以宣示宋帝對其皇權的依從，又於皇統三年（1143年）立太廟，於大定十二年（1172年）參照晉、唐、後唐宗廟之制而定太廟十二室之制。據此，到12世紀末時，金人宗法已在原始宗法典型形態基礎上，迅速步入封建宗法階段。而「在元朝

〔註202〕歐陽修、宋祁：《新唐書》，中華書局，1975年，第6178頁。

〔註203〕脫脫等：《金史》，中華書局，1975年，第27頁。

〔註204〕脫脫等：《金史》，中華書局，1975年，第691頁。

〔註205〕李有棠：《金史紀事本末》，中華書局，1980年，第44頁。

〔註206〕脫脫等：《金史》，中華書局，1975年，第727、728～729頁。

時期，大多數女真人成為漢人，已經徹底融入了漢族之中」〔註207〕，據此，肅慎宗法全面步入封建宗法的最晚時期，當在 14 世紀上半葉。

　　肅慎神話宗法化的進程，正與其宗法發展進程相同步。《清太祖武皇帝實錄》所載滿族族源神話云：

　　　　滿洲原起於長白山之東北布庫里山下一泊，名布兒湖里。初，天降三仙女浴於泊，長名恩古倫，次名正古倫，三名佛古倫。浴畢上岸，有神鵲啣一朱果置佛古倫衣上，色甚鮮妍，佛古倫愛之不忍釋手，遂啣口中，甫著衣，其果入腹中，即感而成孕。告二姊曰：「吾覺腹重，不能同昇，奈何？」二姊曰：「吾等曾服丹藥，諒無死理，此乃天意，俟爾身輕上昇未晚。」遂別去。佛古倫後生一男，生而能言，倏爾長成。母告子曰：「天生汝，實令汝為夷國主，可往彼處。」將所生緣由一一詳說，乃與一舟：「順水去即其地也。」言迄，忽不見。其子乘舟順流而下，至於人居之處登岸，折柳條為坐具，似椅形，獨踞其上。彼時長白山東南鼇莫惠鼇朵里內，有三姓夷酋爭長，終日互相殺傷，適一人來取水，見其子舉止奇異，相貌非常，回至爭鬥之處，告眾曰：「汝等無爭，我於取水處遇一奇男子，非凡人也。想天不虛生此人，盍往觀之？」三酋長聞言罷戰，同眾往觀。及見，果非常人，異而詰之，答曰：「我乃天女佛古倫所生，姓愛新覺羅，名布庫里英雄，天降我定汝等之亂。」因將母所囑之言詳告之。眾皆驚異曰：「此人不可使之徒行。」遂相插手為輿，擁捧而回。三酋長息爭，共奉布庫里英雄為主，以百里女妻之，其國定號滿洲，乃其始祖也。〔註208〕

　　這一滿族族源神話，敘布庫里英雄（又作布庫里雍順）為神鵲啣朱果而生，天賦神性，為夷國之主，滿族始祖，顯然與玄鳥生商神話一樣，是祖神合一宗族祖先崇拜觀的產物。三姓夷酋，《欽定滿洲源流考·部族》直接作「三姓」〔註209〕，顯見是同姓與異姓宗族。由此而言，這則神話是滿族原始宗法的產物。《金史·世紀》：

〔註207〕（日）稻葉君山：《清朝全史》，三秦出版社，2012 年，第 23 頁。
〔註208〕潘喆、李鴻彬、孫方明編：《清入關前史料選輯》（一），中國人民大學出版社，1984 年，第 298 頁。
〔註209〕于敏中、阿桂：《欽定滿洲源流考》，文海出版社，1967 年，第 42 頁。

　　金之始祖諱函普，初從高麗來，年已六十餘矣。……始祖至完
顏部，居久之，其部人嘗殺它族之人，由是兩族交惡，鬨鬭不能解。
完顏部人謂始祖曰：「若能為部人解此怨，使兩族不相殺，部有賢女，
年六十而未嫁，當以相配，仍為同部。」始祖曰：「諾。」廼自往諭
之……既備償如約，部眾信服之，謝以青牛一，并許歸六十之婦。
始祖乃以青牛為聘禮而納之，并得其貲產。後生二男，長曰烏魯，
次曰斡魯，一女曰注思板，遂為完顏部人。天會十四年，追諡景元
皇帝，廟號始祖。〔註210〕

　　函普聘娶六十之婦，集祖、帝於一身。族際婚以及宗君合一的特質，說明
這則神話是原始宗法典型形態的產物。《金史紀事本末‧太祖建國》：

　　遼道宗時，東方屢出五色雲氣，大若囷倉之狀，司天孔致和竊
謂人曰：「其下當生異人，建非常事。」以咸雍四年戊申七月一日太
祖生。〔註211〕

　　這則完顏阿骨打降生神話，以無色雲氣喻完顏阿骨打秉受天命，理當居正
統之位，與漢族此類神話一樣，同樣是宗君意識與封建正統觀的典型呈現，意
味著女真神話已開始步入封建宗法化。此後，大多數女真人徹底融入漢族之
中，其神話也就在漢族神話影響下，匯入到了封建宗法化的總體進程之中。這
一點，可以從滿族神話《山和嶺》中清晰地見出：

　　最初，地是很平很平的。

　　至高無上的天神阿布卡恩都里在創造人類繁衍發展的時候，想
道：派誰去保護他們呢？後來他選中了心地善良的大弟子恩都里增
圖，命他降臨地上國做保護人類的神。

　　阿布卡恩都里的二弟子叫耶路里，他見恩都里增圖做了人類的
保護神，很不服氣，心想：我比師兄的能耐大，該派我去才是，為
什麼派他去呢？這傢夥便私自跑下天來，在地上國造了一群惡魔興
風作怪，專門殘害人類，暗中同恩都里增圖作對。

　　無所不知的天神阿布卡恩都里知道了耶路里幹的壞事，勃然大
怒，就派他的最小的一個弟子名叫多隆卑子的到地上國，幫助恩都
里增圖除掉耶路里。多隆卑子力氣很大，一槍把作惡多端的耶路里

〔註210〕脫脫等：《金史》，中華書局，1975年，第2～3頁。
〔註211〕李有棠：《金史紀事本末》，中華書局，1980年，第33頁。

刺死了。耶路里的屍體化作碎片，落到大地上，變成了一座座高山和峻嶺。〔註212〕

　　天神阿布卡恩都里派大弟子恩都里增圖到地上國保護人類，其二弟子耶路里則私自跑下天來，「暗中同恩都里增圖作對」。這實際上是耶路里與神權也就是皇權對抗的別樣表述。而耶路里最終被天神阿布卡恩都里派來的小弟子多隆卑子刺死，則宣告了耶路里與神權也就是皇權對抗的失敗。當滿族神話呈現出這樣的面貌時，標誌著肅慎神話封建宗法化的最終完成。

　　此外，據呂思勉先生考證，「蒙古，亦女真同族也」〔註213〕。因此，蒙古宗法也與肅慎宗法一樣，是在其舊有祭天習俗基礎上，因受漢族宗法影響，而迅速步入原始宗法的。《元史・宗廟志上》：「其祖宗祭享之禮，割牲、奠馬湩，以蒙古巫祝致辭，蓋國俗也。世祖（中統）元年秋七月丁丑，設神位於中書省，用登歌樂，遣必闍赤致祭焉。必闍赤，譯言典書記者。十二月，初命制太廟祭器、法服。二年九月庚申朔，徙中書署，奉遷神主於聖安寺。……四年三月癸卯，詔建太廟於燕京。……至元元年冬十月，奉安神主於太廟，初定太廟七室之制。……二年九月，初命滌養犧牲，取大樂工于東平，習禮儀。冬十月己卯，享于太廟，尊皇祖為太祖。三年秋九月，始作八室神主，設祏室。冬十月，太廟成。……制尊諡廟號，定為八室。……十一月戊申，奉安神主於祏室，歲用冬祀，如初禮。」〔註214〕蒙古入主中原之前，其祭祖之禮仍保留了本族習俗；而其自中統元年（1260年）始「設神位於中書省」，「初命制太廟祭器、法服」，中統二年（1261年）始「遷神主於聖安寺」，中統四年（1263年）始「建太廟於燕京」，至元三年（1266年）「始作八室神主，設祏室」，足見此時其宗法尚處於原始宗法階段。從其頻繁的宗廟祭祀活動中，不難見出，其渴望以漢族封建宗法，改造自身原始宗法的迫切願望和努力。正是在漢族宗法影響下，蒙古宗法迅速由原始宗法步入封建宗法。至元十五年（1278年），博士李天麟等議都宮別殿、同堂異室之制。都宮別殿制由七廟、九廟制而來，「晉博士孫毓以謂外為都宮，內各有寢廟，別有門垣」〔註215〕。同堂異室制則是一廟祭祀多個神主的廟制，起於東漢。《後漢書・

〔註212〕陳慶浩、王秋桂主編：《中國民間故事全集㉛・遼寧民間故事集（二）》，遠流出版事業股份有限公司，1989年，第14頁。

〔註213〕呂思勉：《中華民族史》，東方出版社，1996年，第181頁。

〔註214〕宋濂等：《元史》，中華書局，1976年，第1831～1832頁。

〔註215〕宋濂等：《元史》，中華書局，1976年，第1833頁。

祭祀志下》：「明帝臨終遺詔，遵儉無起寢廟，藏主於世祖廟更衣。孝章即位，不敢違，以更衣有小別，上尊號曰顯宗廟，閒祠於更衣，四時合祭於世祖廟。……章帝臨崩，遺詔無起寢廟，廟如先帝故事。」〔註216〕至元十八年（1281年），元廷「遂為前廟、後寢，廟分七室」〔註217〕。元廷的都宮別殿制，是對東漢同堂異室制的修正，標誌著其封建宗法的成熟。1368年，元廷退居漠北。據此，蒙古宗法全面步入封建宗法的最晚時期，也與肅慎宗法一樣，當在14世紀上半葉。

蒙古神話由原始宗法化到封建宗法化的進程，也與肅慎神話宗法化的進程相同。《元朝秘史卷一》：「當初元朝的人種，是天生一個蒼色的狼，與一個慘白色的鹿相配了。同渡過騰吉思名字的水，來到于斡難名字的河源頭不兒罕名字的山前住著，產了一個人，名字喚作巴塔赤罕。」〔註218〕這則蒙古族源神話與前引高車族源神話非常相似，都認為其為狼種，顯然是原始宗法的產物。《元史·本紀第四十六·順帝九》：「京師天雨氂，長尺許，或言於帝曰：『龍絲也。』」〔註219〕這則神話，以天降龍絲喻元順帝秉承天命，是上帝所佑之正統，與漢族同類神話同樣沒有區別，都是原始宗法化與封建宗法化的合體。當蒙古神話呈現出這樣的面貌時，這就意味著，其已在漢族宗法影響下，匯入到了封建宗法化的總體進程之中。

北方民族宗法的總體演進歷程，都是在自身已有宗法基礎上，因受漢族宗法影響，而先後由原始宗法階段步入封建宗法階段的。與此相應，北方民族神話宗法化的總體進程，同樣是在漢族宗法影響下，先後由原始宗法化而步入封建宗法化的；所不同的是，不同民族神話由原始宗法化步入封建宗法化的進程有先後之別。具體而言，匈奴神話全面步入封建宗法化的時間，大約在四世紀末；鮮卑神話全面步入封建宗法化的時間，大約在六世紀末；貊族神話全面步入封建宗法化的時間，大約在七世紀末；丁令神話全面步入封建宗法化的時間，大約在12世紀中葉；而肅慎神話全面步入封建宗法化的時間，則大約在14世紀上半葉。總體而言，北方民族神話宗法化的進程，是與漢族神話宗法化的進程一體前行的。

〔註216〕范曄：《後漢書》，中華書局，1965年，第3196～3197頁。
〔註217〕宋濂等：《元史》，中華書局，1976年，第1835頁。
〔註218〕佚名：《元朝秘史》，齊魯書社，2000年，第1頁。
〔註219〕宋濂等：《元史》，中華書局，1976年，第969頁。

第二節　西南民族神話宗法化的歷史進程

中國歷史上的西南民族，主要有苗族、越族、濮族。西南民族神話宗法化的歷史進程，就是上述民族神話先後由原始宗法化步入封建宗法化的歷史進程；而這一歷史進程，同樣與上述民族宗法在漢族宗法影響下，先後由原始宗法步入封建宗法的進程相始終。

一、苗族神話宗法化的歷史進程

苗為蠻音轉。蠻原本是以方位而言的，《禮記·王制》：「南方曰蠻，雕題交趾。」〔註220〕後來，「南蠻」轉為對南方民族的蔑稱。蠻又訛為苗，而苗族則本為黎。《國語·楚語下·觀射父論絕地天通》：「九黎亂德。」〔註221〕韋昭注：「九黎，黎氏九人，蚩尤之徒也。」〔註222〕蚩尤，《路史後紀四·蚩尤傳》：「蚩尤姜姓，炎帝之裔也，兄弟八十人。……帝榆岡立，諸侯攜貳，胥伐虐弱，乃分正二卿。命蚩尤宇于小顥，以臨西方，司百工。德不能馭，蚩尤產亂，出羊水，登九淖，以伐空桑。逐帝而居於濁鹿，興封禪，號炎帝。」〔註223〕此後，蚩尤與黃帝戰於涿鹿，為黃帝擒殺。《新書·益壤》：「炎帝無道，黃帝伐之涿鹿之野，血流漂杵，誅炎帝而兼其地，天下乃治。」〔註224〕蚩尤沒後，黃帝曾畫蚩尤圖像以威懾天下；而姜姓則向南遷徙，服九黎之民而為君，號蚩尤。《史記正義》：「《龍魚河圖》云：『……蚩尤沒後，天下復擾亂，黃帝遂畫蚩尤形象以威天下，天下咸謂蚩尤不死，八方萬邦皆為弭服。』……孔安國曰『九黎君號蚩尤』是也。」〔註225〕

顓頊誅九黎，其子孫居於西南者為三苗。《尚書·呂刑》：「苗民弗用靈。」〔註226〕鄭玄注：「苗民謂九黎之君也。九黎之君于少昊氏衰而棄善道，上效蚩尤重刑，必變九黎。言苗民者，有苗，九黎之後。顓頊代少昊，誅九黎，分流其子孫，居于西裔者為三苗。」〔註227〕三苗則為國名。《山海經·海外南經》：

〔註220〕孫希旦：《禮記集解》，中華書局，1989年，第359頁。

〔註221〕《國語》，上海古籍出版社，1978年，第562頁。

〔註222〕《國語》，上海古籍出版社，1978年，第562頁。

〔註223〕羅泌：《路史》，上海中華書局，1936年，第79～80頁。

〔註224〕閻振益、鍾夏：《新書校注》，中華書局，2000年，第57頁。

〔註225〕司馬遷：《史記》，中華書局，1963年，第4頁。

〔註226〕孫星衍：《尚書今古文注疏》，中華書局，1986年，第520頁。

〔註227〕孫星衍：《尚書今古文注疏》，中華書局，1986年，第520頁。

「三苗國在赤水東，其為人相隨。一曰三毛國。」〔註228〕郭璞注：「昔堯以天下讓舜，三苗之君非之，帝殺之，有苗之民，叛入南海，為三苗國。」〔註229〕「三苗和『三苗國』，就是以蚩尤為首的九黎部落集團，在同炎、黃部落集團爭逐失敗後，向南退卻的成員，在不同的時間和不同地域所形成的一個新的部落聯盟。」〔註230〕

　　三苗所居之地，起初在荊楚一帶。《戰國策·魏策一·魏武侯與諸大夫浮於西河》：「昔者三苗之居，左彭蠡之波，右（有）洞庭之水，文山在其南，而衡山在其北。」〔註231〕又，《史記·五帝本紀》：「三苗在江淮、荊州數為亂。」〔註232〕《正義》：「今江州、鄂州、岳州，三苗之地也。」〔註233〕此後，三苗為舜所逐，徙居於三危。《尚書·堯典》：「竄三苗於三危。」〔註234〕三危，《水經注》卷三十三：「又東過江陽縣南，洛水從三危山，東過廣魏洛縣南，東南注之。」〔註235〕又，《水經注·禹貢山水澤地所在》：「鳥鼠同穴山在隴西首陽縣西南」，「《山海經》曰：三危之山，三青鳥居之。是山也，廣圓百里，在鳥鼠山西，即《尚書》所謂竄三苗於三危也」。〔註236〕三危之地，大約在岷山之西。

　　三苗之君為姜姓。《風俗通義·軼文》：「羌乃三苗，姜姓之裔。」〔註237〕三苗之民就是今天的苗族。《後漢書·南蠻傳》：「建武十二年，九真徼外蠻里張遊，率種人慕化內屬，封為歸漢里君。」〔註238〕注云：「里，蠻之別號，今呼為俚人。」〔註239〕里、俚即黎。

　　苗族為盤瓠之後。《周書·蠻》：「蠻者，盤瓠之後。」〔註240〕盤瓠，《後漢書·南蠻西南夷列傳》注引《魏略》云：「高辛氏有老婦，居王室，得耳疾，挑之，乃得物大如繭。婦人盛瓠中，覆之以槃，俄頃化為犬，其文五色，因名

〔註228〕袁珂：《山海經校注》，上海古籍出版社，1980年，第193頁。
〔註229〕袁珂：《山海經校注》，上海古籍出版社，1980年，第193頁。
〔註230〕伍新福、龍伯亞：《苗族史》，四川民族出版社，1992年，第9頁。
〔註231〕何建章：《戰國策注釋》，中華書局，1990年，第813頁。
〔註232〕司馬遷：《史記》，中華書局，1963年，第28頁。
〔註233〕司馬遷：《史記》，中華書局，1963年，第29頁。
〔註234〕孫星衍：《尚書今古文注疏》，中華書局，1986年，第56頁。
〔註235〕陳橋驛：《水經注校證》，中華書局，2007年，第771頁。
〔註236〕陳橋驛：《水經注校證》，中華書局，2007年，第952、954頁。
〔註237〕王利器：《風俗通義校注》，中華書局，1981年，第488頁。
〔註238〕范曄：《後漢書》，中華書局，1965年，第2836頁。
〔註239〕范曄：《後漢書》，中華書局，1965年，第2837頁。
〔註240〕令狐德棻等：《周書》，中華書局，1971年，第887頁。

槃瓠。」〔註241〕源於長沙、黔中五溪蠻。《通典・邊防三・南蠻上・盤瓠種》：「盤瓠種……長沙、黔中五溪蠻皆是也。」〔註242〕又，《後漢書・南蠻西南夷列傳》注引干寶《晉紀》云：「武陵、長沙、盧江郡夷，槃瓠之後也。雜處五溪之內。槃瓠憑山阻險，每每常為害。糅雜魚肉，叩槽而號，以祭槃瓠。俗稱『赤髀橫裙』，即其子孫。」〔註243〕五溪，《水經注・沅水》：「武陵有五溪，謂雄溪、橫溪、無溪、酉溪，辰溪其一焉。夾溪悉是蠻左所居，故謂此蠻五溪蠻也。」〔註244〕五溪位於武陵，所以五溪蠻又稱武陵蠻。

居住在不同地區的苗族，與漢族同化的進程不一。

居於湘江流域的苗族，「及吳起相悼王，南並蠻越，遂有洞庭、蒼梧」〔註245〕後，逐漸與漢族同化。居於鄂、豫之間的苗族，於南北朝末漸與漢族同化。《南史・諸蠻傳》：「明帝初即位，四方反叛，及南賊敗於鵲尾，西陽蠻田益之、田義之、成邪財、田光興等起義，攻郢州剋之。以益之為輔國將軍，都統四山軍事。又以蠻戶立宋安、光城二郡。以義之為宋安太守，光興為光城太守。封益之邊城縣王，成邪財陽城縣王。成邪財死，子婆思襲爵云。」〔註246〕居於鄂、蜀一帶的苗族，於周武帝天和年間，先後為陸騰、趙闓討破，後來漸與漢族同化。《周書・蠻》：「天和元年，詔開府陸騰督王亮、司馬裔等討之。……自此狼戾之心輟矣。……天和六年，蠻渠冉祖喜、冉龍驤又反，詔大將軍趙闓討平之。自此群蠻懾息，不復為寇矣」。〔註247〕

居於沅、資流域的苗族，則於宋時逐漸內附後，與漢族同化。沅江流域又分南北江。北江蠻酋彭氏最大。《宋史・西南溪峒諸蠻上》：「北江蠻酋最大者曰彭氏，世有溪州。」〔註248〕南江蠻酋，舒氏、田氏、向氏最大。《續資治通鑑長編》卷二百三十六：「南江，本唐敘州，五代失守，群蠻擅其地，虛立州名十六，國朝並隸辰州，許令貢奉，給以驛券。其後有硤州舒光秀者為之統領……近向永梧與繡、鶴、敘諸州蠻自相讐殺。」〔註249〕又，《宋史・西南溪

〔註241〕范曄：《後漢書》，中華書局，1965年，第2830頁。
〔註242〕杜佑：《通典》，中華書局，1988年，第5041～5042頁。
〔註243〕范曄：《後漢書》，中華書局，1965年，第2830頁。
〔註244〕陳橋驛：《水經注校證》，中華書局，2007年，第868～869頁。
〔註245〕范曄：《後漢書》，中華書局，1965年，第2831頁。
〔註246〕李延壽：《南史》，中華書局，1975年，第1982頁。
〔註247〕令狐德棻等：《周書》，中華書局，1971年，第888～890頁。
〔註248〕脫脫等：《宋史》，中華書局，1977年，第14177頁。
〔註249〕李燾：《續資治通鑑長編》（第17冊），中華書局，1986年，第5727頁。

峒諸蠻上》：「乾德……三年七月，珍州刺史田景遷內附。」〔註 250〕資江流域則為梅山蠻所居。《宋史・西南溪峒諸蠻下》：「梅山峒蠻，舊不與中國通，其地東接潭，南接邵，其西則辰，其北則鼎、澧，而梅山居其中。」〔註251〕熙寧五年（1072 年），章惇招降梅山蠻，置新化、安化。《宋史・西南溪峒諸蠻下》：「惇遣執中知全州，將行，而大田三砦蠻犯境。又飛山之蠻近在全州之西，執中至全州，大田諸蠻納款，於是遂檄諭開梅山，蠻徭爭辟道路，以待得其地。東起寧鄉縣司徒嶺，西抵邵陽白沙砦，北界益陽四里河，南止湘鄉佛子嶺。籍其民，得主、客萬四千八百九戶，萬九千八十九丁。田二十六萬四百三十六畝，均定其稅，使歲一輸。乃築武陽、關硤二城，詔以山地置新化縣，并二城隸邵州。」〔註 252〕又，《宋史・地理四》：「熙寧五年收復梅山，以其地置縣。」〔註 253〕《宋史・地理三》：「熙寧五年，廢儀州，與安化、崇信同來隸。」〔註 254〕章惇又平定南江蠻，降十峒首領。《宋史・西南溪峒諸蠻上》：「章惇經制南、北江，湖北提點刑獄李平招納師晏，誓下州峒蠻張景謂、彭德儒、向永勝、覃文猛、覃彥霸各以其地歸版籍，師晏遂降。」〔註 255〕宋以其地先後至沅州、誠州。《宋史・地理四》：「沅州……本懿州。熙寧七年收復」，「熙寧九年，收復唐溪洞誠州。元豐四年，仍建為誠州」。〔註 256〕而居住在湘、鄂之間的苗族，則一直到嘉慶年間傅鼐總理邊務，「修城堡、神祠、學校、育嬰、養濟。……屯丁田則附碉躬讀，訓練講武，設屯田守備掌之，轄於兵備道。屯政舉，使兵農為一以相衛，民、苗為二以相安」〔註 257〕，才逐漸與漢族同化。

至於居於貴州的苗族，則與漢族同化最晚。明永樂十二年（1414 年），貴州始列內地。《明史・貴州土司・思南》：「十二年遂分其地為八府四州，貴州為內地，自是始。」〔註 258〕清乾隆元年（1736 年），才最終平定苗疆。《清史稿・土司四・貴州》：「乾隆元年春，復增兵分八路排剿抗拒逆寨，遺孽盡竄牛皮大箐。箐圍苗巢之中，盤亙數百里……首逆諸苗咸藪伏其中。……自四月至

〔註 250〕脫脫等：《宋史》（第 40 冊），中華書局，1977 年，第 14173 頁。
〔註 251〕脫脫等：《宋史》（第 40 冊），中華書局，1977 年，第 14196 頁。
〔註 252〕脫脫等：《宋史》（第 40 冊），中華書局，1977 年，第 14197 頁。
〔註 253〕脫脫等：《宋史》（第 7 冊），中華書局，1977 年，第 2200 頁。
〔註 254〕脫脫等：《宋史》（第 7 冊），中華書局，1977 年，第 2157 頁。
〔註 255〕脫脫等：《宋史》（第 40 冊），中華書局，1977 年，14179 頁。
〔註 256〕脫脫等：《宋史》（第 7 冊），中華書局，1977 年，第 2196、2197 頁。
〔註 257〕趙爾巽等：《清史稿》（第 37 冊），中華書局，1977 年，第 11389 頁。
〔註 258〕張廷玉等：《明史》（第 27 冊），中華書局，1974 年，第 8178 頁。

五月，將士犯瘴癘，冒榛莽，靡奧不搜，靡險不剔，並許其黨自相斬捕除罪。由是憝魁罔漏，俘馘萬計，其飢餓顛隕死崖谷間者，不可計數。六月，復乘兵威搜剿附逆熟苗，分首惡、次惡、脅從三等，涉秋徂暑，先後掃蕩，共燬除千有二百二十四寨，赦免三百八十有八寨，陣斬萬有七千六百有奇，俘二萬五千有奇，獲銃礮四萬六千五百有奇，刀矛弓弩標甲十有四萬八千有奇。……自是南夷遂不反。」〔註259〕乾隆二十六年（1761年），漢、苗通婚為清廷所許可。《清稗類鈔·婚姻類·漢苗通婚》：「國初，曾降旨禁漢、苗通婚，乾隆辛巳，弛其禁。」〔註260〕漢、苗通婚，為苗族最終與漢族同化鋪平了道路。到近現代，居於貴州的純苗族最終走上了與漢族同化的道路。

苗族宗法演化進程則與此相應。苗族古代本與漢族接近，又因進化較遲，因而較多地留存了漢族古俗，如祭祀時叩槽而號，喜著五色斑斕衣等。與此相應，其宗法也較多地留存了漢族原始宗法。

三苗本在荊，荊人即苗族。《左傳·昭公二十六年》：「茲不穀震盪播越，竄在荊蠻，未有攸底。」〔註261〕而楚又在荊立國，《史記·齊太公世家》：「楚成王初收荊蠻有之，夷狄自置。」〔註262〕因此，春秋戰國時期，苗族宗法大抵同於楚國宗法，即本於祭祀神鬼，宗族世系井然，以嫡長制為繼承制度的原始宗法。楚人好事巫鬼，《漢書·地理志》：「楚……信巫鬼，重淫祀。」〔註263〕這一點，荊人與楚人相同。《淮南子·人間訓》：「荊人鬼。」〔註264〕楚王族與其他宗族世系井然，如若敖族之祖為若敖熊儀子鬬伯比，第二代宗子為著名的令尹子文（伯比子，鬬穀於菟），第三代為文子鬬般，第四代為子文兄弟子良之子鬬椒。〔註265〕而苗族同樣宗支有序。「在遷徙中，他們大都是以一個部落為一支，每個部落之間，各存在許多宗族姓氏，即許多氏族。他們有自己的首領，如講東部方言的苗族在遷徙隊伍中，有仡菜、仡卡、仡灌、代曉、仡乘等『七宗六房』。各宗支之下，又有許多小姓。」〔註266〕楚王族與其他宗族的宗

〔註259〕趙爾巽等：《清史稿》（第47冊），中華書局，1977年，第14276頁。

〔註260〕徐珂：《清稗類鈔》（第5冊），中華書局，1984年，第1989頁。

〔註261〕楊伯峻：《春秋左傳注》，中華書局，1981年，第1478頁。

〔註262〕司馬遷：《史記》，中華書局，1963年，第1491頁。

〔註263〕班固：《漢書》，中華書局，1962年，第1666頁。

〔註264〕劉文典：《淮南鴻烈集解》，中華書局，1989年，第589頁。

〔註265〕參見錢杭：《周代宗法制度史研究》，學林出版社，1991年，第152頁。

〔註266〕唐仁郭、錢宗範等：《中國少數民族宗法制度研究》，江西高校出版社，2006年，第319頁。

子傳承是嫡長制。《左傳・哀公六年》：「命公子申為王，不可；則命公子結，亦不可；則命公子啟，五辭而後許。將戰，王有疾。庚寅，昭王攻大冥，卒於城父。子閭退，曰：『君王舍其子而讓，群臣敢忘君乎？從君之命，順也；立君之子，亦順也。二順不可失也。』與子西、子期謀，潛師閉途，逆越女之子章立之，而後還。」〔註267〕公子申即子西，公子結即子期，公子啟即子閭。越女，楊伯峻注：「越王句踐之女，即十六年《傳》之昭夫人。」〔註268〕從這一段文字中，可以看出嫡長制強大的約束力。這一點，苗族也與楚國相同。《水經注・沅水》：「其狗皮毛，嫡孫世寶錄之。」〔註269〕從盤瓠嫡系子孫世代珍藏象徵權力的盤瓠皮毛的描述中，可以見出，苗族的宗子傳承制當是嫡長制。因此，春秋戰國時期，苗族宗法是楚國原始宗法的留存。

秦漢以後，湘江流域的苗族已同化於漢族，其宗法匯入漢族封建宗法進程之中；而僻處山谷的苗族，則因環境所限，其宗法仍然停留於原始宗法階段，自此開始與漢族異俗。《隋書・地理志下》：「其與夏人雜居者，則與諸華不別。其僻處山谷者，則言語不通，嗜好居處全異。……其死喪之紀，雖無被髮袒踊，亦知號叫哭泣。始死，即出尸於中庭，不留室內。殮畢，送至山中，以十三年為限。先擇吉日，改入小棺，謂之拾骨。拾骨必須女婿，蠻重女婿，故以委之。拾骨者，除肉取骨，棄小取大。當葬之夕，女婿或三數十人，集會於宗長之宅，著芒心接籬，名曰茅綏。各執竹竿，長一丈許，上三四尺許，猶帶枝葉。其行伍前却，皆有節奏，歌吟叫呼，亦有章曲。傳云盤瓠初死，置之於樹，乃以竹木刺而下之，故相承至今，以為風俗。」〔註270〕其葬儀雖然沒有漢族的繁瑣及謹嚴規範，但其中所包含的尊祖敬宗之意卻並無二致。這正是其宗法仍然停留於原始宗法階段的證明。此後，居於沅、資流域苗族的原始宗法，開始接受漢族宗法的影響。《朝野僉載》卷二：「五溪蠻父母死，於村外閣其尸，三年而葬。打鼓路歌，親屬飲宴舞戲一月餘日。盡產為棺，餘臨江高山半肋鑿龕以葬之。自山上懸索下柩，彌高者以為至孝，即終身不復祀祭。初遭喪，三年不食鹽。」〔註271〕父死三年而葬，且盡家產為棺，遭喪三年不食鹽，明顯受到了漢族宗法的影響。《禮記・檀弓上》：「事親有隱而無犯，左右就養無方，服勤

〔註267〕楊伯峻：《春秋左傳注》，中華書局，1981年，第1635頁。

〔註268〕楊伯峻：《春秋左傳注》，中華書局，1981年，第1635頁。

〔註269〕陳橋驛：《水經注校證》，中華書局，2007年，第869頁。

〔註270〕魏徵等：《隋書》，中華書局，1973年，第897～898頁。

〔註271〕劉餗、張鷟：《隋唐嘉話・朝野僉載》，中華書局，1979年，第40頁。

致死，致喪三年。」〔註272〕又，《弟子規》：「喪三年，常悲咽。居處變，酒肉絕。」〔註273〕在尊祖敬宗觀念的持續強化中，武陵苗族習俗已開始逐漸向漢族靠攏。熙寧九年（1076年），宋平定武陵蠻，此後，武陵苗族宗法匯入漢族封建宗法進程之中。

　　與此相比，苗疆宗法演化進程則稍慢。到宋時，苗疆仍然留存了與楚國相同的習俗。《宋史·西南溪峒諸蠻上》：「雍熙元年，黔南言溪峒夷獠疾病，擊銅鼓、沙鑼以祀神鬼，詔釋其銅禁。」〔註274〕到明代時，苗疆宗法仍然停滯於原始宗法階段。《明史·貴州土司·思南》：「正統初，蠻夷長官司奏土官衙門婚姻，皆從土俗，乞頒恩命。帝以土司循襲舊俗，因親結婚者，既累經赦宥不論，繼今悉依朝廷禮法，違者罪之。」〔註275〕因親結婚而與朝廷禮法不合，正是其宗法尚停留於原始宗法階段的明證。至清代，苗疆宗法仍處於停滯不前狀態。《清史稿·土司一·湖廣》：「西南諸省，水複山重，草木蒙昧，雲霧晦冥，人生其間，叢叢猋猋，言語飲食，迥殊華風，曰苗、曰蠻，史冊屢紀，顧略有區別。無君長不相統屬之謂苗，各長其部割據一方之謂蠻。」〔註276〕風習與漢族迥異，說明其宗法依然滯後於漢族宗法。而其具體的宗法形態，則可從其宗子傳承中看出。《清史稿·土司四·貴州》：「思南府：隨府辦事長官司。宋時，田二鳳。明洪武五年，改思南宣慰司。永樂十一年，改授隨府辦事長官司。傳至田仁溥，清順治十七年，歸附，仍準世襲。蠻夷長官司，在府城西。宋時，安仲用。明洪武二十九年，改授蠻夷長官司。傳至安于磐，清順治十七年，歸附，仍準世襲。」〔註277〕苗疆的父子世襲制，加上其始終保留的楚人習俗，說明其宗法仍處於原始宗法階段。直到18世紀中葉後，在漢族宗法影響下，苗疆宗法才開始緩慢地由原始宗法向封建宗法轉型。「苗族有父子連名的習慣，子名在前父名在後，平時只呼本名，不連父名。本無姓氏，但後來有些地區已取用漢姓名。有的制定字輩建立宗祠修纂家譜。」〔註278〕從無姓氏

〔註272〕孫希旦：《禮記集解》，中華書局，1989年，第165頁。

〔註273〕李逸安譯注：《三字經·百家姓·千字文·弟子規》，中華書局，2009年，第183頁。

〔註274〕脫脫等：《宋史》（第40冊），中華書局，1977年，第14174頁。

〔註275〕張廷玉等：《明史》（第27冊），中華書局，1974年，第8178頁。

〔註276〕趙爾巽等：《清史稿》（第47冊），中華書局，1977年，第14203頁。

〔註277〕趙爾巽等：《清史稿》（第47冊），中華書局，1977年，第14286頁。

〔註278〕陳慶浩、王秋桂主編：《中國民間故事全集⑱·湖南民間故事集（二）》之《苗族簡介》，遠流出版事業股份有限公司，1989年，第4頁。

到取用漢姓名，再到制定字輩，建立宗祠，修纂家譜，可見苗疆宗法已在漢族宗法影響下，步入封建宗法階段。

苗族神話宗法化的進程，正與其宗法演化進程相始終。最早見於文獻著錄的苗族神話，是三苗神話。《墨子‧非攻》：

> 昔者有三苗大亂，天命殛之。日妖宵出，雨血三朝，龍生廟，大哭乎市，夏冰，地坼及泉，五穀變化，民乃大振。高陽乃命玄宮禹親把天之瑞令，以征有苗。四電誘祗，有神人面鳥身，若瑾以侍，搤矢有苗之祥，苗師大亂，後乃遂幾。禹既已克有三苗，焉磨為山川，別物上下，卿制大極，而神民不違，天下乃靜。〔註279〕

神話中撲面而來的妖祥之氣，完全是楚人巫鬼之習的形象寫照；而貫穿其中的尚德與秩序建構，正說明其是原始宗法的產物。

又，《後漢書‧南蠻西南夷列傳》云：

> 昔高辛氏有犬戎之寇，帝患其侵暴，而征伐不剋。乃訪募天下，有能得犬戎之將吳將軍頭者，購黃金千鎰，邑萬家，又妻以少女。時帝有畜狗，其毛五采，名曰槃瓠。下令之後，槃瓠遂銜人頭造闕下，群臣怪而診之，乃吳將軍首也。帝大喜，而計槃瓠不可妻之以女，又無封爵之道，議欲有報而未知所宜。女聞之，以為帝皇下令，不可違信，因請行。帝不得已，乃以女配槃瓠。槃瓠得女，負而走入南山，止石室中。所處險絕，人跡不至。於是女解去衣裳，為僕鑒之結，著獨力之衣。帝悲思之，遣使尋求，輒遇風雨震晦，使者不得進。經三年，生子一十二人，六男六女。槃瓠死後，因自相夫妻。織績木皮，染以草實，好五色衣服，制裁皆有尾形。其母後歸，以狀白帝，於是使迎致諸子。衣裳班蘭，語言侏離，好入山壑，不樂平曠。帝順其意，賜以名山廣澤。其後滋蔓，號曰蠻夷。〔註280〕

這則苗族族源神話的敘事根基是信義：盤瓠「銜人頭造闕下」，這是臣義；帝女執意要嫁給盤瓠，帝皇最終聽從，這是守信；帝女「為僕鑒之結，著獨力之衣」，這是妻義。重義守德是周代宗法的顯著特徵。而盤瓠子女穿著、習俗、喜好始終不違盤瓠之教，則是尊祖觀念的明顯表露。值得注意的是，與三苗神

〔註279〕辛志鳳、蔣玉斌：《墨子譯注》，黑龍江人民出版社，2003年，第120～121頁。

〔註280〕范曄：《後漢書》，中華書局，1965年，第2829頁。

話相比，這則神話明顯沒有了妖詳之氣。由此可見，這則神話是苗族原始宗法持續成熟的產物。

此後，盤瓠神話變異為神母狗父神話。《神母狗父》說：

我們苗家殺牛祭祖的根源，扯起來就長了。

傳說，神農時代，西方恩國有穀神，神農張榜布告天下：「誰能去恩國取得穀種回來，願以親生女兒迦價公主許配給他。」

迦價公主是神農七個女兒中最美的一個，鳥見翅兒軟，獸見腿無力；比花花褪色，賽月月無光。誰不想同她成對？誰不要同她成雙？只因西方的恩國太遙遠，去了就回不來，即使回得來，也是七老八十的人啦，哪裏還能配到公主迦價？所以無人來揭皇榜，神農很是失望。

恰好這時，有隻黃狗含著榜文進宮來，神農一看，原來是宮中的御狗翼洛。神農問道：「你能去恩國取穀種嗎？」

翼洛點頭搖尾，表示能去。

神農微笑說：「那很好，明天啟程。」

第二天天一亮，翼洛出發了，它爬山涉水，經歷千辛萬苦，最後到了恩國。那時秋收已過，恩國皇倉裏堆著金黃的稻穀。翼洛爬進倉去，滾了又滾，沾了一身稻穀，爬出來就往回跑。國王同二大爺發現了，就騎馬追來，國王的馬跑得很快，翼洛眼看要被抓住了，它猛回頭一蹦，跳上馬去，一口將國王咬死了，就無人再敢追來，翼洛才安全回到家裡。

神農得到穀種後，只安慰翼洛一番，不提許配迦價公主的事了。他見翼洛不樂，就問：「你取得穀種回來，功勞很大，我將你永遠養在宮裏好嗎？」

翼洛站著不動，頭不點，尾不搖。

神農又問：「我封你為少公好嗎？」翼洛站著不動，頭不點，尾不搖。

神農再問：「我選宮中最美的姑娘配你好嗎？」

翼洛還是站著不動，頭不點，尾不搖。

神農大怒，要殺翼洛。

老公在一旁奏道：「太公息怒，不可殺翼洛。你張過皇榜，布告天下，有話在先。失信於翼洛，便失信於天下，何以服人！」

　　神農聽了，才恍然大悟，便對翼洛說道：「等問了公主，她如願意，就配你為妻。」

　　翼洛聽了，一隻前腳跪下來，點頭搖尾，表示謝恩。

　　神農去問公主，誰知公主滿口答應，說：「翼洛奉父王之命，取得穀種，立萬世之功，女兒願意。」

　　這樣，神農便將公主嫁給翼洛。

　　婚後兩年，公主生下來個大血球，神農聽了，怒氣衝衝地跑來一劍剖開，從裏面跳出來七個男的代兄代玉（苗語音譯，意為苗族）和七個女的代茶代來（苗語音譯，意為漢族）。

　　年去歲來，花開花落，轉眼十個春秋。代兄代玉長大成人，弟兄七人，勤勞勇敢，武藝超群，走射雲邊雁，跳騎猛虎背。

　　代兄代玉被推為少公，威風凜凜。他們天天問母親：「我們的阿爸是誰？」迦價公主始終不說。

　　代兄代玉經常上山打獵，翼洛總是跟隨，出去走在前，回來走在後。他們獵獲很多，肉吃不完，皮穿不盡。代兄代玉受到人們稱頌，不久，被推為大公。

　　一天，代兄代玉帶翼洛去打獵，有隻水牛在一旁哈哈大笑，上門牙都笑落了。代兄代玉很奇怪，問水牛笑麼子。

　　水牛：「笑你們呀！」

　　「笑我們做麼子？」

　　「笑你們不認識自己的老子！」

　　代兄代玉驚喜地問：「我們家老子在哪呀？」

　　水牛指指翼洛說：「它就是你們老子嘛？」

　　翼洛點點頭，搖搖尾，表示說：「是的。」

　　代兄代玉很生氣，氣的是狗都想做他們的阿爸！一怒之下，七個人抽出七把銅刀銅劍，把翼洛殺了。

　　這一天，代兄代玉沒獵到野物，空手回家。迦價公主沒見翼洛回來，就問：「翼洛呢？它怎沒回來？」

　　代兄代玉說：「水牛說它是我們的阿爸，它點頭表示『是的』。狗都想做我們的阿爸，我們一氣就把它殺了。」

　　迦價公主聽了，氣昏過去了，七個妹妹也哭做一團。

　　一會兒，迦價公主醒來，大罵代兄代玉說：「翼洛就是你們的阿
爸呀，你們連老子都殺了，還成什麼人！」

　　迦價公主要殺代兄代玉，弟兄七個苦苦哀求道：「阿妹（苗語譯
音，意為媽媽），我們實在不曉得呀，錯殺了阿爸，我們是無意的，
饒了我們吧！阿妹！」

　　七個代茶代來也替哥哥們求情，迦價公主就是不依。

　　人們都來為代兄代玉說情，迦價公主還是不依，一定要拿他們
的腦殼來磨刀。

　　最後，神農也來了，親口傳旨：「代兄代玉無知誤殺，免於死罪；
水牛不該多舌多嘴，罰它世代為人犁田耕地，今後還要殺來祭祖。」

　　後來，迦價公主也死了，代兄代玉和代茶代來兄妹們商議，尊
封阿妹迦價為「奶媽」，阿爸翼洛為「馬勾」。並殺水牛來祭奠。

　　苗語「奶媽馬勾」就是「神母狗父」。以後，每年秋天，代兄代
玉都要殺水牛祭奠一次奶媽馬勾。從此，這個祭祀活動就代代相傳
下來，成為風俗。〔註281〕

　　這則神話的前半段，可以看作盤瓠神話的異文，而後半段則與盤瓠神話明
顯不同。這些不同，主要體現在三個層面：第一，迦價公主所生七子為苗族，
七女為漢族，這是苗漢共生的寫照；第二，翼洛子女不再「好入山壑，不樂平
曠」，這是苗漢同居的明證；第三，迦價公主要殺七兄弟，七兄弟苦苦哀求，
七個代茶代來與人們都來求情，公主始終不依，直到神農下旨，公主才饒了七
兄弟，這是對皇權的尊崇。苗漢共生同居說明苗族已同化於漢族，尊崇皇權是
封建宗法的主要表現之一，因此，神話後半段顯然是封建宗法的產物。既然神
話前半段是盤瓠神話異文，而盤瓠神話是原始宗法的產物，因此，這則神話便
形象地展示了在漢族宗法影響下，苗族神話由原始宗法化步入封建宗法化的
進程。當苗族神話呈現出這樣的面貌時，這就意味著，其已在漢族神話影響下，
匯入到了封建宗法化的總體進程之中。

　　此外，瑤族也是盤瓠之後，源於武陵蠻。《桂海虞衡志·志蠻》：「猺。本
五溪盤瓠之後。」〔註282〕瑤族本來稱為莫猺。《梁書·張纘傳》：「零陵、衡

〔註281〕陳慶浩、王秋桂主編：《中國民間故事全集⑱·湖南民間故事集（二）》，遠流
　　　　　出版事業股份有限公司，1989年，第13～17頁。
〔註282〕范成大：《范成大筆記六種》，中華書局，2002年，第141頁。

陽等郡，有莫徭蠻者，依山險為居，歷政不賓服。」〔註283〕瑤族又稱為瑤人。《宋史・西南溪峒諸蠻上》：「蠻猺者，居山谷間，其山自衡州常寧縣屬于桂陽、郴連賀韶四州，環紆千餘里，蠻居其中，不事賦役，謂之猺人。」〔註284〕瑤族又名畬族。《赤雅・瑤人祀典》：「瑤名崒客，古八蠻之種。五溪以南，穷極嶺海，迤邐巴蜀。藍、胡、盤、侯四姓，盤姓居多。皆高辛狗王之後。」〔註285〕崒，現在通用為畬。畬又稱為畬丁，《元史・博爾忽傳》：「帝以湖廣行省西連番洞諸蠻，南接交趾島夷，延袤數千里，其間土沃人稠，畬丁、溪子善驚好鬭，思得賢方伯往撫安之。」〔註286〕瑤族、畬族既與苗族同祖，又與苗族生活環境相同，故其宗法演化歷程以及神話宗法化的進程，也就大體同於苗族，此不贅述。

二、越族神話宗法化的歷史進程

越，依其所居地域不同，不同時期的文獻中對其有不同的稱呼。大體而言，居於淮水以北的為夷，居於長江以南的為越。

夷，《禮記・王制》：「東方曰夷，被髮文身。」〔註287〕《集解》：「《漢書・地理志》云越俗『斷髮文身，以避蛟龍之害』。」〔註288〕正見夷為越。夷人所居之地，為冀州、青州、揚州、徐州。冀州、揚州的越族，稱為鳥夷，《尚書》作島夷。《尚書・禹貢》：冀州「嵎夷皮服」〔註289〕。孫星衍注：「史遷『嵎』作『鳥』。馬融曰：『鳥夷，國。』鄭氏曰：『鳥夷，東北之民賦食鳥獸者。』」〔註290〕又，《尚書・禹貢》：揚州「嵎夷卉服」〔註291〕。孫星衍疏：「嵎夷，《漢志》作『鳥夷』，顏師古注云：『東南之夷善搏鳥者。』《後漢書・度尚傳》云：『深林遠藪椎髻鳥語之人置於縣下。』注云：『鳥語，謂語聲似鳥也。《書》曰：「鳥夷卉服。」』則唐時尚作鳥夷。」〔註292〕青州越族，稱

〔註283〕姚思廉：《梁書》，中華書局，1973年，第502頁。
〔註284〕脫脫等：《宋史》（第40冊），中華書局，1977年，第14183頁。
〔註285〕藍鴻恩：《赤雅考釋》，廣西民族出版社，1995年，第7頁。
〔註286〕宋濂等：《元史》（第10冊），中華書局，1976年，第2950頁。
〔註287〕孫希旦：《禮記集解》，中華書局，1989年，第359頁。
〔註288〕孫希旦：《禮記集解》，中華書局，1989年，第360頁。
〔註289〕孫星衍：《尚書今古文注疏》，中華書局，1986年，第144頁。
〔註290〕孫星衍：《尚書今古文注疏》，中華書局，1986年，第144頁。
〔註291〕孫星衍：《尚書今古文注疏》，中華書局，1986年，第161頁。
〔註292〕孫星衍：《尚書今古文注疏》，中華書局，1986年，第161頁。

為嵎夷、萊夷。《尚書·禹貢》:「海、岱惟青州。嵎夷既略,濰、淄其道」,「萊夷作牧」。〔註293〕孫星衍疏:「嵎夷,《史記索隱》引今文《尚書》及《帝命驗》並作『禺鐵』,云:『在遼西。鐵,古夷字也。』《說文》『鐵』古文從夷,蓋緩讀之,即為夷聲矣。《說文》又云:『堣夷在冀州陽谷。立春日,日值之而出。《尚書》曰:「宅堣夷。」』以『堣』為封嵎山字。則古文『堣』本從土。唐虞青州既兼營州,則當越海而至遼東,與冀州連界,故許氏云『在冀州』也」;「《地理志》:『東萊黃縣,有萊山。』《春秋》宣九年:『齊侯伐萊。』服虔注:『東萊黃縣是。』《春秋》《左氏》定十年《傳》:『齊使萊人以兵劫魯侯。孔丘曰:「裔夷之俘亂之。」』注云:『萊人,齊所滅萊夷也。』云『東萊黃縣是』者,案:黃縣,今屬山東萊州府」。〔註294〕徐州越族,稱為淮夷。《尚書·禹貢》:「淮夷蠙珠暨魚。」〔註295〕孫星衍疏:「淮夷,《詩傳》云:『東國,在淮浦而夷行也。』」〔註296〕鳥夷、嵎夷,此後史書不見記載,而淮夷則轉為九夷。《墨子·非攻中》:「九夷之國莫不賓服。」〔註297〕孫詒讓云:「此『九夷』與吳楚相近,蓋即淮夷。」〔註298〕九夷,《後漢書·東夷列傳》:「夷有九種,曰畎夷、于夷、方夷、黃夷、白夷、赤夷、玄夷、風夷、陽夷。」〔註299〕秦並六國,淮夷皆散為人戶。《後漢書·東夷列傳》:「後越遷琅邪,與共征戰,遂陵暴諸夏,侵滅小邦。秦并六國,其淮、泗夷皆散為民戶。」〔註300〕此後,淮夷消失在漢人之中。

越居長江以南,在歷代文獻中,常常與吳並稱,《尚書古文疏證·第八十一》:「南涉江淮為吳越。」〔註301〕吳,即句吳,吳太伯自號。周武王時,太伯之後周章居吳地,武王封周章為吳侯,其國則為吳國。《史記·吳太伯世家》:「吳太伯,太伯弟仲雍,皆周太王之子,而王季歷之兄也。季歷賢,而有聖子昌,太王欲立季歷以及昌,於是太伯、仲雍二人乃犇荊蠻,文身斷髮,示不可用,以避季歷。季歷果立,是為王季,而昌為文王。太伯之犇荊蠻,自號句吳。

〔註293〕孫星衍:《尚書今古文注疏》,中華書局,1986年,第151、153頁。
〔註294〕孫星衍:《尚書今古文注疏》,中華書局,1986年,第151、153頁。
〔註295〕孫星衍:《尚書今古文注疏》,中華書局,1986年,第156頁。
〔註296〕孫星衍:《尚書今古文注疏》,中華書局,1986年,第156頁。
〔註297〕孫詒讓:《墨子閒詁》,中華書局,2001年,第137頁。
〔註298〕孫詒讓:《墨子閒詁》,中華書局,2001年,第137頁。
〔註299〕范曄:《後漢書》,中華書局,1965年,第2807頁。
〔註300〕范曄:《後漢書》,中華書局,1965年,第2809頁。
〔註301〕閻若璩:《尚書古文疏證》,上海古籍出版社,1987年,第610頁。

荊蠻義之，從而歸之千餘家，立為吳太伯。太伯卒，無子，弟仲雍立，是為吳仲雍。仲雍卒，子季簡立。季簡卒，子叔達立。叔達卒，子周章立。是時周武王克殷，求太伯、仲雍之後，得周章。周章已君吳，因而封之。」〔註302〕文身斷髮是越人習俗，由此可見，吳太伯時期的「荊蠻」就是越人。而與吳並稱的越，就是於越。《公羊傳·定公五年》：「於越入吳。於越者何？越者何？於越者，未能以其名通也。越者，能以其名通也。」〔註303〕何休注：「越人自名於越，君子名之曰越。」〔註304〕於越居於長江口東南，其所立之國，為越國。《史記·越王句踐世家》：「越王句踐，其先禹之苗裔，而夏后帝少康之庶子也。封於會稽，以奉守禹之祀。文身斷髮，披草萊而邑焉。後二十餘世，至於允常。允常之時，與吳王闔廬戰而相怨伐。允常卒，子句踐立，是為越王。」〔註305〕《正義》：「《吳越春秋》云：『禹周行天下，歸還大越，登茅山以朝四方群臣，封有功，爵有德，崩而葬焉。至少康，恐禹跡宗廟祭祀之絕，乃封其庶子於越，號曰無餘。』賀循《會稽記》云：『少康，其少子號曰於越，越國之稱始此。』」〔註306〕越，又作粵。《史記·楚世家》：「熊渠甚得江漢閒民和，乃興兵伐庸、楊粵，至於鄂州。熊渠曰：『我蠻夷也，不與中國之號諡。』乃立其長子康為句亶王，中子紅為鄂王，少子執疵為越章王，皆在江上楚蠻之地。」〔註307〕楊粵，《索隱》：「譙周亦作『楊越。』」〔註308〕句亶，《集解》：「張瑩曰：『今江陵也。』」〔註309〕據此，秦、漢以前，吳、越所居之地，以吳會為中心，西抵江陵。吳、越之人同族同俗同教，《吳越春秋·夫差內傳》：「吳與越同音共律，上合星宿，下共一理。」〔註310〕公元前475年，句踐平吳。《越絕書·越絕外傳記吳地傳》：「後二世而至夫差，立二十三年，越王句踐滅之。」〔註311〕至此，吳越合而為一。

　　秦始皇併天下，將於越人遷移至烏程、餘杭等地。《越絕書·越絕外傳記

〔註302〕司馬遷：《史記》，中華書局，1959年，第1445～1446頁。
〔註303〕阮元：《十三經注疏》，中華書局，1980年，第2338頁。
〔註304〕阮元：《十三經注疏》，中華書局，1980年，第2338頁。
〔註305〕司馬遷：《史記》，中華書局，1959年，第1739頁。
〔註306〕司馬遷：《史記》，中華書局，1959年，第1739頁。
〔註307〕司馬遷：《史記》，中華書局，1959年，第1692頁。
〔註308〕司馬遷：《史記》，中華書局，1959年，第1692頁。
〔註309〕司馬遷：《史記》，中華書局，1959年，第1693頁。
〔註310〕張覺：《吳越春秋全譯》，貴州人民出版社，1993年，第231頁。
〔註311〕俞紀東譯注：《越絕書全譯》，貴州人民出版社，1996年，第24頁。

吳地傳》云：「烏程、餘杭、黝、歙、無湖、石城縣以南，皆故大越徙民也。秦始皇刻石徙之。」〔註312〕秦始皇又徙民於山陰。《越絕書·越絕外傳記地傳》：「因徙天下有罪適吏民，置南海故大越處，以備東海外越。乃更名大越曰山陰。」〔註313〕郭棐認為，將大越更名為山陰，在秦始皇三十七年（前210年）。《粵大記·事紀類·武周開粵》：「三十七年，始皇東巡狩，至會稽祭大禹，望於南海，更名大越曰『山陰外越』。」〔註314〕自此，吳越與漢族成雜居之勢。吳、越之君本為太伯、大禹之後，又加上較多的中原漢人陸續進入浙東平原，因此，到秦、漢時期，除避居於山谷的山越外，吳越已與漢族同化。《論衡·恢國篇》：「唐、虞國界，吳為荒服，越在九夷，剔衣關頭，今皆夏服，襃衣履舄。」〔註315〕而山越則直到東漢末仍然活動頻繁。建安初，孫策收取江南，太史慈即引山越與其相抗，後為孫策所敗。《三國志·吳書四·太史慈傳》：「是時，策已平定宣城以東，惟涇以西六縣未服。慈因進住涇縣，立屯府，大為山越所附。策躬自攻討，遂見囚執。」〔註316〕此後，孫策、孫權不斷圍剿山越，務當盡除。《三國志·吳書十二·虞陸張駱陸吾朱傳》：「若山越都除，便欲大構於丕」，「粲募合人眾，拜昭義中郎將，與呂岱討平山越」。〔註317〕裴松之注：「策討山越，斬其渠帥，悉令左右分行逐賊」，「諸葛恪為丹楊太守，討山越」。〔註318〕被吳國俘虜的山越兵眾，後來全部成為吳國之兵。《三國志·吳書十九·諸葛恪傳》：「山民饑窮，漸出降首。……恪自領萬人，餘分給諸將。」〔註319〕這裡的「山民」就是山越。自此，山越逐漸與漢族融合。至永嘉南遷，大量宗室貴族、文人學者徙居吳越，吳越文化遂與中原文化、楚文化並駕齊驅。《通典·州郡十二·古揚州下》：「永嘉之後，帝室東遷，衣冠避難，多所萃止，藝文儒術，斯之為盛。」〔註320〕

　　前214年，秦始皇於嶺南置桂林、象郡、南海三郡。《史記·秦始皇本紀》：「三十三年，發諸嘗逋亡人、贅婿、賈人略取陸梁地，為桂林、象郡，南海，

〔註312〕俞紀東譯注：《越絕書全譯》，貴州人民出版社，1996年，第49頁。
〔註313〕俞紀東譯注：《越絕書全譯》，貴州人民出版社，1996年，第195頁。
〔註314〕郭棐：《粵大記》，中山大學出版社，1998年，第6頁。
〔註315〕黃暉：《論衡校釋》（第3冊），中華書局，1990年，第832～833頁。
〔註316〕陳壽：《三國志》，中華書局，1959年，第1188頁。
〔註317〕陳壽：《三國志》，中華書局，1959年，1330、1339頁。
〔註318〕陳壽：《三國志》，中華書局，1959年，第1318、1324頁。
〔註319〕陳壽：《三國志》，中華書局，1959年，第1431～1432頁。
〔註320〕杜佑：《通典》，中華書局，1988年，第4850頁。

以適遣戍。」〔註321〕《集解》引徐廣語:「五十萬人守五嶺。」〔註322〕漢代
持續開發嶺南地區。《文獻通考‧輿地考九‧古南越》:「秦末,趙佗遂王其地,
漢因封之。佗後數代,其相呂嘉反叛,武帝使伏波將軍路博德討平之。元封初,
又遣軍自合浦、徐聞入南海,至大洲,方千里,略得之。後兼置交趾刺史。其
餘土宇,自漢以後,歷代開拓。後漢建武中,交趾女子徵側、妹徵貳反,於是
九真、日南、合浦蠻俚皆應之,自立為交趾帝。使馬援平定交部,始調立城郭,
置井邑。至獻帝,乃立為交州。」〔註323〕於是,越族所居之地,便從吳會向
南,直至交州。居住在這一片地域的越族,統稱百越。《漢書‧地理志下》顏
師古注引臣瓚語:「自交阯至會稽七八千里,百越雜處,各有種姓。」〔註324〕
百越族群部落眾多,名稱非一。《路史‧後紀八》:「越裳、駱越,甌越、甌
隍、甌人、且甌、供人、海陽、目深、扶摧、禽人、蒼吾、蠻揚、揚越、桂
國、西甌、損子、產里、海癸、九菌、稽余、僕句、比帶、區吳,所謂百越
也。」〔註325〕

　　百越之中,被稱為甌越的,指甌江以南的越族。《戰國策‧趙策二‧武靈王
平畫間居》:「被髮文身,錯臂左袵,甌越之民也。」〔註326〕甌越,鮑彪云:「即
漢東甌、閩、粵。」〔註327〕元人周致中則以為,甌越就是駱越、西甌。《異域志‧
交州》:「周曰駱越,秦曰西甌,故曰甌越。」〔註328〕總之,甌越是一個泛稱,
大體包括東甌、西甌、閩越。閩越則指居住於閩北浙南的越族,為越王句踐後裔。
秦時於其地置閩中郡,已將其納入中央王朝統治軌道中。《史記‧東越列傳》:「閩
越王無諸及越東海王搖者,其先皆越王句踐之後也,姓騶氏。秦已并天下,皆廢
為君長,以其地為閩中郡。……漢五年,復立無諸為閩越王,王閩中故地,都東
冶。孝惠三年,舉高帝時越功,曰閩君搖功多,其民便附,乃立搖為東海王,都
東甌,世俗號為東甌王。」〔註329〕漢武帝時,東甌王率眾來降,武帝使其與江
淮之民雜處。《史記‧東越列傳》:「東甌請舉國徙中國,乃悉舉眾來,處江淮之

〔註321〕司馬遷:《史記》,中華書局,1959年,第253頁。
〔註322〕司馬遷:《史記》,中華書局,1959年,第253頁。
〔註323〕馬端臨:《文獻通考》,中華書局,1986年,第2539頁。
〔註324〕班固:《漢書》,中華書局,1962年,第1669頁。
〔註325〕羅泌:《路史》,上海中華書局,1936年,第105頁。
〔註326〕范祥雍:《戰國策箋證》,上海古籍出版社,2006年,第1047頁。
〔註327〕范祥雍:《戰國策箋證》,上海古籍出版社,2006年,第1059頁。
〔註328〕周履靖:《夷門廣牘(五)》,景明刻本。
〔註329〕司馬遷:《史記》,中華書局,1959年,第2979頁。

閒。」〔註330〕《集解》:「徐廣曰:『年表云東甌王廣武侯望,率其眾四萬餘人來降,家廬江郡。』」〔註331〕漢武帝元封元年(前110年),漢軍平定東越。《史記‧東越列傳》:「於是天子曰東越狹多阻,閩越悍,數反覆,詔軍吏皆將其民徙處江淮閒。東越地遂虛。」〔註332〕此後,閩越消失於漢人之中。

　　百越之中,以廣東中部為中心的越族,稱為南越。《文獻通考‧輿地考九‧古南越》:「自嶺而南,當唐虞三代,為蠻夷之國,是百越之地,亦謂之南越,古謂之雕題。」〔註333〕散落於廣東西南、桂西、海南島,以及越南北部的是駱越,而駱越中最大的一支則是今天的壯族。有關壯族風俗及其遷徙嶺南的路徑,顧炎武《天下郡國利病書‧廣東備錄下‧猺獞》記載得十分詳細:「吳起相悼王,南並蠻越,遂有洞庭、蒼梧之地。……蠻越之眾自此蹻嶺而居溪峒,分猺,獞二種。猺乃蠻荊,獞則舊越人也。……獞性質樸粗悍,露項跣足,花衣短裙,鳥言夷面,自耕而食,又謂之山人。出湖南溪洞,後稍入廣西古田等縣,佃種荒田,聚眾稍多,因逼脅田主,佔據鄉村,遂蔓延入廣東。」〔註334〕南越族群眾多,雖依地域不同,其與漢族同化進度不一,但由於其統治者在政治中的作用很大,而這些民族中的某些部分,又與漢人融合的傾向更為顯著,因此,其與漢族同化的趨勢不可阻擋。

　　秦、漢時期,移居嶺南的中原人與越族相比,在數量上雖然並不佔有優勢,但由於他們居於統治地位,如南越王趙佗本身就是真定人,「南越王尉佗者,真定人也,姓趙氏」〔註335〕,因此,在漢族影響下,南越逐漸開化。《論衡‧恢國篇》:「越嶲、鬱林、日南……周時被髮椎髻,今戴皮弁;周時重譯,今吟《詩》《書》。」〔註336〕到隋朝時,南越中的很多族群相繼被納入中央王朝統治軌道中,更進一步與漢人融合。《隋書‧南蠻傳》:「南蠻雜類,與華人錯居。……稍屬於中國,皆列為郡縣,同之齊人。」〔註337〕唐朝時,嶺南成為官員貶謫之地,高層文人相繼貶謫嶺南。他們的到來,有力地推動了南越漢化

〔註330〕　司馬遷:《史記》,中華書局,1959年,第2980頁。
〔註331〕　司馬遷:《史記》,中華書局,1959年,第2980頁。
〔註332〕　司馬遷:《史記》,中華書局,1959年,第2984頁。
〔註333〕　馬端臨:《文獻通考》,中華書局,1986年,第2539頁。
〔註334〕　《續修四庫全書》編纂委員會:《續修四庫全書‧五九七‧史部‧地理類‧天下郡國利病書》,上海古籍出版社,2002年,第383頁。
〔註335〕　司馬遷:《史記》,中華書局,1959年,第2967頁。
〔註336〕　黃暉:《論衡校釋》,中華書局,1990年,第833頁。
〔註337〕　魏徵等:《隋書》,中華書局,1973年,第1831頁。

的進程。韓愈便是其中的代表。《新唐書·韓愈傳》:「愈生三歲而孤,隨伯兄會貶官嶺表」,後因上《論佛骨表》而「貶潮州刺史」,「愈至潮,問民疾苦,皆曰:『惡溪有鱷魚,食民畜產且盡,民以是窮。』數日,愈自往視之,令其屬秦濟以一羊一豚投溪水而祝之。……祝之夕,暴風震電其谿中,數日水盡涸,西徙六十里,自是潮無鱷魚患。袁人以男女為隸,過期不贖,則沒入之。愈至,悉計庸得贖所沒,歸之父母七百餘人。因與約,禁其為隸」。〔註338〕韓愈的到來,極大地促進了嶺南風俗的改變。安史之亂後,更多漢人又因避亂主動進入嶺南。唐末五代,劉氏割據嶺南,極力延攬中原人士。《新五代史·南漢世家》:「隱父子起封州,遭世多故,數有功於嶺南,遂有南海。隱復好賢士。是時,天下已亂,中朝士人以嶺外最遠,可以避地,多遊焉。唐世名臣謫死南方者往往有子孫,或當時仕宦遭亂不得還者,皆客嶺表。」〔註339〕那些因各種原因不能重回中原的,便世代居於嶺南,成為世家大族,如「(趙)光胤自以唐甲族,恥事偽國,常怏怏思歸。龑乃詒為光胤手書,遣使間道至洛陽,召其二子損、益并其家屬皆至。光胤驚喜,為盡心焉」〔註340〕。而南漢國主劉龑本身也是中原人,「自言家本咸秦」〔註341〕。得益於此,南越逐漸與漢族同化。朱彧《萍洲可談》云:「北人過海外,是歲不還者,謂之住蕃。諸國人至廣州,是歲不歸者,謂之住唐」,「元祐間,廣州蕃坊劉姓人娶宗女,官至左班殿直。劉死,宗女無子,其家爭分財產,遣人撾登聞鼓院。朝廷方悟宗女嫁夷部,因禁止。三代須一代有官,乃得取宗女」。〔註342〕中原人以南海外為蕃,而海外諸國則以廣州為唐,可見在人們心目中,當時的廣州已與中原沒有區別。不僅如此,越人還在朝廷為官,娶宗女。劉氏死後,宗女無子而其家分財產,足見其宗法已同於漢族。據此,最遲到北宋時期,廣州越族已同化於漢族。到 16世紀末,南越已大體與漢族同化。《粵劍編·志土風》:「舊傳粵人善蠱,今遍問諸郡,皆無之。云此風盛於粵西。」〔註343〕陋習的徹底革除,是南越大體

〔註338〕 歐陽修、宋祁:《新唐書》(第 17 冊),中華書局,1975 年,第 5255、5261、5262～5263 頁。

〔註339〕 歐陽修:《新五代史》,中華書局,1974 年,第 810 頁。

〔註340〕 歐陽修:《新五代史》,中華書局,1974 年,第 811 頁。

〔註341〕 歐陽修:《新五代史》,中華書局,1974 年,第 812 頁。

〔註342〕 梁廷楠、楊孚等:《南越五主傳及其它七種》,廣東人民出版社,1982 年,第100～101、104 頁。

〔註343〕 葉權、王臨亨、李中馥:《賢博編·粵劍編·原李耳載》,中華書局,1987 年,第 77 頁。

同化於漢族的明證。

而駱越與漢族同化的進程，則與此稍有不同。

到唐末時，桂林越族文明程度已經相當高了。《桂林風土記·訾家洲》：「在子城東南百餘步長河中。先是訾家所居，因以名洲焉。洲每經大水，不曾淹浸，相承言其浮也。元和中，裴大夫胡造亭宇，種植花木，迄今繁盛。東風融和，花卉爭妍。有大儒柳宗元員外，撰碑千餘言，猶在。」〔註344〕桂林詩風浸盛，自然是與大量文人遊桂林分不開的。而其他地方越族與漢族同化的進程則不然。《嶺外代答·蠻俗門·入寮》：「夫自入寮以來，必殺婢數十而後妻黨畏之，否則以為懦。」〔註345〕峒官婚嫁中殺婢惡習的存在，說明其未能徹底與漢族同化。到明末時，廣西部分越族的原始風習仍然沒有完全革除。《赤雅·烏蠻》：「烏蠻，古損子產國，即烏滸蠻也。生首子，輒解而食之曰宜弟。味旨，則獻其君。」〔註346〕烏滸蠻，是東漢以後分散在兩廣及越南一帶壯族先民的稱呼。殺長子，正是古越族的早期習俗。《墨子·節葬下》：「越之東有輆沐之國者，其長子生，則解而食之。謂之『宜弟』。」〔註347〕又，《墨子·魯問》：「楚之南有啖人之國者橋，其國之長子生，則鮮而食之，謂之宜弟。美，則以遺其君，君喜則賞其父。」〔註348〕又，《後漢書·南蠻傳》：「《禮記》稱『南方曰蠻，雕題交阯』。其俗男女同川而浴，故曰交阯。其西有噉人國，生首子輒解而食之，謂之宜弟。味旨，則以遺其君，君喜而賞其父。」〔註349〕到近代，殺婢惡習仍然留存於峒官婚嫁中。《清稗類鈔·婚姻類·僮官婚嫁》：「既成婚，婦之婢媵若忤婿意，即手刃之。能殺婢媵多者，妻方畏憚，否則懦而易之。」〔註350〕

居於海南的越族與漢族同化的進程，同樣顯得較為複雜。東漢時期，儋耳越人依然保留著原始風俗。楊孚《異物志》卷一云：「儋耳，南方夷，生則鏤其頰，皮連耳匡，分為數支，狀如雞腸，累累下垂至肩。」〔註351〕一直到唐

〔註344〕莫休符、周去非：《桂林風土記·嶺外代答（一）》，商務印書館，1936年，第3頁。

〔註345〕楊武泉：《嶺外代答校注》，中華書局，1999年，第418頁。

〔註346〕藍鴻恩：《赤雅考釋》，廣西民族出版社，1995年，第48頁。

〔註347〕孫詒讓：《墨子閒詁》，中華書局，2001年，第187～188頁。

〔註348〕孫詒讓：《墨子閒詁》，中華書局，2001年，第470頁。

〔註349〕范曄：《後漢書》，中華書局，1965年，第2834頁。

〔註350〕徐珂：《清稗類鈔》（第5冊），中華書局，1984年，第2020頁。

〔註351〕梁廷楠、楊孚等：《南越五主傳及其它七種》，廣東人民出版社，1982年，第34頁。

朝時，人們依然認為「珠崖環海，尤難賓服」。《文獻通考·輿地考九·古南越》：「五嶺之南，人雜夷獠，不知教義，以富為雄。珠崖環海，尤難賓服。……爰自前代，至於唐朝，多委重德舊臣撫寧其地也。」〔註352〕晚唐時，居住在儋州、振州之間的越人，稱為夷黎。《嶺表錄異·紫貝》：「儋振夷黎海畔採以為貨。」〔註353〕夷黎，後稱黎，就是今天的黎族，也是駱越中的一支。黎族環黎母山而居，有熟黎、生黎之別；而黎母則為黎婺音訛。《諸蕃志·志物·海南·黎》：「黎，海南四郡島上之蠻也，島有黎母山，因祥光夜見，旁照四郡。按《晉書》分野屬婺女分，謂黎牛婺女星降現，故曰黎婺，音訛為黎母。諸蠻環處。……去省地遠者為生黎，近者為熟黎。」〔註354〕生黎僻處山谷，而熟黎則慕化服役。《宋史·蠻夷三·黎洞》：「其服屬州縣者為熟黎，其居山洞無征徭者為生黎，時出與郡人互市。」〔註355〕到北宋時，熟黎已與漢人呈雜居之勢。《東坡志林·記遊·儋耳夜書》：「民夷雜揉。」〔註356〕蘇軾又有《海南人不作寒食，而以上巳上冢。予攜一瓢酒，尋諸生，皆出矣。獨老符秀才在，因與飲，至醉。符蓋儋人之安貧守靜者也》〔註357〕一詩，從詩題來看，儋耳風俗雖與中原小異，但祭祖之習已與中原完全沒有區別，且其上層人士擁有極高的文化修養。因此，在他們的影響下，本以湖廣、福建人為主的熟黎，便迅速與漢族同化。《嶺外代答·海外黎蠻》：「熟黎多湖廣、福建之姦民也。……黎人半能漢語，十百為群，變服入州縣墟市，人莫辨焉。日將晚，或吹牛角為聲，則紛紛聚會，結隊而歸，始知其為黎也。」〔註358〕「黎人半能漢語」「變服入州縣墟市」，正說明與漢族同化已成為他們的自覺意識；而入州縣「人莫辨」，則說明其漢化程度已經相當高了。最遲到明初，除生黎外，海南越族已與漢族大體同化。明黃佐《嘉靖廣東通志·瓊州府·民物志·風俗》引洪武詔旨稱：瓊人「習禮義之教，有華夏之風」〔註359〕。這正是其與漢族同化的明證。

〔註352〕馬端臨：《文獻通考》，中華書局，1986年，第2539頁。

〔註353〕商璧、潘博：《嶺表錄異校補》，廣西民族出版社，1988年，第159頁。

〔註354〕韓振華著作整理小組：《韓振華選集之二：〈諸蕃志注補〉》，香港大學亞洲研究中心，2000年，第446頁。

〔註355〕脫脫等：《宋史》（第40冊），中華書局，1977年，第14219頁。

〔註356〕蘇軾：《東坡志林》，中華書局，1981年，第5頁。

〔註357〕王文誥輯注：《蘇軾詩集》，中華書局，1982年，第2308頁。

〔註358〕楊武泉：《嶺外代答校注》，中華書局，1999年，第70～72頁。

〔註359〕蔣志華、李昭醇點校：《嘉靖廣東通志·瓊州府（二種）》，海南出版社，2006年，第327頁。

　　而生黎雖然同樣呈現出自願向化的趨勢，但其與漢族同化的進程，則遠較熟黎為晚。淳熙元年（1174年），五指山生黎洞首王仲期率眾歸化。《諸蕃志‧志物‧海南‧黎》：「淳熙元年，五指山生黎洞首王仲期率其傍八十洞丁口千八百二十歸化，仲期與諸洞首王仲文等八十一人詣瓊管公參，就顯應廟研石歃血約誓改過，不復抄掠。」〔註360〕一直到了17世紀末，生黎還沒有完成與漢族的同化。《廣東新語‧人語‧黎人》：「生黎素不至城，人希得見。歲壬子，忽有生黎二十餘，獻物上官。旗書『黎人向化』四字，以檳榔木竿懸之。二人負結花沉一塊，大如車輪，外色白，內有黑花紋。一人抱油速一樹，長七八尺。二人舁一黑猪熊。二人舁一黃鹿。貌皆醜黑，蓬跣短衣及腰，以三角布掩下體。觀者以為鬼物也。」〔註361〕直到近現代，生黎才最終與漢族同化。

　　漢以後，越族所居之地，又自交州向南，直抵馬來半島、印度半島。《宋書‧蠻夷傳》：「南夷、西南夷，大抵在交州之南及西南，居大海中洲上，相去或三五千里，遠者二三萬里，乘舶舉帆，道里不可詳知。外國諸番雖言里數，非定實也。」〔註362〕其中，越族所立之國，有林邑，在越南中部。《南史‧林邑國》：「林邑國，本漢日南郡象林縣，古越裳界也」，「其國俗，居處為閣，名曰干闌。門戶皆北向。書樹葉為紙。男女皆以橫幅古貝繞腰以下，謂之干漫，亦曰都漫。穿耳貫小環。貴者著革屣，賤者跣行。自林邑、扶南以南諸國皆然也」。〔註363〕穿耳貫環由文身習俗而來，跣行也是越族習俗。《韓非子‧說林上》：「越人跣行。」〔註364〕日南郡之南，又有扶南國，臨近暹羅灣。《南史‧扶南國》：「扶南國，在日南郡之南，海西大灣中，去日南可七千里。在林邑西南三千餘里。城去海五百里，有大江廣十里，從西流東入海」，「扶南國俗本裸，文身被髮，不製衣裳，以女人為王，號曰柳葉」。〔註365〕裸身也是越族習俗。《論衡‧問孔篇》：「禹入躶國，躶入衣出。」〔註366〕劉盼遂集解：「俗說：『禹治洪水，乃播入裸國，君子入俗，不改其恒，於是欣然而解裳也。』……裸國，今吳郡是也。」〔註367〕扶南之別種，

〔註360〕韓振華著作整理小組：《韓振華選集之二：〈諸蕃志注補〉》，香港大學亞洲研究中心，2000年，第447頁。

〔註361〕屈大均：《廣東新語》，中華書局，1985年，第239～240頁。

〔註362〕沈約：《宋書》，中華書局，1974年，第2377頁。

〔註363〕李延壽：《南史》，中華書局，1975年，第1947、1949頁。

〔註364〕王先慎：《韓非子集解》，中華書局，1998年，第180頁。

〔註365〕李延壽：《南史》，中華書局，1975年，第1951、1952頁。

〔註366〕黃暉：《論衡校釋》，中華書局，1990年，第417頁。

〔註367〕黃暉：《論衡校釋》，中華書局，1990年，第417頁。

則為赤土。《北史・赤土》：「赤土國，扶南之別種也。在南海中，水行百餘日而達。所都土色多赤，因以為號。東波羅剌國，西婆羅娑國，南訶羅旦國，北拒大海，地方數千里。」〔註368〕繼扶南而起者，則為真臘。《北史・真臘》：「真臘國在林邑西南，本扶南之屬國也。去日南郡舟行六十日而至。南接車渠國，西有朱江國。其王姓剎利氏，名質多斯那。自其祖漸已強盛，至質多斯那遂兼扶南而有之。」〔註369〕剎利為剎帝利簡稱。玄奘認為剎帝利是印度王種，《大唐西域記・印度總述・族姓》：「剎帝利，王種也，舊曰剎利，略也。」〔註370〕沈括以為剎利是印度貴姓，《夢溪筆談・雜志一》：「天竺以剎利、婆羅門二姓為貴種。」〔註371〕據此，真臘在印度半島。

自吳會向東越海，越族所立之國，則有流求。《北史・流求》：「流求國居海島，當建安郡東，水行五日而至。土多山洞。其王姓歡斯氏，名渴剌兜，不知其由來有國代數也」，「其南境風俗少異，人有死者，邑里共食之」。〔註372〕食人是越族習俗，而吳會以東正是古代越族所居之地。流求東北，越族所立之國，又有倭國。《梁書・倭》：「倭者，自云太伯之後。俗皆文身。」〔註373〕唐高宗咸亨元年（670年），倭更號日本。《新唐書・日本》：「咸亨元年，遣使賀平高麗。後稍習夏音，惡倭名，更號日本。使者自言，國近日所出，以為名。」〔註374〕倭國東北，又有文身國，《梁書・文身》：「文身國，在倭國東北七千餘里。人體有文如獸，其額上有三文，文直者貴，文小者賤。」〔註375〕文身國東面，又有大漢國，《梁書・大漢》：「大漢國，在文身國東五千餘里。無兵戈，不攻戰。風俗並與文身國同而言語異。」〔註376〕據此，則越族勢力已抵美洲。

以上越族所立古代國家，除流求外，今天都已在國外。流求，就是今天的臺灣。臺灣名稱的由來，有多種說法，其中一種說法為，臺灣是「臺員」閩南語的諧音。徐懷祖《臺灣隨筆》云：「臺灣於古無考，惟明季莆田周嬰著《遠

〔註368〕李延壽：《北史》，中華書局，1974年，第3159頁。
〔註369〕李延壽：《北史》，中華書局，1974年，第3162頁。
〔註370〕季羨林等：《大唐西域記校注》，中華書局，1985年，第197頁。
〔註371〕胡道靜：《新校正夢溪筆談》，中華書局，1957年，第242頁。
〔註372〕李延壽：《北史》，中華書局，1974年，第3132、3134頁。
〔註373〕姚思廉：《梁書》，中華書局，1973年，第806頁。
〔註374〕歐陽修、宋祁：《新唐書》（第20冊），中華書局，1975年，第6208頁。
〔註375〕姚思廉：《梁書》，中華書局，1973年，第807頁。
〔註376〕姚思廉：《梁書》，中華書局，1973年，第807頁。

遊編》，載《東番記》一篇，稱臺灣為臺員，係閩音之謂。」〔註377〕臺灣之名由此始。臺灣平埔各族「都有黥面文身的習慣，也都有把牙齒染黑和敲掉門齒的習慣」〔註378〕。從這些習俗來看，平埔各族顯然是越族的後裔。「平埔各族的漢化情形因地域的不同而有先後差別。南部的西拉雅、洪雅兩族，因為與漢族人的接觸最早，在康熙末年（18 世紀初）漢化程度就已經很深了。中北部的貓霧揀、巴布拉、道卡斯、巴澤海、凱達格蘭各族，在清雍正、乾隆年間，隨著漢族人的快速遷入而逐漸改變了他們的生活習慣。至於偏在東北角宜蘭平原上的噶瑪蘭族，與漢族人的接觸時間最晚，已經到了清嘉慶初年，也就是18 世紀末。」〔註379〕隨著臺灣越族與漢族的同化，其宗法也相應地步入封建宗法階段。《清稗類鈔·婚姻類·臺灣番人婚嫁》：「臺灣近城社番頗知習禮，議婚時，令媒通言諏吉，以布帛、蔬果及牛二行聘禮。俗重女，贅婿於家，謂之有賺。生男出贅，謂之無賺。蓋以女配男，承宗支也。」〔註380〕聘娶婚的全面實行，正說明其宗法已進入封建宗法階段。

　　而留居於四川、雲南、貴州境內的越族，則稱為僚、哀牢。

　　蜀地本無僚，十六國成漢時期，僚人始出梁州、益州之間。《通典·邊防三·南蠻上·獠》：「獠蓋蠻之別種，往代初出自梁、益之間，自漢中達於邛莋，山谷之間，所在皆有」，「蜀本無獠，李勢時，諸獠始出巴西、渠川、廣漢、陽安、資中、犍為、梓潼，布在山谷，十餘萬落，攻破郡縣，為益州大患」。〔註381〕僚人習俗，據《北史·獠》：「能臥水底持刀刺魚，其口嚼食並鼻飲。」〔註382〕「臥水底持刀刺魚」是越人文身習俗的緣起，而鼻飲也是越人習俗。《漢書·嚴朱吾丘主父徐嚴終王賈傳第三十四下》：「駱越之人父子同川而浴，相習以鼻飲。」〔註383〕可證僚為越族。僚人遷入漢人區後，與漢人雜居，逐漸與漢族同化。《北史·獠》：「其與華人雜居者，亦頗從賦役。」〔註384〕到隋代時，秦嶺南麓一帶的僚族上層人物，已在相當程度上

〔註377〕徐懷祖、黃叔璥：《臺灣隨筆·臺海使槎錄（一）》，商務印書館，1936 年，第 1 頁。
〔註378〕宋光宇：《臺灣史》，人民出版社，2007 年，第 31 頁。
〔註379〕宋光宇：《臺灣史》，人民出版社，2007 年，第 30 頁。
〔註380〕徐珂：《清稗類鈔》（第 5 冊），中華書局，1984 年，第 2023 頁。
〔註381〕杜佑：《通典》，中華書局，1988 年，第 5050、5051 頁。
〔註382〕李延壽：《北史》，中華書局，1974 年，第 3154 頁。
〔註383〕班固：《漢書》，中華書局，1962 年，第 2834 頁。
〔註384〕李延壽：《北史》，中華書局，1974 年，第 3156 頁。

漢化了。《隋書·地理上》：「傍南山雜有獠戶，富室者頗參夏人為婚，衣服居處言語，殆與華不別。」〔註385〕唐時，在四川綦江境內的獠人，稱為南平獠。《新唐書·南平獠》：「南平獠，東距智州，南屬渝州，西接南州，北涪州，戶四千縣。多瘴癘。山有毒草、沙蝨、蝮蛇，人樓居，梯而上，名為干欄。婦人橫布二幅，穿中貫其首，號曰通裙。」〔註386〕南平獠有食人之俗，《太平寰宇記·四夷七·南蠻三·獠》：「所殺之人，美鬚髯者，必剝其面皮，籠之于竹，及燥，號之曰鬼，鼓舞祀之，以求福利。俗尚淫祀，至有賣其昆季妻孥盡者，乃自賣以供祭焉。」〔註387〕從其居處方式、食人之習，以及其穿著上，可證其與越族同源。宋神宗熙寧八年（1075年），遣熊本平定南平獠，於其地置南平軍。《太平治跡統類》卷十七《神宗置南平軍》：「熙寧八年十月丙戌詔，以渝州南川縣銅佛壩為南平軍。……其地西南接烏蠻、昆明哥蠻，其間種族且數十，時為邊患。於是朝廷補其土人王才進充巡檢，控扼之。其後才進死，種族無所統一。八年，木攀、木斗輩二十餘族，複數出盜邊。詔下察訪，熊本於是董督兵，破駱益、王本、二木斗輩，凡七寨等四國，斬首六十六級，俘男女百三十三人，木斗翁已下四十八人來降，遂盡遣乘傳赴闕上引見，以上鬮翁為奉職，安穩二為借職，木斗、七安、李四而下給俸授田有差。於是即銅佛壩置軍，以南平為名，蓋其地南平獠之故地故也，並領榮懿、扶歡二寨，增置開邊、通德、凡三寨，而並廢南川縣云。」〔註388〕此後，留居於蜀地的獠人消失在漢人之中；一部分獠人回遷至嶺南，另有一部分獠人則居住貴州、雲南。居於雲南的獠人為革獠，也就是今天的仡佬族。《明史·貴州土司·安順》：「西堡阿得、獅子孔阿江二種，皆革獠也。」〔註389〕獠人因居於山谷之中，進化遲滯。《桂海虞衡志·志蠻》：「獠。在右江溪洞之外，俗謂之山獠。依山林而居，無酋長、版籍，蠻之荒忽無常者也。以射生、食動而活，蟲豸能蠕動者均取食。無年甲姓名，一村中惟有事力者曰郎火，餘但稱火。舊傳其類有飛頭、鑿齒、鼻飲、白衫、花面、赤褌之屬二十一種。今在右江西南一帶甚多，殆百餘種也。」〔註390〕鑿齒、

〔註385〕魏徵等：《隋書》，中華書局，1973年，第829頁。

〔註386〕歐陽修、宋祁：《新唐書》（第20冊），中華書局，1975年，第6325頁。

〔註387〕樂史：《太平寰宇記》，中華書局，2007年，第3406頁。

〔註388〕彭百川：《太平治跡統類》，校玉玲瓏閣鈔本。

〔註389〕張廷玉等：《明史》，中華書局，1974年，第8188頁。

〔註390〕范成大：《范成大筆記六種》，中華書局，2002年，第145頁。

花面、鼻飲都是越人之習。《嶺外代答・蠻俗門・鼻飲》:「邕州溪峒及欽州村落，俗多鼻飲。鼻飲之法，以瓢盛少水，置鹽及山薑汁數滴於水中，瓢則有竅，施小管如瓶嘴，插諸鼻中，導水入腦，循腦而下入喉。……史稱越人相習以鼻飲，得非此乎？」〔註391〕周去非就認為鼻飲是越族習俗。從人無姓名、古風猶存來看，到南宋時，僚人文明程度依然非常低。直到上世紀30年代，「雲南臨安、開化、廣南、廣西、澄江，昭通諸縣，有所謂土獠者。生子置水中，浮則養之。沉則棄之」〔註392〕，可見其進化之晚。

哀牢，《後漢書・哀牢傳》:「哀牢人皆穿鼻儋耳，其渠帥自謂王者，耳皆下肩三寸，庶人則至肩而已。」〔註393〕「穿鼻儋耳」，正見其為越族。建武二十三年（47年），漢光武帝以哀牢為西部屬國。此後，漢明帝以其地為永昌郡。《華陽國志・南中志》:「世祖建武二十三年……世祖納之，以為西部屬國。其地東西三千里，南北四千六百里；有穿胸、儋耳種，閩、越濮，鳩獠。其渠帥皆曰王。孝明帝永平十二年，哀牢抑狼遣子奉獻。明帝乃置郡，以蜀郡鄭純為太守。屬縣八，戶六萬。」〔註394〕哀牢種類繁多，據《新唐書・兩爨蠻》:「姚州境有永昌蠻，居古永昌境地。……其西有撲子蠻，趫悍，以青娑羅為通身袴，善用竹弓，入林射飛鼠無不中。無食器，以蕉葉藉之。人多長大，負排持稍而鬬。又有望蠻者，用木弓短箭，鏃傅毒藥，中者立死。婦人食乳酪，肥白，跣足；青布為衫裳，聯貫珂貝珠絡之；髻垂於後，有夫者分兩髻。群蠻雜類，多不可記。有黑齒、金齒、銀齒三種，見人以漆及鏤金銀飾齒，寢食則去之。直頂為髻，青布為通袴。有繡腳種，刻踝至腓為文。有鏽面種，生踰月，涅黛於面。有雕題種，身面涅黛。有穿鼻種，以金環徑尺穿其鼻，下垂過頤。君長以絲繫環，人牽乃行。其次，以二花頭金釘貫鼻下出。又有長鬃種、棟鋒種，皆額前為長髻，下過臍，行以物舉之，君長則二女在前共舉其髻乃行。」〔註395〕又有三濮，《新唐書・南平獠》:「三濮者，在雲南徼外千五百里。有文面濮，俗鏤面，以青涅之。赤口濮，裸身而折齒，劀其唇使赤。黑僰濮，山居如人，以幅布為裙，貫頭而繫之。丈夫衣穀皮。」〔註396〕南詔興起後，哀牢匯入南

〔註391〕楊武泉:《嶺外代答校注》，中華書局，1999年，第420～421頁。

〔註392〕呂思勉《中華民族史》，東方出版社，1996年，第247頁。

〔註393〕范曄:《後漢書》，中華書局，1965年，第2849頁。

〔註394〕常璩:《華陽國志》，齊魯書社，2000年，第57頁。

〔註395〕歐陽修、宋祁:《新唐書》（第20冊），中華書局，1975年，第6324～6325頁。

〔註396〕歐陽修、宋祁:《新唐書》（第20冊），中華書局，1975年，第6328頁。

詔之中，與濮族一同漢化。

　　越族宗法演化進程，與其同漢族融合的進程相一致。吳越已於秦、漢時匯入漢族之中，與漢族同時由原始宗法步入封建宗法階段，其宗法演化進程自然無需再論，而臺灣越族宗法也於前文有所涉及，因而這裡只敘述其他越族宗法演化進程。

　　僚人因早期居於蜀地，受漢族影響，其原始宗法較為成熟；但因僻處山谷之中，故其宗法一直未能得到充分的發展。《魏書・獠》：「父死則子繼，若中國之貴族也。……死者豎棺而埋之。性同禽獸，至於忿怒，父子不相避，惟手有兵刃者先殺之。若殺其父，走避，求得一狗以謝其母，母得狗謝，不復嫌恨。若報怨相攻擊，必殺而食之。……亡失兒女，一哭便止。……其俗畏鬼神，尤尚淫祀。」〔註397〕父子相襲的繼承制度，是原始宗法進入成熟形態後產生的；而殺父畏母，則又說明其尚未確立父權制，帶有母系氏族社會的痕跡，再結合其尚淫祀來看，北魏時僚人宗法是在漢族影響下，原始宗法早期形態與原始宗法成熟形態的混存。《舊唐書・南平獠》：「士多女少男，為婚之法，女氏必先貨求男族，貧者無以嫁女，多賣與富人為婢。俗皆婦人執役。其王姓朱氏，號為劍荔王，遣使內附，以其地隸于渝州。」〔註398〕婚姻「女氏必先貨求男族」，說明其雖已進入父權社會，但並未真正步入聘娶婚階段。由此可見，到唐朝時，在漢族的持續影響下，僚人社會形態雖然有所發展，但其宗法依然停留於原始宗法階段。到宋代時，僚人宗法不僅未能向前演進，反而在一定程度上，出現了倒退的跡象。《嶺外代答・蠻俗門・僚俗》：「歲首以土杯十二貯水，隨辰位布列，郎火禱焉。」〔註399〕其祭祀如此簡陋，只是略存形式而已，已遠不如北魏蜀地「若中國之貴族」的僚人宗法複雜。到明末時，僚人宗法仍然停留在早期原始宗法階段。《赤雅・水人》：「水亦僚類，嗜殺過於僚。父子有隙，猖狂反噬，弒父則疾走，得一犬謝母，母亦不恨。」〔註400〕水就是今天的水族，屬於僚人的一支。明末時水人宗法完全與北魏時僚人宗法相同，足見僚人宗法未有任何發展。此後，在相當長的時期內，因未能與漢族同化，僚人宗法一直處於停滯狀態。

〔註397〕魏收：《魏書》，中華書局，1974 年，第 2248～2249 頁。
〔註398〕劉昫等：《舊唐書》，中華書局，1975 年，第 5277 頁。
〔註399〕楊武泉：《嶺外代答校注》，中華書局，1999 年，第 416 頁。
〔註400〕藍鴻恩：《赤雅考釋》，廣西民族出版社，1995 年，第 45 頁。

南宋時期，在漢族影響下，桂林越族宗法已相當成熟。《文獻通考·四裔七·交趾》引范成大《桂海虞海志》：「桂林掌故有元祐、熙寧間所藏舊案，交人行移，與今正同。印文曰『南越國印』。近年乃更用中書門下之印。中國之治略荒遠，邊吏又憚生事，例置不問，由來非一日矣。其國之官稱王，宗族稱天王班，凡族稱承嗣，余稱支嗣。」〔註401〕其宗支井然有序，雖然無法判定其是否已步入封建宗法階段，但至少已步入原始宗法典型時期。邕州越族宗法大體與此相同。《嶺外代答·蠻俗門·入僚》：「邕州諸溪峒，相為婚姻。峒官多姓黃，悉同姓婚也。其婚嫁也，惟以粗豪痛擾為尚。送定禮儀，多至千人，金銀弊帛固無，而酒酢為多，然其費亦云甚矣。」〔註402〕「送定禮儀」，說明其婚姻尚處於聘禮婚階段，同姓通婚則為周代宗法所不容，因此，其宗法尚處於原始宗法早期階段。南宋時期，廣西多地越族的宗法，大多與此相似。《嶺外代答·蠻俗門·捲伴》：「始也既有桑中之約，既暗置禮聘書於父母牀中，乃相與宵遁。父母乍失女，必知有書也。索之衽席間，果得之，乃發言訟之，而迄不發也。歲月之後，女既生子，乃與婿備禮歸寧。預知父母初必不納，先以釀酒入門，父母佯怒，擊碎之。婿因請託鄰里祈懇，父母始需索聘財，而後講翁婿之禮。凡此皆大姓之家然也。」〔註403〕捲伴顯然屬於聘禮婚。《桂海虞衡志·雜志》：「南州法度疏略，婚姻多不正。村落強暴，竊人妻女以逃，轉移他所，安居自若，謂之捲伴，言捲以為伴侶也。」〔註404〕雖然范成大所說的捲伴，與周去非所說的捲伴性質有所不同，但都是不正的婚姻形式，即掠奪婚遺存，因而都是早期原始宗法的產物。可以互為佐證的，是同一時期廣西越族的相關祭祀活動。《嶺外代答·誌異門·天神》：「廣右敬事雷神，謂之天神，其祭曰祭天。蓋雷州有雷廟，威靈甚盛，一路之民敬畏之，欽人尤盛。圃中一木枯死，野外片地草木萎死，悉曰天神降也。許祭天以禳之。苟雷震其地，則又甚也。其祭之也，六畜必具，多至百牲。祭之必三年，初年薄祭，中年稍豐，末年盛祭。每祭則養牲三年，而後克盛祭。其祭也極謹，雖同里巷，亦有懼心。」〔註405〕又，《嶺外代答·誌異門·家鬼》：「家鬼者，言祖考也。欽人最畏之，村家入門之右，必為小巷升堂。小巷右壁，穴隙方二三寸，名曰鬼路，言祖考

〔註401〕 馬端臨：《文獻通考》，中華書局，1986年，第2594頁。
〔註402〕 楊武泉：《嶺外代答校注》，中華書局，1999年，第418頁。
〔註403〕 楊武泉：《嶺外代答校注》，中華書局，1999年，第430頁。
〔註404〕 范成大：《范成大筆記六種》，中華書局，2002年，第130頁。
〔註405〕 楊武泉：《嶺外代答校注》，中華書局，1999年，第433頁。

自此出入也。人入其門，必戒以不宜立鬼路之側，恐妨家鬼出入。歲時祀祖先，即於鬼路之側，陳設酒肉，命巫致祭，子孫合樂以侑之，窮三日夜乃已。」〔註406〕祭天、祭祖是宗法的核心內容之一，而淫祀的存在，則意味著其祭祀制度還沒有完全定型，說明其宗法尚未完全走出早期原始宗法階段。

嶺南部分越族宗法也與此相同。明人葉權《遊嶺南記》云：「嶺南民間所祀，不知何神，俗謂之鴨婆。水路行人居民，歲時朔望必殺鴨祀之，即以鴨血塗其像上，腥穢滿面以為敬，此夷風未變也。」〔註407〕祭祀而「夷風未變」，正說明其宗法尚未步入封建宗法階段。與此可互為佐證的，是明人王臨亨《粵劍編·志土風》所記載的嶺南越族祭神風俗：「粵中立社，多置一石頭，以為神之所棲。或依巨木奉祀，亦必立石，不塑神像，宛然有古人風焉。不謂夷方見之。」〔註408〕「不塑神像」，可見祭祀之簡陋，而「宛然有古人風焉」，正說明其宗法尚處於原始宗法階段。

黎族宗法演化進程，也大抵與此相同。《文獻通考·四裔八·黎峒》引范成大《桂海虞海志》云：「婚媾折箭為定，集會亦椎鼓舞歌。親死不哭，不粥飯，惟食生牛肉，以為哀痛之至。葬則舁櫬而行，令一人前行，以雞子擲地，雞子不破處即為吉穴。」〔註409〕婚姻折箭為定，說明其尚未真正步入聘娶婚階段；而父母去世不哭，則說明其葬儀簡陋，沒有漢族封建宗法所有的繁瑣的儀式。據此，南宋時期，黎族宗法尚處於原始宗法階段。到近代，在漢族影響下，黎族宗法有了長足的發展。《清稗類鈔·婚姻類·黎人婚嫁》云：「黎人無時憲書，不知甲子，然於婚姻，亦必擇吉日。其法：按十二獸，以手推算，所擇日與選擇家悉暗合。或云，虎猴牛，黎人以為惡獸，避之則吉。吉日，男家送繡花桶為禮，女家戚串年幼未婚者，競送釵帶等物，親送女至夫家。夫家之幼男女伴新婦眠二十餘日，俟造屋畢，乃同居。女家送親者至，入屋飲酒，夫家宰牛豬等畜盛待之。飲食畢，將歸，各送一物為謝。男送箭，女送紅絨，曰壓手。女嫁之日，親屬送至門外，痛哭而別，女亦痛哭。黎女多外出野合，其父母亦不禁。至刺面為婦，則終身無二。其俗以既婚則不容有私，有則群黎立

〔註406〕楊武泉：《嶺外代答校注》，中華書局，1999年，第447頁。
〔註407〕葉權、王臨亨、李中馥：《賢博編·粵劍編·原李耳載》，中華書局，1987年，第47頁。
〔註408〕葉權、王臨亨、李中馥：《賢博編·粵劍編·原李耳載》，中華書局，1987年，第77頁。
〔註409〕馬端臨：《文獻通考》，中華書局，1986年，第2599頁。

殺之，故不敢犯。婦喪夫，謂之鬼婆，無敢娶之者。」〔註410〕黎族習俗儘管在某些層面與漢族有所不同，比如說女性婚前不禁止野合，但其婚俗已與漢族完全沒有區別，都屬於聘娶婚。由此而言，到近代時，黎族宗法已經開始步入封建宗法階段。

越族神話宗法化的歷史進程，正與其宗法演化進程相始終。

越族神話的早期形態，可以從黎族的黎母神話中見出。《廣東新語‧女語‧黎母》：

> 雷攝一卵於山中生一女，有交趾人渡海采香，因與婚，子孫眾
> 多，是為黎母，亦曰黎姥，蓋黎人之始祖紕。〔註411〕

神話說黎母為雷攝一卵所生，後為黎人始祖，帶有祖神合一的意味；但神話所敘之祖，卻並非父系祖先，而且神話只記述黎母而忽略渡海採香的交趾人，顯然是只知有母不知有父的母系氏族社會觀念的呈現，因此，該神話應當是原始宗法形成初期的產物。而越族神話的後續演進，則可從哀牢緣起神話中見出。《華陽國志‧南中志》：

> 其先有一婦人，名曰沙壺，依哀牢山下居，以捕魚自給。忽於
> 水中觸一沉木，遂感而有娠。度十月，產子男十人。後沉木化為龍，
> 出謂沙壺曰：「君為我生子，今在乎？」而九子驚走。惟一小子不能
> 去，陪龍坐。龍就而舐之。沙壺與言語，以龍與陪坐，因名曰元隆，
> 猶漢言陪坐也。沙壺將元隆居龍山下。元隆長大，才武。後九兄曰：
> 「元隆能與龍言，而點有智，天所貴也。」共推以為王。時哀牢山
> 下，復有一夫一婦，產十女，元隆兄弟妻之。由是始有人民。皆象
> 之，衣後著十尾，臂、脛刻文。〔註412〕

范曄將這一神話引入正史，以敘述哀牢人之緣起。《後漢書‧哀牢傳》除了將沙壺改作沙壹、元隆改作九隆外，其他情節全部與此相同。〔註413〕與黎母神話只敘述黎母而忽略渡海採香的交趾人不同的是，這則神話雖然敘述了沙壺的生活經歷，及其與龍交合而產十子的過程，但敘事的重心卻指向元隆陪龍坐、龍舐元隆、九兄共推元龍為王、元隆兄弟與十女成婚，以及元隆兄弟為

〔註410〕徐珂：《清稗類鈔》（第5冊），中華書局，1984年，第2019頁。
〔註411〕屈大均：《廣東新語》，中華書局，1985年，第271頁。
〔註412〕常璩：《華陽國志》，齊魯書社，2000年，第56頁。
〔註413〕參見范曄：《後漢書》，中華書局，1965年，第2848頁。

哀牢始祖等一系列事件。敘述重心的轉向，意味著該神話已徹底褪去母系氏族社會的痕跡，而步入父權社會。從神話所敘述的中心事件來看，元隆之所以被九兄共推為王，是因為其能與龍言，「天所貴也」。這既是其與神溝通的標誌，也是尊祖觀念的具體呈現，更是君權神授的突出強調，而元隆兄弟後來又為哀牢始祖，因此，神話顯然是祖神合一、宗君合一的產物，也就是原始宗法化的產物。與此可相佐證的是，該神話敘述元隆兄弟與哀牢山下另外一對夫婦所生十女婚配，而不是讓兄妹自相婚配，意味著其已擯棄血緣婚而走向異姓婚，這也正是原始宗法的典型婚制。而丁山先生認為，「九黎，九隆，縱非夏后氏血統，其文化來源，必與夏后氏為近。」〔註414〕這也可從旁佐證九隆兄弟神話是原始宗法的產物。

此後，越族神話的演進，可以從壯族神話中見出，如《布洛陀造天地》：

遠古的時候，天和地緊緊疊在一起，結在一塊，不能分開。後來，突然一聲霹靂，裂成了兩大片。上面一片往上升，就成了住雷公的天，下面一片往下落，就成了住人的地。從此，天上就有了風雲，地上就有了萬物。可是那時候的天很低，爬到山頂上，伸手可以摘下星星，扯下雲彩。天地靠得近，人們日子很難過，太陽一照，熱得燙死人；雷公輕輕打鼾，就使人們不能入睡，要是雷公大吼大叫，就好像天崩地裂一樣，使人聽了又驚又煩，所以要天地離得遠遠的才行。後來人們聽說洛陀山有個老人，名叫布洛陀，他智慧過人，神力無限，便去找他商量治理天地的辦法。

洛陀山連綿起伏，樹高林密，溪水淙淙，百鳥爭鳴，百花競豔。山腳下一個精巧的岩洞裏，住著一位鬍子花白的老頭子，這就是壯族三王中的布洛陀。人們不辭辛勞，爬山涉水，尋到這裡來了。

來訪的人在洞外喊道：「布洛陀在家嗎？」

「哎，我就來。」布洛陀非常熱情好客，應聲一落，人就樂哈哈地站在洞口了。

布洛陀身材魁偉，體魄強壯。他雖然年紀老邁，鬢髮斑白，卻仍然滿面紅光，精神抖擻。他臉上時常帶笑，兩眼閃著智慧的光芒。人們把天和地的情況向布洛陀一講，布洛陀說：「那我們就把天頂起

〔註414〕丁山：《古代神話與民族》，商務印書館，2005年，第209頁。

來吧！」

「頂天？天這麼大，這麼重，怎麼頂得起來呢？」

布洛陀笑呵呵地說：「能！人多力量大呀！你們到樹林裏去選一根最高最大的老鐵木來做頂天柱。我和你們一起把天頂上去！」

人們爬了九百九十九座山頭，才找到一顆十人抱不起的老鐵木。可是這顆老鐵木長得很奇怪，人們砍不動它，砍這邊，那邊已經長合了，砍那邊，這邊又長出來了。大家一連砍了九十九天、九十九夜，還是沒有把它砍倒。人們就去告訴布洛陀。布洛陀聽說找到了又高又大的老鐵木，非常高興。他二話沒說，扛起大板斧就來了。只見他往手心吐了口唾沫，運了運力，大板斧一揮，一陣狂風捲起，「砕」的一聲，驚天動地，鐵木被深深地砍進了一斧。人們都目瞪口呆。布洛陀又連砍兩下，鐵木就「轟隆」一聲倒下了。人們歡天喜地，無不佩服布洛陀的神力。原來他的大板斧是為人類造福的神斧。

頂天柱有了，可是太重，大家扛不起，布洛陀抹了抹汗，說：「大家齊心合力跟我來！」說著，馬步一蹲，就把頂天柱扛到肩上去了。大家抬著樹頭、樹尾，把它抬到洛陀山頂上去了。布洛陀把洛陀山當柱腳，豎起鐵木柱，抵著天，用力一頂，硬把重重的天蓋頂上去了，把沈沈的大地頂得往下沈了。布洛陀再一頂，把雷公彈到高高的天上去了，柱腳把龍王壓得往地下跑。布洛陀再一頂，把沈沈的天變成了輕輕的十二堆雲，把龍王壓得鑽到地底下去了。新的天地就這樣造成了。可是因為先造天，後造地，天的樣子像把傘，蓋不住大地。天小地大怎麼辦？布洛陀想了個巧辦法，他用手指把地皮抓起來，做成了很多山坡。這樣，地面就縮小了，天蓋得住了，造成了一個很好的天地。從此，風雨循環，陰陽更替，四季分明，萬物興旺。〔註415〕

布洛陀是壯族的創世始祖，神話歌頌布洛陀造天地為天下造福的偉大功業，其中所流露出的尊祖敬宗的含意，是不言自明的。布洛陀之所以造天地，是因為天地靠得很近，使人們日子很難過，因此，貫穿於造天地始終的，就是

〔註415〕陳慶浩、王秋桂主編：《中國民間故事全集⑤‧廣西民間故事集（二）》，遠流出版事業股份有限公司，1989年，第13～15頁。

人們與天地之間的抗爭；而在傳統意義上，天就是封建皇權的象徵，如此一來，人們與天地之間的抗爭，實際上就等同於與壓迫人們的封建皇權之間的抗爭。尊祖敬宗是宗法的核心，與皇權的對立又是封建宗法的表現之一，由此而言，這則神話正是封建宗法化的產物。與這一神話非常相似的，是黎族創世神話《大力神》：

> 遠古時候，天地相距只有幾丈遠。天上有七個太陽和七個月亮，把大地燒得很燙，像個大熱鍋。白天，生靈都躲到深洞裡去避暑，夜間，人們也不敢出來，只有在日月交替的黎明和黃昏，才爭先恐後地走出洞口，去找一些吃的。人們都叫苦連天。

> 有一個大力神，他想這樣捱日子，叫人們怎樣活下去。因此，他在一夜之間使出了他的全部本領，把身軀伸高一萬丈，把天空拱高一萬丈。

> 天空被拱高了，但天上還有七個太陽和七個月亮熱烘烘的，仍然威脅著人們的生存。於是，大力神做了一把很大的硬弓和許多支利箭。白天，他冒著猛烈的陽光去射太陽，一箭一個把六個太陽都射落了下來，當他射第七個太陽的時候，人們紛紛說：「留下這最後一個吧！世間萬物生長離不開太陽呢！」大力神答應了人們的請求，留下了一個太陽。夜晚，大力神又冒著刺眼的強光去射月亮，他張弓搭箭，射落了六個月亮，射第七個月亮的時候，因為射得偏了，只射缺了一小片，當他準備重射時，人們又紛紛說：「饒了它吧！讓它把黑暗的夜間照亮。」大力神又答應了人們的請求。這樣，月亮後來便有時候圓，有時候缺。

> 大力神拱天射日月以後，想：平展展的一片大地，光溜溜的沒有山川森林，人們又怎樣生息繁殖？於是，他從天上取下彩虹當作扁擔，拿來地上的道路當作繩索，從海邊挑來沙土造山疊嶺。從此，大地上便出現了高山峻嶺，那大大小小的山丘，是從他的大筐裏漏下來的泥沙。他還把梳下來的頭髮往群山上一撒，山上便長出如頭髮般茂密的森林來。山上的鳥獸們都搖頭擺腦，非常感謝大力神為他們造林築巢的恩德。

> 有了山嶺，還得造魚蝦水族生息的江河湖泊。大力神拼盡力氣，用腳尖踢劃群山，鑿通了大小無數的溝谷，他的汗水流淌在這些溝

谷裏，便形成了奔騰的江河。這中間最大的一條，就是從五指山一直流入南海的昌化江！

　　大力神為萬物生息不辭勞苦，當他完成了造化大業後，已經筋疲力盡了，他終於倒了下來。臨死前，他還深怕天再倒塌下來，他撐開巨掌，高高舉起把天牢牢地擎住。傳說那巍然屹立的五指山，就是黎族祖先的英雄——大力神的巨手！〔註416〕

這則集造天地、射日月與垂死化身於一體的神話，雖然來源複雜，但其核心情節——大力神拱天的起因和目的，則與布洛陀造天地完全一樣，說明這則神話同樣是封建宗法化的產物。稍有不同的是，與布洛陀造天地相比，大力神拱天則顯得更為悲壯。在生命的最後一刻，大力神還擔心天再倒塌下來，威脅生靈的生息，於是，「他撐開巨掌，高高舉起把天牢牢地擎住」。這一悲壯之舉，既表明黎族兒女世代與封建皇權抗爭的艱辛，又彰顯出黎族兒女為了贏得幸福生活，而與封建皇權殊死抗爭的頑強意志和不懈努力。當黎族神話呈現出這樣的面貌時，無疑就意味著越族神話封建宗法化的最終完成。

三、濮族神話宗法化的歷史進程

　　濮族為西南又一古老民族。其最早見錄於《尚書·牧誓》：「庸、蜀、羌、髳、微、盧、彭、濮人。」〔註417〕濮，又作卜，《逸周書·王會解》：「卜盧以羊。」〔註418〕集注：「陳逢衡云：『卜與濮通。』」〔註419〕

　　濮族部落眾多，總稱為百濮。《左傳·文公十六年》：「麇人率百濮聚於選，將伐楚。」〔註420〕楊伯峻注：「孔《疏》引杜氏《釋例》云：『濮夷無君長總統，各以邑落自居，故稱「百濮」也。』蓋濮人部族非一，散處甚廣，此之百濮，當在今湖北石首縣附近。」〔註421〕呂思勉先生則以為，「濮族舊居鄂、豫。」〔註422〕

〔註416〕陳慶浩、王秋桂主編：《中國民間故事全集③·廣東民間故事集》，遠流出版事業股份有限公司，1989年，第360～361頁。

〔註417〕孫星衍：《尚書今古文注疏》，中華書局，1986年，第285頁。

〔註418〕黃懷信、張懋鎔、田旭東：《逸周書彙校集注》，上海古籍出版社，1995年，第912頁。

〔註419〕黃懷信、張懋鎔、田旭東：《逸周書彙校集注》，上海古籍出版社，1995年，第912頁。

〔註420〕楊伯峻：《春秋左傳注》，中華書局，1981年，第617頁。

〔註421〕楊伯峻：《春秋左傳注》，中華書局，1981年，第617頁。

〔註422〕呂思勉：《中華民族史》，東方出版社，1996年，第272頁。

據此，春秋戰國時期，濮族居於楚地，與苗族相接。《史記·楚世家》：楚武王「始開濮地而有之」〔註423〕。於是，留居於楚地的濮人與楚人融合；另外一部分濮人則溯長江而上，徙居於「今黔江、金沙江、大度河流域」〔註424〕，與百越雜處。

濮族所立古國，有夜郎、滇、邛都。其中，夜郎、滇為大宗。《後漢書·西南夷傳》：「西南夷者，在蜀郡徼外。有夜郎國，東接交阯，西有滇國，北有邛都國，各立君長。其人皆椎結左袵，邑聚而居，能耕田。」〔註425〕楚頃襄王遣莊蹻滅夜郎，改其名為牂柯。《後漢書·夜郎》：「初，楚頃襄王時，遣將莊豪從沅水伐夜郎，軍至且蘭，椓船於岸而步戰。既滅夜郎，因留王滇池，以且蘭有椓船牂柯處，乃改其名為牂柯。」〔註426〕而《華陽國志·南中志》則以為，是楚威王遣莊蹻滅夜郎：「周之季世，楚威王遣將軍莊蹻泝沅水，出且蘭，以伐夜郎，植牂柯，繫船於是。且蘭既剋，夜郎又降，而秦奪楚黔中地，無路得反，遂留王滇池。蹻，楚莊王苗裔也。以牂柯繫船，因名且蘭為牂柯國。分侯支黨，傳數百年。秦并蜀，通五尺道，置吏主之。漢興，遂不賓。」〔註427〕漢武帝元封二年（前109年），平定滇國，以其地為益州郡。《後漢書·滇》：「滇王者，莊蹻之後也。元封二年，武帝平之，以其地為益州郡，割牂柯、越巂各數縣配之。後數年，復并昆明地，皆以屬之此郡。」〔註428〕滇王本為楚人莊蹻之後，而濮族原居楚地，再加上武帝又以其地為益州郡，因此，益州濮族迅速與漢族同化。《後漢書·夜郎》：「公孫述時，大姓龍、傅、尹、董氏，與郡功曹謝暹保境為漢，乃遣使從番禺江奉貢。光武嘉之，並加褒賞。桓帝時，郡人尹珍自以生於荒裔，不知禮儀，乃從汝南許慎、應奉受經書圖緯，學成，還鄉里教授，於是南域始有學焉。」〔註429〕其大姓不僅多中原之人，且具有極高的文化修養，可見其文明程度之高。

雲南濮人望族，則是爨氏。爨，又分為東爨烏蠻、西爨白蠻。《天下郡國利病書·雲貴交阯·爨蠻》：「爨氏，本安邑人，在晉時為南寧太守，中國亂，

〔註423〕司馬遷：《史記》，中華書局，1959年，第1695頁。
〔註424〕呂思勉：《中華民族史》，東方出版社，1996年，第260頁。
〔註425〕范曄：《後漢書》，中華書局，1965年，第2844頁。
〔註426〕范曄：《後漢書》，中華書局，1965年，第2845頁。
〔註427〕常璩：《華陽國志》，齊魯書社，2000年，第44頁。
〔註428〕范曄：《後漢書》，中華書局，1965年，第2846頁。
〔註429〕范曄：《後漢書》，中華書局，1965年，第2845頁。

遂王蠻中。今六涼有爨王碑，云是楚令尹子文之後，受姓班氏。西漢末，食邑於爨，遂以為氏。其後世為鎮蠻校尉。晉時有爨深、爨瓚、爨震。隋爨翫作亂，史萬歲討平之。唐以爨歸王為南寧州刺史，理石城，即今曲靖也。《唐書》：『自曲州、靖州西南昆川、曲軛、晉寧、喻獻、安寧距龍和城，通謂之西爨白蠻；自彌鹿、升麻二川南至步頭，謂之東爨烏蠻。』烏蠻本以烏、白為號，無姓氏，其稱爨者，從其酋長之姓耳。滇之初有白國王，則夷為白人。其後有爨王，則為爨，即今廣南夷為儂人之類。」〔註430〕爨氏部落眾多。《新唐書・南蠻下・兩爨蠻》：「烏蠻與南詔世昏姻，其種分七部落：一曰阿芋路，居曲州、靖州故地；二曰阿猛；三曰夔山；四曰暴蠻；五曰盧鹿蠻，二部落分保竹子嶺；六曰磨彌斂；七曰勿鄧。……勿鄧地方千里，有邛部六姓，一姓白蠻也，五姓烏蠻也。又有初裏五姓，皆烏蠻也。居邛部、臺登之間。……又有東欽蠻二姓，皆白蠻也，居北谷。……又有粟蠻二姓、雷蠻三姓、夢蠻三姓，散處黎、巂、戎數州之鄙，皆隸勿鄧。勿鄧南七十里，有兩林部落，有十低三姓、阿屯三姓、虧望三姓隸焉。其南有豐琶部落，阿諾二姓隸焉。」〔註431〕到宋朝時，隸屬黎州的濮族部落眾多。《宋史・黎州諸蠻》：「曰山後兩林蠻，在州南七日程；曰邛部川蠻，在州東南十二程；曰風琶蠻，在州西南一千一百里；曰保塞蠻，在州西南三百里；……曰西箐蠻，有彌羌部落，在州西三百里；曰淨浪蠻，在州南一百五十里；曰白蠻，在州東南一百里；曰烏蒙蠻，在州東南千里；曰阿宗蠻，在州西南二日程。」〔註432〕上述部落中，兩林、邛部、風琶部落最大，其他小部落分別隸屬於三部落。隸屬敘州的則有三個濮族部落，西北的叫董蠻，正西的叫石門部，東南的叫南廣蠻。宋徽宗大觀三年（1109年），南廣蠻酋長羅永順、楊光榮、李世恭等各以地內屬。隸屬威州的濮族部落，則為保霸蠻。宋徽宗政和三年（1113年），以保州為祺州、霸州為亨州。隸屬茂州的濮族部落，有蓋、途、靜、當、直、時、飛、宕、恭等九州蠻。宋徽宗政和五年（1115年），直州內屬，以其地置壽寧軍、延寧軍。瀘州管下溪峒十州，為烏蠻王子得蓋所居。宋仁宗慶曆初，復建姚州，以得蓋為刺史。得蓋死後，其子竊號「羅氏鬼主」。鬼主死後，其子僕射襲其號，浸弱不能令諸侯。烏蠻有兩

〔註430〕　《續修四庫全書》編委會：《續修四庫全書・五九七・史部・地理類・天下郡國利病書》，上海古籍出版社，2002年，第503頁。
〔註431〕　歐陽修、宋祁：《新唐書》（第20冊），中華書局，1975年，第6317頁。
〔註432〕　脫脫等：《宋史》（第40冊），中華書局，1977年，第14231頁。

個酋長：晏子、斧望個恕。其勢力強大後，劫持晏州山外六姓，以及納溪二十四姓。宋神宗熙寧七年（1074 年），熊本經制淯井事，山前後、長寧等十郡八姓及武都夷內附。宋神宗元豐五年（1082 年），以歸來州地賜羅氏鬼主。斧望個恕之子乞弟流離失所。乞弟死後，瀘夷不再為患。

　　上引顧炎武所說的廣南夷儂人之類，則是唐代的西原蠻與宋代的廣源州蠻。西原蠻，《新唐書·南蠻下·西原蠻》：「西原蠻，居廣、容之間，邕、桂之西。有甯氏者，相承為豪。又有黃氏，居黃橙洞，其隸也。其地西接南詔。天寶初，黃氏彊，與韋氏、周氏、儂氏相唇齒，為寇害，據十餘州。韋氏、周氏恥不肯附，黃氏攻之，逐于海濱」，「黃氏、儂氏據州十八，經略使至，遣一人詣治所，稍不得意，輒侵掠諸州」。〔註 433〕到宋代時，儂氏獨強，被稱為廣源州蠻。《宋史·蠻夷三·廣源州》：「廣源州蠻儂氏，州在邕州西南鬱江之源，地峭絕深阻，產黃金、丹砂，頗有邑居聚落。俗椎髻左衽，善戰鬥，輕死好亂。其先，韋氏、黃氏、周氏、儂氏為首領，互相劫掠。唐邕管經略使徐申厚撫之，黃氏納質，而十三部二十九州之蠻皆定。自交阯蠻據有安南，而廣源雖號邕管羈縻州，其實服役於交阯。初，有儂全福者，知儻猶州，其弟存祿知萬涯州，全福妻弟儂當道知武勒州。一日，全福殺存祿、當道，并有其地。交阯怒，舉兵執全福及其子智聰以歸。其妻阿儂本左江武勒族也，轉至儻猶州，全福納之。全福見執，阿儂遂嫁商人，生子名智高。智高生十三年，殺其父商人，曰：『天下豈有二父耶？』因冒儂姓與其母奔雷火洞，其母又嫁特磨道儂夏卿。久之，智高復與其母出據儻猶州，建國曰大曆。交阯攻拔儻猶州，執智高，釋其罪，使知廣源州，又以雷火、頻婆四洞及思浪州附益之。居四年，內怨交阯，襲據安德州，僭稱南天國，改年景瑞」，「（皇祐）四年四月，率眾五千沿鬱江東下，攻破橫山砦，遂破邕州。……於是智高僭號仁惠皇帝，改年啟曆」。〔註 434〕皇祐五年（1053 年）正月，狄青以一晝夜絕崑崙關歸仁鋪，擊破智高。智高奔大理，「其存亡莫可知也」〔註 435〕。

　　大理，本稱南詔。《新唐書·南蠻上·南詔上》：「南詔，或曰鶴拓，曰龍尾，曰苴咩，曰陽劍。本哀牢夷後，烏蠻別種也。夷語王為『詔』。其先渠帥有六，自號『六詔』，曰蒙嶲詔、越析詔、浪穹詔、邆睒詔、施浪詔、蒙舍詔。

〔註 433〕歐陽修、宋祁：《新唐書》（第 20 冊），中華書局，1975 年，第 6329、6332 頁。
〔註 434〕脫脫等：《宋史》（第 40 冊），中華書局，1977 年，第 14214～14215、14216 頁。
〔註 435〕脫脫等：《宋史》（第 40 冊），中華書局，1977 年，第 14218 頁。

兵垟，不能相君，蜀諸葛亮討定之。蒙舍詔在諸部南，故稱南詔。」〔註436〕
《新唐書》雖稱南詔為哀牢夷之後，但呂思勉先生認為，「南詔係出兩爨，自
是濮族。」〔註437〕又，《明史・雲南土司二・永昌》：「永昌，古哀牢國。漢武
帝時，置不韋縣。東漢置瀾滄郡，尋改永昌郡。唐屬姚州，後為南詔蒙氏所據，
歷段氏、高氏皆為永昌府。」〔註438〕南詔據有古哀牢國之地，這可能是《新
唐書》稱南詔為哀牢夷之後的原因所在。自從南詔據有古哀牢國之地後，哀牢
便匯入了南詔濮族之中。唐昭宗天復二年（902年），南詔為漢人鄭買嗣所滅。
〔註439〕鄭買嗣滅南詔後改號長和，以及南詔後來又改號大理國，再到大理國
為元所滅的始末，蔣彬《南詔源流紀要》記載得非常詳細：「中和元年，法上
表款附。上以宗室女妻之。後內釁失道，為豎臣楊登等所弒，偽諡宣武。子舜
化襲市蠻，鄭買嗣奪之而滅其國。市蠻，華言相國也。……鄭買嗣，即鄭回之
後也，世為清平官，至買嗣，權日盛，既滅蒙氏，更名旻，偽諡威桓，國號長
和。梁開平中，子仁旻繼襲，為權臣劍川節度使楊干貞所殺，立侍中趙善政，
國號興源。甫十月，干貞又奪之而代立，國號義寧。晉天福間，段思平以通海
節度討干貞，廢為僧，遂自立為詔，偽號神武，改大禮國，號為大理。……元
蒙古忽必烈將兵分二道擊之，陸自臨洮經行山谷二千餘里，水自金沙江乘革囊
及栰以濟，合兵進薄大理城，遂虜興智，滅其國矣。段氏自思平至興智二十二
主，共三百一十五年。」〔註440〕此後，因中原多故，段氏復據其地，傳十一
世。明太祖洪武十五年（1382年），藍玉、沐英率師攻大理，盡俘段氏，逮至
金陵，因改大理路為大理府。在漢族影響下，南詔濮族漢化進程非常快。《雲
南志・蠻夷風俗》：「蠻其丈夫一切披氈。其餘衣服略與漢同，唯頭囊特異耳。
南詔以紅綾，其餘向下皆以皂綾絹。其制度取一幅物，近邊撮縫為角，刻木如
樗蒲頭，實角中，總髮於腦後為一髻，即取頭囊都包裹頭髻上結之。」〔註441〕
最遲到唐五代末，南詔濮族已與漢族同化。

　　大理段氏既滅，明以其地為大理府，而將雲貴其他濮族列為土司。《明史・
雲南土司一》：「明洪武十四年，大軍至滇，梁王走死，遂置雲南府。自是，諸

〔註436〕歐陽修、宋祁：《新唐書》（第20冊），中華書局，1975年，第6267頁。
〔註437〕呂思勉：《中華民族史》，東方出版社，1996年，第260頁。
〔註438〕張廷玉等：《明史》，中華書局，1974年，第8103頁。
〔註439〕參見趙鴻昌：《南詔編年史稿》，雲南人民出版社，1994年，第234頁。
〔註440〕蔣彬：《南詔源流紀要》，中央民族大學圖書館藏本。
〔註441〕趙呂甫：《雲南志校釋》，中國社會科學出版社，1985年，第288頁。

郡以次來歸，垂及累世，規制咸定。統而稽之，大理、臨安以下，元江、永昌以上，皆府治也。孟艮、孟定等處則為司，新化、北勝等處則為州，或設流官，或仍土職。……蓋滇省所屬多蠻夷雜處，即正印為流官，亦必以土司佐之。」〔註442〕雲南境內的濮族土府，有烏撒、烏蒙、東川、鎮雄四土府。《清史稿·土司三·雲南》：「雍正初，改土歸流之議起。四年夏，先革東川土目，即進圖烏蒙。時烏蒙土府祿萬鍾、鎮雄土府隴慶侯皆年少，兵權皆握於其叔祿鼎坤、隴聯星。鄂爾泰令總兵劉起元屯東川，招降祿鼎坤。惟祿萬鍾制於漢奸，約鎮雄兵三千攻鼎坤于魯甸，鄂爾泰遣游擊哈元生敗之；又檄其相仇之阿底土兵共擣烏蒙，連破關隘，賊遂敗走鎮雄。鄂爾泰復招降隴聯星，而鼎坤亦以兵三千攻鎮雄之脅，兩酋皆遁四川，于是兩土府旬日平。以烏蒙設府，鎮雄設州，又設鎮于烏蒙，控制三屬，由四川改隸雲南，以一事權」，「六年，鄂爾泰總督三省……惟江外歸車里土司，江內地全改流」。〔註443〕經土官改流後，雲南全省濮族逐漸與漢族同化。貴州濮族則居於播州。唐時，太原人楊氏據有其地。明代平定播州，以其地為遵義、平越二府。《明史·貴州土司·貴陽》：「萬曆二十六年，國亨子疆臣襲職。會播州楊應龍反……疆臣遂執賊二十餘人，率所部奪落濛關，至大水田，焚桃溪莊。應龍伏誅。……及播州平，分其地為遵義、平越二府，分隸蜀、黔，以渭河中心為界。」〔註444〕自此，貴州濮族與漢族同化。而居住在雲南、四川、貴州的濮族後裔，就是今天的彝族。「猓玀一族，今仍散佈雲南全省，四川西昌，貴州威寧，普安一帶亦有之。或稱白夷，又作擺夷，亦徑作㑩。」〔註445〕呂思勉先生所說的猓玀族，就是玀玀。《天下郡國利病書·雲貴交阯·爨蠻》：「爨蠻之名，相沿最久，其初種類甚多，有號盧鹿蠻者，今訛為玀玀。」〔註446〕玀玀則是舊時對彝族的蔑稱。《西南彝志》中也多次提到濮變彝，正是濮人成為彝族的明證。〔註447〕

　　濮族宗法演化進程，與其漢化進程相一致。

〔註442〕張廷玉等：《明史》，中華書局，1974 年，第 8063 頁。

〔註443〕趙爾巽等：《清史稿》（第 47 冊），中華書局，1977 年，第 14255～14256、14257 頁。

〔註444〕張廷玉等：《明史》，中華書局，1974 年，第 8172 頁。

〔註445〕呂思勉：《中華民族史》，東方出版社，1996 年，第 274 頁。

〔註446〕《續修四庫全書》編委會：《續修四庫全書·五九七·史部·地理類·天下郡國利病書》，上海古籍出版社，2002 年，第 503 頁。

〔註447〕參見畢節地區民族事務委員會編：《西南彝志（7～8 卷）》，貴州民族出版社，1994 年，第 253～264 頁。

　　濮族很早就進入農耕，文明程度較高，加上本居於鄂、豫一帶，因而其宗法在初始階段，就受到了楚人宗法的影響。《後漢書·夜郎》：「牂柯地多雨潦，俗好巫鬼禁忌。」〔註448〕好巫鬼禁忌，正是楚人風習的延續。《華陽國志·南中志》：「夷濮阻城，咸怨訴竹王非血氣所生，求立後嗣，霸表封其三子列侯。死，配食父祠，今竹王三郎神是也。」〔註449〕漢武帝時，牂柯郡太守吳霸表封竹王三子，其子死後「配食父祠」，說明其已有了較為成熟的宗廟之制，這正是原始宗法的典型表現之一。在此基礎上，濮族又多方受到了漢族宗法的影響。《華陽國志·南中志》：「其俗徵巫鬼，好詛盟，投石結草，官常以盟詛要之。諸葛亮乃為夷作圖譜：先畫天地，日月，君長，城府；次畫神龍，龍生夷及牛馬羊；後畫部主吏，乘馬幡蓋，巡行安䘏；又畫牽牛負酒、齎金寶詣之之象，以賜夷。夷甚重之，許致生口直。又與瑞錦、鐵券，今皆存。每刺史、校尉至，齎以呈詣。動亦如之。」〔註450〕諸葛亮為濮人作圖譜的主要內容，就包括了祭祀天地、尊奉君長之類與宗法相關的內容。得益於此，大約到永徽年間，濮族宗法就已經發展到相當水平。《新唐書·兩爨蠻》：「夷人尚鬼，謂主祭者為鬼主，每歲戶出一牛或一羊，就其家祭之」，「俗尚巫鬼，無跪拜之節。其語四譯乃與中國通。大部落有大鬼主，百家則置小鬼主」。〔註451〕呂思勉先生認為，「此亦極似中國支子不祭，祭必於宗子之家之俗。」〔註452〕據此，此時的濮族宗法已步入原始宗法典型形態。《舊唐書·東謝蠻》：「婚姻之禮，以牛酒為聘。女歸夫家，皆母自送之。女夫慚，逃避經旬方出。」〔註453〕聘娶婚是封建宗法婚制，而出嫁時女方母親自送男方以為慚，又說明其尚未完全蛻盡母系氏族社會的印痕。這說明濮族宗法在存留原始宗法的同時，已開始逐漸向封建宗法轉型。

　　此後，在漢族的持續影響下，濮族宗法迅速由原始宗法典型形態，步入封建宗法階段。《新唐書·南蠻上·南詔上》：「女、髳婦與人亂，不禁，婚夕私相送。已嫁有姦者，皆抵死」，「王蒙氏，父子以名相屬。自舍尨以來，有譜次可考。舍尨生獨邏，亦曰細奴邏，高宗時遣使者入朝，賜錦袍。細奴邏生邏盛炎，邏盛炎生炎閣。武后時，盛炎身入朝，妻方娠，生邏盛皮，喜曰：『我又有子，

〔註448〕范曄：《後漢書》，中華書局，1965 年，第 2845 頁。
〔註449〕常璩：《華陽國志》，齊魯書社，2000 年，第 45 頁。
〔註450〕常璩：《華陽國志》，齊魯書社，2000 年，第 49 頁。
〔註451〕歐陽修、宋祁：《新唐書》（第 20 冊），中華書局，1975 年，第 6315、6317 頁。
〔註452〕呂思勉：《中華民族史》，東方出版社，1996 年，第 272 頁。
〔註453〕劉昫等：《舊唐書》（第 16 冊），中華書局，1975 年，第 5274 頁。

雖死唐地足矣。」炎閣立，死開元時。弟盛邏皮立，生皮邏閣，授特進，封臺登郡王。炎閣未有子時，以閣羅鳳為嗣，及生子，還其宗，而名承閣，遂不改」，「獨錦蠻亦烏蠻種，在秦藏川南。天寶中，命其長為蹄州刺史。世與南詔婚聘」。〔註454〕又，《雲南志‧蠻俗》：「嫁娶之夕，私夫悉來相送。既嫁有犯，男子格殺無罪，婦人亦死。或有強家富室責貨財贖命者，則遷徙麗水瘴地，終棄之，法不得再合。」〔註455〕妻子一旦與人通姦，丈夫可以一併格殺而無罪，這顯然是夫權的極力張揚。南詔政治繼承以父子世襲為主，只是在特殊特殊情形下才傳弟，這既是原始宗法成熟形態的政治繼承制度，又是封建宗法常見的政治繼承制度。烏蠻「世與南詔婚聘」，說明濮族婚制為聘娶婚，而聘娶婚又是封建宗法婚制的表現形式之一。因此，唐五代時，以南詔為主的濮族宗法，已步入封建宗法階段。

濮族神話宗法化的歷史進程，正與其宗法演化進程一致。

濮族神話的早期形態，可以從竹王神話中見出。《華陽國志‧南中志》：

> 有竹王者，興於遯水。有一女子浣於水濱，有三節大竹流入女子足間，推之不肯去。聞有兒聲，取持歸，破之，得一男兒。長（養）有才武，遂雄夷狄，氏以竹為姓。捐所破竹於野，成竹林，今竹王祠竹林是也。〔註456〕

《後漢書‧夜郎》引用了這一神話，以敘述夜郎緣起：

> 夜郎者，初有女子浣於遯水，有三節大竹流入足間，聞其中有號聲，剖竹視之，得一男兒，歸而養之。及長，有才武，自立為夜郎侯，以竹為姓。〔註457〕

該神話敘述竹王為三節大竹所生，後為部落君王，竹姓之祖，顯然是祖神合一、宗君合一的產物，也就是說，這則神話是原始宗法化的產物。與這一神話非常相似的，是彝族神話《竹的兒子》。神話敘述：「有一年春天，老天爺突然垮下哭喪臉，雷霹火閃，風吼地搖，嘩嘩啦啦下了幾天幾夜大雨；於是，平地起水，水多翻河，淹上平地，一晚上工夫，汪洋一片，天水一線，莊稼淹沒了，牛羊不見了，彝寨沒有了，彝家人不見了，唯獨大江中有一顆

〔註454〕歐陽修、宋祁：《新唐書》（第20冊），中華書局，1975年，第6269、6270、6272頁。

〔註455〕趙呂甫：《雲南志校釋》，中國社會科學出版社，1985年，第291頁。

〔註456〕常璩：《華陽國志》，齊魯書社，2000年，第44頁。

〔註457〕范曄：《後漢書》，中華書局，1965年，第2844頁。

又粗又長的竹子橫江而下，一位彝家姑娘抱著這顆竹子，隨波逐浪，緩緩漂浮下來。」〔註458〕此後，從竹子裏依次出來五個兒子：祖摩、哪蘇、兔蘇、納蘇、溝哉蘇。該神話顯然是由竹王神話演變而來的，因而同樣是原始宗法的產物。

在原始宗法化的基礎上，濮族神話繼續向前發展。這可以從《南詔源流紀要》所載錄的段思平降生神話，以及大理國名來歷神話中見出：

> 思平母阿垣嘗過磴塝江，遇木蓮一段，觸之，心動有孕。及期，生思平。既長，凡牧牛牧馬及雞鳴犬吠等處，皆云段思平將為王。
>
> 次早引兵欲渡，莫知所從，見江尾州上有一婦，報云：「人從我江尾，馬從三沙矣，爾國名大理。」乃如報，得濟，執大明楊詔，尋宥之為僧，遂有蒙氏國，因改號大理。思平既登位，遣使覓前婦，不知所嚮，議者以為神女感應。〔註459〕

上述兩則神話都以讖言凸顯段思平天生得神所佑，日後必為大理君王。段思平是大理開國之君，其中所蘊含的尊祖之意不言而喻；而其所彰顯出來的強烈的正統意識，又是封建宗法的表現之一，因此，這兩則神話都是封建宗法的產物。

又如僰人神話《古僰國的傳說》：

> 很多很多年以前，楚地方有個國家，國王有兩個兒子。後來國王死了，兄弟倆爭位，弟弟把哥哥趕走啦。哥哥離開京城，弟弟還是不肯饒他，派兵追來了。這時，前面有高山擋住，他便沿著一條大河，一口氣逃到四川東部的長江流域。這裡是僰人居住的地方。僰人只會種田不會打仗，一看來了位威風凜凜的武士，像個天神，就把他尊為王。這就是第一位古僰國王。哥哥當了僰國國王以後，把原來在楚地方治理國家的辦法用來治理僰國，使僰國很快就強盛起來了。
>
> 到了商朝末年，紂王無道，周武王聯合各族部落討伐他，僰國也帶兵參加，立下了許多汗馬功勞，被武王封為「僰侯」，從此僰國便稱為「僰侯國」，首府設在今天的宜賓市，管轄著川東南和雲南貴

〔註458〕陳慶浩、王秋桂主編：《中國民間故事全集⑯‧四川民間故事集（二）》，遠流出版事業股份有限公司，1989年，第20頁。

〔註459〕蔣彬：《南詔源流紀要》，中央民族大學圖書館藏本。

州的一大片地方。

後來到了漢代，張騫通西域到達印度，在那裡吃到蜀地產的蒟醬，見到蜀布邛杖，才曉得從蜀地經過南方那些小國、部族住的地方，有路通印度。回朝後他把這個驚人發現向漢武帝奏了一本，皇帝一聽還有這種事，馬上拜唐蒙為中郎將，命他修一條通往國外的大路。唐蒙領了聖旨，帶領數不清的巴蜀士兵，劈山開路，遇水搭橋，修成一條兩千多里長的驛路。這條路，名叫「僰道」，從四川省的青神縣開頭，經過安邊昭通等地，通向雲貴兩廣以至更遠的地方，成了中原和南方的交通要道。路修起了，朝廷的人馬也去得多了，漢武帝為了便於直接管轄，便在這一帶設立了犍為郡。把僰侯國首府和周圍地方，劃為僰道縣，歸僰為郡管，衙門就設在今天宜賓縣的安邊鎮。後來又搬到僰侯的首府，從那時起，那裡便名叫『僰道城』了。僰侯把地方讓給了朝廷的衙門，搬到現在的南溪縣去住啦。

到了三國時候，夷人首領孟獲看到漢朝的中原已經大亂，便聯絡周圍的小國部族和中原的勢力對峙。僰人本來性情溫和，很不情願打仗。可是僰道王的領地隔在中原和孟獲的中間，就成了兩家爭奪的要地。

那時諸葛亮正領著蜀國的兵馬和孟獲交戰。諸葛亮連用計謀戰勝了孟獲。孟獲就領著人馬逃回到金沙江以南去了。

於是，僰道王恐怕諸葛亮怪罪，就打開城門，讓左右把自己綁了，趕著牛牽著羊擔著酒，到南門外迎候諸葛武侯。

諸葛亮不但沒有問僰道王的罪，反而放綁讓座，好言安慰，仍委他管理僰地事務，只叫把征來的兵丁遣散回家，各操舊業，不准再騷擾滋事。

因為僰道王是在南溪縣城南河邊歸服諸葛亮的，所以，以後就把那條河叫服溪，縣名也改成了服溪縣。

從那以後，僰人和漢人和睦相處了許多年。〔註460〕

神話敘述，古僰國的第一位國王是從楚地而來，再進入四川東部的長江流域的。這正與濮族本居於楚地，後來溯長江而上的遷徙路徑吻合；而僰人與諸

〔註460〕陳慶浩、王秋桂主編：《中國民間故事全集⑮‧四川民間故事集（一）》，遠流出版事業股份有限公司，1989年，第405～408頁。

葛亮之間的交往，也與上引《華陽國志‧南中志》所記載的諸葛亮為濮人作圖譜相吻合。由此可見，該神話可當作濮族的遷徙生活史來看。這則神話的敘事核心，其一是交代古棘國以及第一位國王的來歷，由此彰顯出的是強烈的尊祖與宗君意識；其二是敘述棘國對中原王朝的臣服，如棘侯把自己住的地方讓給朝廷的衙門，棘道王負荊請罪迎候諸葛亮，由此彰顯出的則是對封建皇權的尊崇和依附。尊祖敬宗，對封建皇權的尊崇與依附，正是封建宗法的表現之一，因此，這則神話同樣是封建宗法的產物。當濮族神話呈現出這樣的面貌時，無疑就意味著其封建宗法化的全面完成。

　　西南民族宗法的總體演進歷程，都是在自身已有宗法基礎上，因受漢族宗法影響，而先後由原始宗法階段步入封建宗法階段。有所不同的是，由於西南民族與漢族同化的歷史進程顯得較為複雜，如居住在平原地帶的西南民族，因與漢族雜居很早就與漢族融合或者同化了，而居住在山谷之中的西南民族則因交通不便而與漢族同化較晚，因此，其由原始宗法階段步入封建宗法階段的進程前後不一。大體而言，吳越以及居於湘江流域的苗族，春秋戰國時就與漢族同時由原始宗法階段步入封建宗法階段；居於鄂豫之間的苗族，南北朝末逐漸由原始宗法階段步入封建宗法階段；南越以及濮族，大抵在唐宋之際由原始宗法階段步入封建宗法階段；而居住在貴州的苗族、仡佬族，以及海南黎母山中的黎族，則直到近現代才逐漸從原始宗法階段向封建宗法階段轉型。西南民族神話宗法化的歷史進程，正與此相應。這一進程雖然前後不一，但都是在漢族宗法影響下，先後由原始宗法化而步入封建宗法化的。由此而言，西南民族神話宗法化的總體進程，同樣是與漢族神話宗法化的進程一體前行的。

第三節　羌族、藏族神話宗法化的歷史進程

　　羌族、藏族神話先後由原始宗法化步入封建宗法化的歷史進程，同樣也是與羌族、藏族自身宗法在漢族宗法影響下，先後由原始宗法步入封建宗法的進程相始終的。

一、羌族神話宗法化的歷史進程

　　羌為東方大族，出自三苗，姜姓，初居楚地，後遷徙到河湟之間。《後漢書‧西羌傳》：「西羌之本，出自三苗，姜姓之別也。其國近南岳。及舜流四凶，

徙之三危，河關之西南羌地是也。」〔註461〕

　　春秋戰國時期，羌常與氐連稱，「蓋羌其大名，氐其小別也」〔註462〕。《逸周書·王會解》：「丘羌鸞鳥。」〔註463〕彙校：「丘，王應麟本作『氐』。……注同。」〔註464〕集注：「孔晁云：『丘地之羌不同，故謂之丘羌。今謂之丘矣。』……王應麟云：《商頌》：『自彼氐羌。』《牧誓》『羌、髳』。《說文》：『西方羌，從羊。』《地理志》：『隴西有氐道、羌道，氐夷種名。羌即西域姑羌之屬。』《括地志》：『隴右岷、洮、叢等州，西羌也。』」〔註465〕據傳，羌為爰劍之後。《後漢書·西羌傳》：「羌無弋爰劍者，秦厲公時為秦所拘執，以為奴隸。不知爰劍何戎之別也。後得亡歸，而秦人追之急，藏於巖穴中得免。羌人雲爰劍初藏穴中，秦人焚之，有景象如虎，為其蔽火，得以不死。既出，又與劓女遇於野，遂成夫婦。女恥其狀，被髮覆面，羌人因以為俗，遂俱亡入三河間。諸羌見爰劍被焚不死，怪其神，共畏事之，推以為豪。河湟間少五穀，多禽獸，以射獵為事，爰劍教之田畜，遂見敬信，廬落種人依之者日益眾。羌人謂奴為無弋，以爰劍嘗為奴隸，故因名之。其後世世為豪。至爰劍曾孫忍時，秦獻公初立，欲復穆公之跡，兵臨渭首，滅狄獂戎。忍季父卬畏秦之威，將其種人附落而南，出賜支河曲西數千里，與眾羌絕遠，不復交通。其後子孫分別，各自為種，任隨所之。或為犛牛種，越巂羌是也；或為白馬種，廣漢羌是也；或為參狼種，武都羌是也。忍及弟舞獨留湟中，並多娶妻婦。忍生九子為九種，舞生十七子為十七種，羌之興盛，從此起矣。」〔註466〕爰劍一族五世傳至研，自後以研為族名。漢景帝時，研忍子留何率族人求守隴西塞，漢遷其於狄道、安故，至臨洮、氐道、羌道縣。漢武帝度河、湟，築令居塞，隔絕羌胡，於是羌人離開

〔註461〕范曄：《後漢書》，中華書局，1965年，第2869頁。

〔註462〕呂思勉：《中華民族史》，東方出版社，1996年，第275頁。有關氐與羌的關係，學界至今尚無定論。冉光榮等認為：氐、羌應為同源而異流，既有區別也有共同之處（冉光榮、李紹明、周錫銀：《羌族史》，四川民族出版社，1984年，第49～52頁）。本文從孔晁、呂思勉說，認為羌是大名，氐是羌的一種。

〔註463〕黃懷信、張懋鎔、田旭東：《逸周書彙校集注》，上海古籍出版社，1995年，第917頁。

〔註464〕黃懷信、張懋鎔、田旭東：《逸周書彙校集注》，上海古籍出版社，1995年，第917頁。

〔註465〕黃懷信、張懋鎔、田旭東：《逸周書彙校集注》，上海古籍出版社，1995年，第917頁。

〔註466〕范曄：《後漢書》，中華書局，1965年，第2875～2876頁。

湟中，居住在西海、鹽池左右。十三世傳至燒當，子孫便以燒當為族名。燒當玄孫滇良及其子滇吾擊破先零、卑湳，奪居其地大榆，從此強盛。滇吾九世孫遷那率族人內附，居住於甘肅天水境內。

爰劍子孫居住於蜀、漢徼北的，西漢時，有徙、筰都、冉駹、白馬。《史記·西南夷列傳》：「自嶲以東北，君長以什數，徙、筰都最大；自筰以東北，君長以什數，冉駹最大。其俗或土箸，或移徙，在蜀之西。自冉駹以東北，君長以什數，白馬最大，皆氐類也。」〔註467〕筰都夷，《後漢書·筰都》：「武帝所開，以為筰都縣。其人皆被髮左衽，言語多好譬類，居處略與汶山夷同。土出長年神藥，仙人山圖所居焉。元鼎六年，以為沈犁郡。至天漢四年，并蜀為西部，置兩都尉，一居旄牛，主徼外夷，一居青衣，主漢人」，「桓帝永壽二年，蜀郡夷叛，殺略吏民。延熹二年，蜀郡三襄夷寇蠶陵，殺長吏。四年，犍為屬國夷寇郡界，益州刺史山昱擊破之，斬首千四百級，餘皆解散。靈帝時，以蜀郡屬國為漢嘉郡」。〔註468〕冉駹夷，《後漢書·冉駹》：「武帝所開。元鼎六年，以為汶山郡。至地節三年，夷人以立郡賦重，宣帝乃省并蜀郡為北部都尉。其山有六夷七羌九氐，各有部落」，「其表乃為徼外。靈帝時，復分蜀郡北部為汶山郡云」。〔註469〕白馬氐，《後漢書·白馬氐》：「武帝元鼎六年開，分廣漢西部，合以為武都。……元封三年，氐人反叛，遣兵破之，分徙酒泉郡。」〔註470〕建興七年（229年），諸葛亮平武都、陰平二郡，還屬益州。《華陽國志·漢中志》：「氐羌為楊茂搜所佔有。」〔註471〕自此，白馬氐楊氏據仇池建國。《南史·武興》：「武興國，本仇池。楊難當自立為秦王，宋文帝遣裴方明討之，難當奔魏。其兄子文德又聚眾葭蘆，宋因授以爵位。魏又攻之，文德奔漢中。從弟僧嗣又自立，復戍葭蘆，卒。文德弟文度立，以弟文弘為白水太守，屯武興。宋世以為武都王。武興之國自於此矣。」〔註472〕此後，仇池國「中間屢蹶屢興，至梁元帝承聖二年，為西魏所滅，年逾三百」〔註473〕。白馬氐後人留居略陽的，則為十六國中的

〔註467〕司馬遷：《史記》，中華書局，1959年，第2991頁。
〔註468〕范曄：《後漢書》，中華書局，1965年，第2854、2857頁。
〔註469〕范曄：《後漢書》，中華書局，1965年，第2857～2858、2859頁。
〔註470〕范曄：《後漢書》，中華書局，1965年，第2859頁。
〔註471〕常璩：《華陽國志》，齊魯書社，2000年，第25頁。
〔註472〕李延壽：《南史》，中華書局，1975年，第1979頁。
〔註473〕李祖恒：《仇池國志》，書目文獻出版社，1986年，第4頁。

苻氏所立前秦，以及呂氏所立後涼。前秦，《十六國春秋・前秦錄一・苻洪》：「苻洪，字廣世，略陽臨渭氐人也。」〔註474〕後涼，《十六國春秋・後涼錄一・呂光》：「呂光，字世明，略陽氐人也。」〔註475〕

宋時，居於瀘州西南徼外的爰劍子孫，又稱為瀘州蠻。《宋史・蠻夷四・瀘州蠻》：「瀘州西南徼外，古羌夷之地。……徙，今雅州嚴道地；莋都，在黎州南，今兩林及野川蠻所居地是也；冉駹，今茂州蠻、汶山夷地是也；白馬氐，在漢為武都郡，今階州、汶州，蓋羌類也。」〔註476〕其中，有部落蠻、彌羌部落。《宋史・蠻夷四・黎州諸蠻》：「部落蠻，有劉、楊、郝、趙、王五姓。淳熙七年十月，黎州五部落蠻貢馬三百匹求內附，詔許通互市，卻其所獻焉。彌羌部落。乾道九年，吐蕃青羌以知黎州宇文紹直不酬其馬價，憤怨為亂。……青羌奴兒結為邊害者十餘年，其後制置使留正以計禽殺之，盡殲其黨。……嘉定元年十二月，彌羌蓄卜由惡水渡河，寇黎州，破碉子砦。……八年二月，蓄卜降。蓄卜連年入寇，皆青羌曳失索助之，守臣袁栯遣安靜砦總轄杜軫招降之。」〔註477〕嘉靖八年（1529年），洮州、岷州羌人暴動。《明史・西域二・西寧河州洮州岷州等番族諸衛》：「八年，洮、岷諸番數犯臨洮、鞏昌，內地騷動。……明年二月自固原進至洮、岷，遣人開示禍福。洮州東路木舍等三十一族，西路答祿失等十三族，岷州西寧溝等十五族，皆聽撫。……撫定七十餘族。」〔註478〕此後，川、甘交界區的羌人，大多融合於漢族之中。

此外，另有「一族最初遷至巴西，後來才移至略陽與氐族同化，遂稱『巴氏』」〔註479〕的，則是建立成漢政權的李氏。李氏是廩君苗裔，起初姓巴氏，為廩君蠻大宗。《十六國春秋・蜀錄一・李特》：「李特，字玄休，巴西宕郡人。其先廩君之苗裔也。昔武落鍾離山崩，有石穴二所，其一赤如丹，一黑如漆。有人出於赤穴者，名曰務相，姓巴氏。有出於黑穴者，凡四姓，曰曋氏、樊氏、柏氏、鄭氏。五姓俱出，皆爭為神。於是相與以劍刺穴屋能著者，以為廩君。四姓莫箸而務相之劍懸焉。又以土為船，雕畫之而浮水中，曰：『若其船浮存

〔註474〕湯球：《十六國春秋輯補》，中華書局，1985年，第237頁。
〔註475〕湯球：《十六國春秋輯補》，中華書局，1985年，第564頁。
〔註476〕脫脫等：《宋史》（第40冊），中華書局，1977年，第14243～14244頁。
〔註477〕脫脫等：《宋史》（第40冊），中華書局，1977年，14236～14237頁。
〔註478〕張廷玉等：《明史》，中華書局，1974年，第8544～8545頁。
〔註479〕李祖恒：《仇池國志》，書目文獻出版社，1986年，第7頁。

者，以為廩君。』務相船又獨浮，於是遂稱廩君。」〔註480〕戰國時，秦惠王
並巴中，以巴氏為蠻夷君長。公元47年，劉尚將巴氏遷徙到江夏，是為沔中
蠻。《文獻通考·四裔五·廩君種》：「至光武建武二十三年……徙其種人七千
餘口置江夏界中，其後沔中蠻是也。」〔註481〕漢末，巴氏從巴西宕渠遷於漢
中楊車坂，號楊車巴。魏武帝時，遷入略陽，復號巴氏。永康中，氐齊萬年反
關西，流民數萬家相與入漢川，李特率其入蜀。《十六國春秋·蜀錄一·李特》：
「漢末，張魯居漢中，以鬼道教百姓。賨人敬信巫覡，多往奉之。值天下大亂，
自巴西之宕渠，遷於漢中楊車坂。抄掠行旅，百姓患之，號為楊車巴。其後繁
昌，分為數十姓。及魏武克漢中，特祖父虎，將五百餘家歸魏。魏武帝嘉之，
遷於略陽，拜虎等為將軍。徙內者亦萬餘家，散居隴右諸郡及三輔弘農，所在
北土復號之為巴氏。……永康中，氐齊萬年反關西，擾亂天水略陽扶風始平諸
郡，皆被兵寇。氐頻歲大饑，百姓乃流移就穀，相與入漢川者數萬家。特隨流
人將入於蜀。」〔註482〕晏平元年（306年），李特之子李雄於成都稱帝，國
號成，史稱成漢。《十六國春秋·蜀錄二·李雄》：「晏平元年……夏六月，
雄僭即帝位。大赦其境內，改元，國號大成。」〔註483〕成漢傳至李勢而亡。
《文獻通考·四裔五·廩君種》：「子雄僭即帝位，傳班、期、壽、勢，六世
而亡。」〔註484〕

　　與廩君蠻同居於嘉陵江流域的氐人，又有板楯蠻。《文獻通考·四裔五·
板楯蠻》：「至漢高帝為漢王，發夷人還三秦。秦地既定，乃遣還巴中，復其
渠帥羅、樸、督、鄂、度、夕、龔七姓，不輸租賦，餘戶乃歲入口錢四十。
巴人呼賦為賨，謂之賨人焉。代號為板楯蠻夷。閬中有渝水，其人多居水左
右。天性勁勇，初為漢前鋒，數陷陣。俗喜歌舞，高帝命樂人習之，所謂巴
渝舞也。遂代代服從。……板楯七姓，以射殺白虎立功，先代復為羌人，其
人勇猛善戰。昔安帝永初中，羌入漢川，郡縣破壞，得板楯救之。羌死敗殆
盡，故號為神兵。」〔註485〕

　　此後，以廩君蠻與板楯蠻為主，融合當地土著和進入該地區的漢人、濮人、

〔註480〕湯球：《十六國春秋輯補》，中華書局，1985年，第534頁。
〔註481〕馬端臨：《文獻通考》，中華書局，1986年，第2576頁。
〔註482〕湯球：《十六國春秋輯補》，中華書局，1985年，第535頁。
〔註483〕湯球：《十六國春秋輯補》，中華書局，1985年，第545頁。
〔註484〕馬端臨：《文獻通考》，中華書局，1986年，第2576頁。
〔註485〕馬端臨：《文獻通考》，中華書局，1986年，第2576頁。

楚人、烏蠻等所形成的族群，就是今天的土家族。

居住在雲南境內的爰劍子孫，則與濮族錯居。《史記‧西南夷列傳》：「西自同師以東，北至楪榆，名為巂、昆明，皆編髮，隨畜遷徙，毋常處，毋君長，地方可數千里。」〔註486〕唐代稱其為昆明蠻，在爨蠻西。《新唐書‧南蠻下‧兩爨蠻》：「爨蠻西有昆明蠻，一曰昆彌，以西洱河為境，即葉榆河也。……人辮首，左衽，與突厥同。隨水草畜牧，夏處高山，冬入深谷。……總章三年，置祿州、湯望州。咸亨三年，昆明十四姓率戶二萬內附，析其地為殷州、摠州、敦州，以安輯之。……其後又置盤、麻等四十一州，皆以首領為刺史。」〔註487〕此後，其與濮族一起與漢族同化。今日的哈尼族、納西族、獨龍族即其後裔。

居住在川藏之間的白馬氐子孫，則有宕昌、鄧至、党項等。《北史‧氐》：「宕昌羌者，其先蓋三苗之胤。……其地東接中華，西通西域，南北數千里。……有梁懃者，世為酋帥，得羌豪心，乃自稱王焉。懃孫彌忽，太武初，遣子彌黃奉表求內附。太武嘉之，遣使拜彌忽為宕昌王，賜彌黃爵甘松侯」，「鄧至者，白水羌也，世為羌豪，因地名號，自稱鄧至。其地自亭街以東，平武以西，汶嶺以北，宕昌以南，土風習俗，亦與宕昌同。其王像舒治遣使內附，高祖拜龍驤將軍、鄧至王，朝貢不絕」，「党項羌者，三苗之後也。其種有宕昌、白狼，皆自稱獼猴種。東接臨洮、西平，西拒葉護，南北數千里，處山谷間」。〔註488〕宋仁宗寶元元年（1038年），元昊自稱大夏皇帝，建立了以党項羌為主體的多民族王國。〔註489〕元滅西夏，西夏王族逃到吐蕃，為薩迦地方政權所庇護，成為後來的13萬戶之一，匯入藏族之中。

而居住在西域的羌人，則為羌氐行國。《漢書‧西域傳上》：「蒲犂及依耐、無雷國皆西夜類也。西夜與胡異，其種類羌氐行國，隨畜逐水草往來。」〔註490〕同為羌氐行國的，還有婼羌、鄯善（本名樓蘭）、車師、移支、且彌。羌氐行國與大月支相近。月支為匈奴所破，「乃遠去，過大宛，西擊大夏而臣之，都媯水北為王廷。其餘小眾不能去者，保南山羌，號小月支」〔註491〕。

〔註486〕司馬遷：《史記》，中華書局，1959年，第2991頁。
〔註487〕歐陽修、宋祁：《新唐書》（第20冊），中華書局，1975年，第6318～6319頁。
〔註488〕李延壽：《北史》，中華書局，1974年，第3190、3191、3192頁。
〔註489〕參見吳天墀：《西夏史稿（增訂本）》，四川人民出版社，1983年，第1頁。
〔註490〕班固：《漢書》，中華書局，1962年，第3883頁。
〔註491〕班固：《漢書》，中華書局，1962年，第3891頁。

小月支，又稱湟中月支胡。《後漢書・西羌傳》：「湟中月支胡，其先大月支之別也，舊在張掖、酒泉地。月支王為匈奴冒頓所殺，餘種分散，西踰葱領。其羸弱者南入山阻，依諸羌居止，遂與共婚姻。及驃騎將軍霍去病破匈奴，取西河地，開湟中，於是月支來降，與漢人錯居。……被服飲食言語略與羌同，亦以父名母姓為種。其大種有七，勝兵合九千餘人，分在湟中及令居。又數百戶在張掖，號曰義從胡。」〔註492〕三國以後，史書中不復記載。

羌人散佈極廣，因所居地區不同，其與漢族同化進程先後不一。居住在川、藏之際的羌人，因交通不便，與外界隔絕，故而其與漢族同化進程較慢。在南北朝之時，有些部落文明程度極其低下，尚處於蒙昧時期，如可蘭國。《北史・白蘭》：「白蘭山西北，又有可蘭國，風俗亦同。目不識五色，耳不聞五聲。……頑弱不知鬥戰，忽見異人，舉國便走。性如野獸，體輕工走，逐不可得。」〔註493〕這幾乎與原始人沒有多大的區別。其附國文明程度雖高於可蘭，但其宗法尚停留於原始宗法早期階段。《北史・附國》：「妻其群母及嫂，兄弟死，父兄亦納其妻。」〔註494〕蒸報式婚姻雖然是原始宗法的表現之一，但父以子婦為妻，則並非蒸報式婚姻的習見形式。宕昌宗法形態也與此相似。《北史・宕昌》：「父子、伯叔、兄弟死者，即以繼母、世叔母及嫂、弟婦等為妻。俗無文字，但候草木零落，記其歲時。三年一相聚，殺牛、羊以祭天。」〔註495〕蒸報式婚姻是原始宗法的表現之一，殺牛羊祭天則是宗法祭祀之始。由此可見，其宗法尚處於原始宗法早期階段。

而党項宗法則與此稍有不同。《北史・党項》：「其俗淫穢蒸報，於諸夷中為甚。無文字，但候草木以記歲時。三年一聚會，殺牛羊以祭天。人年八十以上死者，以為令終，親戚不哭；少死者，則云夭枉，共悲哭之。……開皇元年，有千餘家歸化。五年，拓拔寧叢等各率眾詣旭州內附，授大將軍，其部下各有等差。十六年，復寇會州，詔發隴西兵討之，大破其眾，人相率降，遣子弟入謝罪。帝謂曰：『還語爾父兄，人生須有定居，養老長幼。乃乍還乍走，不羞鄉里邪！』自是朝貢不絕。」〔註496〕雖然党項宗法總體上依然處於原始宗法早期階段，這從蒸報式婚姻、殺牛羊祭天一類簡單的祭祀儀式中可

〔註492〕范曄：《後漢書》，中華書局，1965年，第2899頁。
〔註493〕李延壽：《北史》，中華書局，1974年，第3189頁。
〔註494〕李延壽：《北史》，中華書局，1974年，第3193頁。
〔註495〕李延壽：《北史》，中華書局，1974年，第3190頁。
〔註496〕李延壽：《北史》，中華書局，1974年，第3192頁。

以見出；但因其從隋開皇元年（581 年）起陸續歸化，故在漢族影響下，其宗法形態有了一定的發展。《新唐書·党項》：「妻其庶母、伯叔母、兄嫂、子弟婦，惟不娶同姓。」〔註497〕蒸報式婚姻是原始宗法的表現之一，而不娶同姓則是原始宗法典型形態時期的婚制，說明其已在漢族宗法影響下，開始由原始宗法早期階段，緩慢地向原始宗法典型形態時期發展。

與此相應的，則是居住在河、湟之間羌族的宗法形態。居住在河、湟之間的羌族，性格獷悍，難為中原制服，故而其與漢族同化進程較慢。《後漢書·西羌傳》：「其俗氏族無定，或以父名母姓為種號。十二世後，相與婚姻。父沒則妻其後母，兄亡則納釐嫂，故國無鰥寡，種類繁熾。」〔註498〕「以父名母姓為種號」，顯然帶有母系氏族社會的痕跡，而婚姻以蒸報式婚姻為主，則是原始宗法的特點之一。由此可見，東漢時期，居住在河、湟之間的羌人，其宗法同樣處於原始宗法早期階段。

在此基礎上，居住在蜀、漢徼北的氐族，因接受漢族影響，其宗法迅速向前發展。起初，與居住在河、湟之間的羌人一樣，氐族同樣留存有母系氏族社會的痕跡。《後漢書·冉駹》：「貴婦人，黨母族。死則燒其尸。」〔註499〕以婦人為貴，母族為黨，說明其尚未完全步出母系氏族社會。此後，氐族內附。《後漢書·白馬氐》：「建武初，氐人悉附隴蜀。及隗囂滅，其酋豪乃背公孫述降漢，隴西太守馬援上復其王侯君長，賜以印綬。後囂族人隗茂反，殺武都太守。氐人大豪齊鍾留為種類所敬信，威服諸豪，與郡丞孔奮擊茂，破斬之。」〔註500〕由此，氐族與漢族錯居，開始受到漢族的影響。《魏略·西戎傳》：「多知中國語，由與中國錯居故也；其自還種落間，則自氐語。」〔註501〕到武興國時期，氐族便迅速與漢族同化。《南史·武興》：「難當族弟廣香又攻殺文度，自立為陰平王、葭蘆鎮主。死，子炅立。炅死，子崇祖立。崇祖死，子孟孫立。……其大姓有苻氏、姜氏、梁氏。言語與中國同。……婚姻備六禮。知書疏。備桑麻。」〔註502〕氐族政治制度、言語、習俗與漢族相同，且其宗族大姓中又多

〔註497〕歐陽修、宋祁：《新唐書》，中華書局，1975 年，第 6214 頁。

〔註498〕范曄：《後漢書》，中華書局，1965 年，2869 頁。

〔註499〕范曄：《後漢書》，中華書局，1965 年，第 2858 頁。

〔註500〕范曄：《後漢書》，中華書局，1965 年，第 2859～2860 頁。

〔註501〕冉光榮、李紹明、周錫銀：《羌族史》，四川民族出版社，1984 年，第 50～51 頁。

〔註502〕李延壽：《南史》，中華書局，1975 年，第 1979～1980 頁。

漢姓，足見其已完全與漢族同化；而其父子相襲的政治繼承制度以及聘娶婚，
都是封建宗法的表現形式，說明其宗法在漢族宗法影響下，已相應地由原始宗
法階段，而步入了封建宗法階段。

　　羌人神話宗法化的進程，與其在漢族宗法影響下，由原始宗法階段步入封
建宗法階段的進程相始終。

　　羌族神話的早期形態，可以從羌族民間史詩《羌戈大戰》中見出：

> 阿巴白構率羌人，
> 威風凜凜來草原；
> 十八大將前開路，
> 九個兒子跟後邊。
> ……
> 阿巴白構心歡暢，
> 上對蒼天表心願；
> 白石臺前設貢物，
> 皮鼓聲聲禱上天。
> 「阿巴木比塔，
> 恩澤實無邊；
> 木姐來引路，
> 爾瑪人人歡！」
> ……
> 阿巴白構管羌地，
> 六畜興旺人心歡；
> 幸福時日想過去，
> 羌人歡樂謝上天。
> ……
> 憑了祖先的智慧，
> 爾瑪人的子孫才有今天；
> 憑了祖先的勇敢，
> 爾瑪人的子孫才居住在
> 岷江兩岸，
> 歌聲鼓聲響徹雲天，

祖先的功勳數不完。〔註503〕

史詩敘述羌戈大戰羌人得勝後，在阿巴白構（傳說，木姐珠和斗安珠結婚後生了九個兒子，長子名構，即阿巴白構，其三子則名燒當）的率領下，來到草原重建家園。阿巴白構率族人祭祀蒼天，感謝木姐引路，盛讚祖先護佑。貫穿於史詩中的祭天與尊祖意識，無疑是原始宗法的突出表現；但與此同時，史詩中所流露出的對木姐珠的崇拜，又帶有母系氏族社會的痕跡，說明其是原始宗法早期階段的產物。這正與羌族早期宗法形態一致。

此後，羌人神話的發展面貌，可以從苻健降生神話中見出。《十六國春秋‧前秦錄一‧苻健》：

> 苻健，字建業，洪第三子也。初，母羌氏夢感大羆而孕之。健生之夜，洪夢族曾氏王蒲健謂之曰：「是兒興家門，可以吾名字之。」於是名羆，字世健。後避石虎外祖張羆之名，故改焉。〔註504〕

這則感生神話的核心是苻健必興旺家族，其所包含的宗族祖先崇拜意識，說明其是原始宗法成熟期的產物。在此基礎上，氏族神話繼續向前演進，如苻堅降生神話。《十六國春秋‧前秦錄三‧苻堅》：

> 其母苟氏，嘗遊漳水，祈子於西門豹祠，歸而夜夢與神交，因而有孕，十二月而生堅焉。有神光之異，自天燭其庭。背有赤文，隱起成字，曰「艸付臣又土，王咸陽」，秘而莫之傳也。〔註505〕

這則感生神話在苻健降生神話的基礎上，以「王咸陽」的讖語，預示苻堅日後將統一北方，彰顯出強烈的尊君意識，顯然是原始宗法與封建宗法相融合的產物。這則神話的出現，說明氏族神話已在原始宗法化的基礎上，開始向封建宗法化轉型。而另一則預示苻堅將亡國的讖語，則意味著氏族神話封建宗法化轉型的完成。《十六國春秋‧前秦錄五‧苻堅》：

> 先是高陸人穿井得龜，及此而死，藏其骨於太廟。其夜，廟丞高虜夢龜謂之曰：「我本出將歸江南，遭時不遇，殞命秦庭。」又有人夢中謂虜曰：「龜三千六百歲而終，終必妖興，亡國之徵也。」〔註506〕

該讖語預示苻堅將在與東晉的南北對峙中，先為謝安、謝玄所敗，後為姚

〔註503〕羅世澤：《羌戈大戰——羌族民間史詩節選》，《民族文學》，2008年第7期，第121～122頁。
〔註504〕湯球：《十六國春秋輯補》，中華書局，1985年，第239頁。
〔註505〕湯球：《十六國春秋輯補》，中華書局，1985年，第253頁。
〔註506〕湯球：《十六國春秋輯補》，中華書局，1985年，第279頁。

荏所殺而國滅的最終結局。「龜三千六百歲而終」，自然是神龜無疑。《抱朴子
內篇‧對俗》引《玉策記》云：「千歲之龜，五色具焉，其額上兩骨起似角，
解人之言。」〔註507〕神龜解人之言，預示前秦必亡，說明前秦已為天神所棄。
君權天授，為天所棄的必非正統，為天所佑的則為正統。神龜「出將歸江南」，
而江南之地為東晉所有，說明東晉是正統所在。神龜「遭時不遇，殞命秦庭」，
是苻堅與東晉對抗的寫照，而神龜預兆前秦必亡，則意味著苻堅與正統相抗的
自然結局。與皇權的對抗是封建宗法的表現之一，因此，這則神話式讖語無疑
是封建宗法的產物。當氏族神話呈現出這樣的面貌時，就意味著氏族神話封建
宗法化的最終完成。

　　羌族神話《斗安珠和木姐珠》同樣也以與皇權抗爭為敘事核心。相傳，天
神木比塔有三兒三女。三兒三女尚未婚配，在汶山放羊，幾姊妹中要屬三女兒
木姐珠最漂亮。有一天，羌族勇敢的青年斗安珠遇見了木姐珠，兩人相愛了。
「天上有千佛萬祖，木比塔為尊。他怎麼會同意自己的女兒和凡人成親？！但
斗安珠想到他和木姐珠海子樣的深情，朝夕相處的甜蜜，便堅定了和木姐珠相
愛的決心。」〔註508〕為了爭取自己的幸福，斗安珠先與木比塔比工夫，又接
受木比塔的挑戰，先在一天時間裏砍完九溝火地，後在一天時間裏種完九斗
九升九合油菜籽，又在一天半時間裏一粒不少地把菜籽收回來，最終，「木比
塔無話可說，只好說：『聰明勇敢的斗安珠，你勝利了。我的三女兒嫁給你，
一定會得到幸福！』木比塔叫來天皇姥，召回眾兒女，匯齊眾天神，在大殿
裏議起親事來。……斗安珠和木姐珠帶著豐厚的禮物和眾天神的祝願返回人
間」〔註509〕。斗安珠為了贏得幸福生活，不畏神權，勇於與天神木比塔抗爭，
這本來就是封建宗法的表現之一；而斗安珠與木姐珠最終能結為夫妻，雖然說
是他們自己爭取而來的，但最終依然要得到天神木比塔的許可，並經過議婚、
舉行婚禮等一系列儀式後，兩人才能帶著豐厚的禮物返回人間，這正是聘娶婚
的具體展現，因此該神話無疑是封建宗法的產物。當羌族神話呈現出這樣的面
貌時，就意味著羌族神話已全面由原始宗法化，而步入了封建宗法化階段。

〔註507〕王明：《抱朴子內篇校釋（增訂本）》，中華書局，1988年，第47頁。
〔註508〕陳慶浩、王秋桂主編：《中國民間故事全集⑮‧四川民間故事集（一）》，遠流
　　　　　出版事業股份有限公司，1989年，第461頁。
〔註509〕陳慶浩、王秋桂主編：《中國民間故事全集⑮‧四川民間故事集（一）》，遠流
　　　　　出版事業股份有限公司，1989年，第468～469頁。

二、藏族神話宗法化的歷史進程

　　呂思勉先生認為，藏為羌字轉音，而藏族則自稱土伯特；土伯是吐蕃的異譯，特是統類之詞。〔註510〕王輔仁、索文清認為，藏族自稱博巴，意思是住在博地區的人，漢文史籍則稱作蕃或吐蕃。〔註511〕博巴與土伯特音近，異譯為吐蕃。吐蕃，《冊府元龜・外臣部・種族》：「吐蕃在吐谷渾之西，本西羌別種，南涼禿髮利鹿孤之後，以禿髮為國，音訛，故曰吐蕃。利鹿孤初有子曰樊泥，奔沮渠蒙遜，署臨松郡丞。蒙遜滅，建國西土，改為勃窣野。」〔註512〕《舊五代史・外國列傳第二・吐蕃》亦云：「吐蕃，本漢西羌之地，或云南涼禿髮利鹿孤之後，其子孫以禿髮為國號，語訛為吐蕃。」〔註513〕禿髮利鹿孤是禿髮烏孤之弟，鮮卑人。《十六國春秋・南涼錄一・禿髮利鹿孤》：「禿髮利鹿孤，烏孤弟。」〔註514〕《清稗類鈔・種族類・藏族》則總上說：「藏族，一稱唐古忒族，亦稱番族，即吐蕃人。西藏為古三危，康、衛、藏三地也。漢稱西羌，在魏為禿髮，唐為吐蕃，西人稱曰圖伯特。吐蕃出於党項，党項出於鮮卑（党項為鮮卑八部之一），鮮卑謂后土曰拓跋，故北魏、西夏均以拓跋為氏。晉時，河西鮮卑禿髮利鹿孤，實為西藏吐蕃之祖。禿髮、吐蕃，皆拓跋二字之聲轉。」〔註515〕而《新唐書・吐蕃上》則以為，蕃為發音訛：「吐蕃本西羌屬，蓋百有十五種，散處河、湟、江、岷間；有發羌、唐旄等，然未始與中國通。……蕃、發音近，故其子孫曰吐蕃，而姓勃窣野。」〔註516〕發羌，始見於《後漢書・滇良》：「迷唐遂弱，其種眾不滿千人，遠踰賜支河首，依發羌居。」〔註517〕賜支河所在之地，相當於現在青海西南部與西藏大部地區，因此，發羌確實與藏族有直接淵源。總之，藏族源出西羌，其早期民族成分中，既有西羌別種的鮮

〔註510〕參見呂思勉：《中華民族史》，東方出版社，1996年，第300頁。另，焦應旂《藏程紀略》云，「藏之為言，藏也，無盡藏之謂也」（《西藏志》，成文出版社，1968年，第1頁），但王輔仁、索文清認為，「我國的藏族與印度人根本沒有什麼親屬關係」（王輔仁、索文清：《藏族史要》，四川民族出版社，1980年，第7頁），故本文從呂說，不取焦說。
〔註511〕參見王輔仁、索文清：《藏族史要》，四川民族出版社，1980年，第1頁。
〔註512〕蘇晉仁、蕭鍊子：《〈冊府元龜〉吐蕃史料校證》，四川民族出版社，1981年，第3頁。
〔註513〕薛居正等：《舊五代史》，中華書局，1976年，第1839頁。
〔註514〕湯球：《十六國春秋輯補》，中華書局，1985年，第612頁。
〔註515〕徐珂：《清稗類鈔》（第4冊），中華書局，1984年，第1920頁。
〔註516〕歐陽修、宋祁：《新唐書》，中華書局，1975年，第6071頁。
〔註517〕范曄：《後漢書》，中華書局，1965年，第2884～2885頁。

卑部族，又有發羌、唐旄、迷唐等西羌部族。

　　吐蕃王朝時期，居住在今日藏族分布地區的古羌人部落，還有蘇毗、白蘭、羊同、附國、吐谷渾、女國諸部。蘇毗，《新唐書‧蘇毗》：「本西羌族，為吐蕃所并，號孫波，在諸部最大。」〔註 518〕白蘭，《通典‧邊防六‧西戎二‧白蘭》：「白蘭，羌之別種，周時興焉。東北接吐谷渾，西至叱利摸徒，南界那鄂。」〔註 519〕羊同即象雄。《敦煌本吐蕃歷史文書‧贊普傳記》：「松贊干布贊普之時……外戚如象雄（羊同），犛牛蘇毗、聶尼達布、工布、娘布等均公開叛變。」〔註 520〕羊同又分為大、小羊同。《通典‧邊防六‧西戎二‧大羊同》：「大羊同，東接吐蕃，西接小羊同，北直于闐，東西千餘里，勝兵八九萬人。其人辮髮氈裘，畜牧為業。地多風雪，冰厚丈餘。所出物產，頗同蕃俗。無文字，但刻木結繩而已。刑法嚴峻。其酋豪死，抉去其腦，實以珠玉，剖其五臟，易以黃金，假造金鼻銀齒，以人為殉，卜以吉辰，藏諸巖穴，他人莫知其所，多殺牸牛羊馬，以充祭祀，葬畢服除。其王姓姜葛，有四大臣分掌國事。自古未通，大唐貞觀十五年，遣使來朝。」〔註 521〕附國，《北史‧附國》：「附國者，蜀郡西北二千餘里，即漢之西南夷也。……附國王字宜繒。其國南北八百里，東西千五百里。」〔註 522〕吐谷渾於七世紀初為吐蕃所破後，一部分內遷到陝西、山西、河北，一部分則為吐蕃所征服。上述以古代羌人為主的各部族，均在七世紀前後，先後被吐蕃王朝征服兼并，而成為藏族的主要部分。〔註 523〕女國，《北史‧女國》：「女國，在蔥嶺南。其國世以女為王，姓蘇毗，字末羯，在位二十年。女王夫號曰金聚，不知政事。……其俗婦人輕丈夫，而性不妒忌。……人皆被髮，以皮為鞋。」〔註 524〕女國本名蘇伐剌拏瞿呾羅，唐時又稱東女。《大唐西域記》卷四《婆羅吸摩補羅國》云：「此國境北大雪山中，有蘇伐剌拏瞿呾羅國（唐言金氏），出上黃金，故以名焉。東西長，南北狹，即東女國也。世以女為王，因以女稱國。夫亦為王，不知政事。丈夫唯征伐、田種而已。土宜宿麥，多畜羊馬。氣候寒烈，人性躁暴。東接吐蕃國，北接于闐國，西接三波訶

〔註 518〕歐陽修、宋祁：《新唐書》，中華書局，1975 年，第 6257 頁。

〔註 519〕杜佑：《通典》，中華書局，1988 年，第 5170 頁。

〔註 520〕王堯、陳踐譯注：《敦煌本吐蕃歷史文書（增訂本）》，民族出版社，1992 年，第 165 頁。

〔註 521〕杜佑：《通典》，中華書局，1988 年，第 5177～5178 頁。

〔註 522〕李延壽：《北史》，中華書局，1974 年，第 3193 頁。

〔註 523〕參見王輔仁、索文清：《藏族史要》，四川民族出版社，1980 年，第 5～6 頁。

〔註 524〕李延壽：《北史》，中華書局，1974 年，第 3235 頁。

國。」〔註525〕蘇伐刺挐瞿呾羅，又作蘇伐刺挐瞿怛羅、蘇伐刺挐瞿呾羅。《新唐書・東女》：「東女亦曰蘇伐刺挐瞿呾羅，羌別種也，西海亦有女自王，故稱『東』別之。東與吐蕃、党項、茂州接，西屬三波訶，北距于闐，東南屬雅州羅女蠻、白狼夷。東西行盡九日，南北行盡二十日。有八十城。以女為君，居康延川。……被髮，以青塗面，惟務戰與耕而已。……貞元九年，其王湯立悉與白狗君及哥鄰君董臥庭、逋租君鄧吉知、南水君薛尚悉曩、弱水君董避和、悉董君湯息贊、清遠君蘇唐磨、咄霸君董藐蓬皆詣劍南韋皋求內附。其種散居西山、弱水，雖自謂王，皆小小部落耳。自失河、隴，悉為吐蕃羈屬，部屬千戶，輒置令，歲督絲絮。至是猶上天寶所賜詔書。皋處其眾於維、霸等州，賜牛、糧，治生業。立悉等入朝，差賜官祿。於是松州羌二萬口相踵入附。立悉等官刺史，皆得世襲，然陰附吐蕃，故謂『兩面羌』。」〔註526〕八世紀中葉後，史書中不再見到有關女國的記載。其大約為吐蕃所滅〔註527〕，後來成為藏族的一部分。十世紀後，「隨著藏傳佛教的復興，藏傳佛教文化不斷由吐蕃本土向甘肅及四川一帶廣泛傳播，使該地區各部居民逐漸在文化心理素質和語言上趨於統一，最終使這些地區文化和吐蕃本土文化融合成一個整體，藏民族最終形成」〔註528〕。

　　藏族主體既為居住在河湟、川藏之間的古羌人，故其與漢族同化及其宗法演化進程，也就與居住在此間的羌人相似。總體而言，藏族與漢族同化，以及由原始宗法步入封建宗法的進程，顯得較為緩慢；而就居住於不同地區的藏族而言，這一進程又明顯地帶有先後不一性。

　　吐蕃由母系氏族社會步入父系氏族社會，大約始於瑪桑九兄弟時期。《紅史・吐蕃簡述》：「由觀世音菩薩的化身神猴菩薩和度母的化身巖羅剎女生出西藏的人類。以後依次由瑪桑九兄弟、二十五小邦、十二小邦、四十小邦統治。此後，乃有天神降世來為人主。」〔註529〕由瑪桑九兄弟統治，意味著母系統治的結束，父系統治的開始。從聶赤贊普開始，吐蕃的王位傳承依循子孫相傳的原則。《紅史・吐蕃簡述》：「天神之王是由十三層天的上面沿著

〔註525〕季羨林等：《大唐西域記校注》，中華書局，1985年，第408頁。

〔註526〕歐陽修、宋祁：《新唐書》，中華書局，1975年，第6218～6220頁。

〔註527〕參見呂思勉：《中華民族史》，東方出版社，1996年，第301頁。

〔註528〕唐仁郭、錢宗範等：《中國少數民族宗法制度研究》，江西高校出版社，2006年，第216～217頁。

〔註529〕蔡巴・貢噶多吉著，陳慶英、周潤年譯：《紅史》，西藏人民出版社，1988年，第29頁。

天神的繩梯下降的，從雅隆的若波神山頂上沿天梯下降到贊塘郭細地方，看見的人說：從天上降下一位贊普，應請他當我們眾人之主。於是在脖頸上設置座位將其抬回，奉為國王，稱為聶赤贊普，這是吐蕃最早的國王。……聶赤贊普的子孫依次相傳，有牟赤贊普、丁赤贊普、索赤贊普、梅赤贊普、德赤贊普、塞赤贊普。他們與聶赤贊普合稱天赤七王。」〔註530〕聶赤贊普由眾人擁戴為王，說明吐蕃父權已開始萌芽；而自聶赤贊普開始，王位子孫相傳，則說明吐蕃族權已開始萌芽。據此，吐蕃宗法開始步入原始宗法早期階段。但吐蕃而外的某些羌人部落，其文明進程則頗為滯後。南北朝時，女國尚處於母系氏族社會階段。《北史・女國》：「其女王死，國中厚斂金錢，求死者族中之賢女二人，一為女王，次為小王。……俗事阿修羅神，又有樹神，歲初以人祭，或用獼猴。祭畢，入山祝之，有一鳥如雌雉，來集掌上，破其腹視之，有眾粟則年豐，沙石則有災，謂之鳥卜。」〔註531〕到隋唐之際，女國的社會形態仍然沒有發生變化。《新唐書・東女》：「俗輕男子，女貴者咸有侍男……子從母姓。」〔註532〕東女國以女子為王，輕男子，子從母姓，凡此等等，都是其尚處於母系氏族社會的明證。而白蘭宗法則與吐蕃宗法一樣，於隋唐時已步入原始宗法階段。《冊府元龜・外臣部・土風三》：「其婚姻富家厚出聘財，竊女而去。父卒，妻其群母；兄亡，妻其諸嫂。喪服制葬迄而除。」〔註533〕帶有掠奪婚性質的聘禮婚，以及蒸報式婚姻與簡易的喪服之制，說明白蘭宗法已步入原始宗法階段。

　　自隋開皇六年（586年）始，藏地漸與中原互通。《冊府元龜・外臣部・朝貢三》：「是年（開皇六年），女國遣使朝貢」，「附國……等國，大業中並遣使朝貢」，「（武德六年）十二月，白蘭、白狗羌……吐谷渾，並遣使朝貢」，「（貞觀八年）十一月，吐蕃……並遣使朝貢」。〔註534〕《西藏王統記》所載與此相同：「漢史云佛滅度後二千五百六十六年漢地始有唐朝皇帝出世，且與

〔註530〕　蔡巴・貢噶多吉著，陳慶英、周潤年譯：《紅史》，西藏人民出版社，1988年，第30頁。
〔註531〕　李延壽：《北史》，中華書局，1974年，第3235～3236頁。
〔註532〕　歐陽修、宋祁：《新唐書》（第20冊），中華書局，1975年，第6219頁。
〔註533〕　蘇晉仁、蕭錬子：《〈冊府元龜〉吐蕃史料校證》，四川民族出版社，1981年，第18頁。
〔註534〕　蘇晉仁、蕭錬子：《〈冊府元龜〉吐蕃史料校證》，四川民族出版社，1981年，第15、16、18、21頁。

藏地互通往來。傳此王與藏中朗日松贊王同時代。」〔註535〕此後，吐蕃與中原互通頻繁。貞觀十五年（641年），文成公主下嫁松贊干布。《冊府元龜・外臣部・和親一》：「十五年，帝以文成公主妻之。令禮部尚書江夏郡王道宗主婚，持節送公主於吐蕃。弄贊率其部兵次柏海，親迎於河源。見王人，執子婿之禮甚恭。既而歎大國服飾禮儀之美，俯仰有愧沮之色。及與公主歸國，謂所親曰：『我祖父未有通婚上國者，今我得尚大唐公主，為幸實多！為公主築一城以誇示後代。』遂築城邑，立棟宇，以居處焉。公主惡其人赭面，弄贊令國中權且罷之，身亦釋氈裘，襲紈綺，漸慕華風，猜獷日革，至遣子弟入國學而習業焉。」〔註536〕「漸慕華風」，是吐蕃自覺與漢族同化的顯著標誌，「遣子弟入國學而習業」，則是其具體行為。而文成公主入藏時，也攜帶了大量的經籍圖書。「火猴（丙申）年五月八日，聖度母之化身，漢地公子朱瓊之女，公主將本尊釋迦迎坐車上，攜四經、和尚，同抵小昭寺。」〔註537〕得益於此，松贊干布時期，吐蕃原始宗法有了一定的發展。《冊府元龜・外臣部・土風三》：「重君臣之義，輕父子之道。……女子無敢干政。」〔註538〕「女子無敢干政」，意味著吐蕃社會夫權的持續發展，而「重君臣之義，輕父子之道」則說明吐蕃雖然受到了漢族宗法的影響——重君統，但並未與漢族宗法同步——輕宗統，因此，其宗法仍屬於原始宗法階段。安史之亂後，大批漢人為吐蕃所擄。《舊五代史・外國列傳二・吐蕃》：「安祿山之亂，肅宗在靈武，悉召河西戍卒收復兩京，吐蕃乘虛取河西、隴右，華人百萬皆陷於吐蕃。開成時，朝廷嘗遣使至西域，見甘、涼、瓜、沙等州城邑如故，陷吐蕃之人見唐使者旌節，夾道迎呼涕泣曰：『皇帝猶念陷蕃生靈否？』其人皆天寶中陷吐蕃者子孫，其語言小訛，而衣服未改。至五代時，吐蕃已微弱，回鶻、党項諸羌夷分侵其地，而不有其人民。值中國衰亂，不能撫有，惟甘、涼、瓜、沙四州常自通於中國。」〔註539〕百萬漢人為吐蕃之民，無疑推動了吐蕃與漢族的同化。但由於這些漢人居於隴右，且五

〔註535〕索南堅贊著，劉立千譯注：《西藏王統記》，西藏人民出版社，1985年，第13頁。

〔註536〕蘇晉仁、蕭錬子：《〈冊府元龜〉吐蕃史料校證》，四川民族出版社，1981年，第24～25頁。

〔註537〕釋迦仁欽德著，湯池安譯：《雅隆尊者教法史》，西藏人民出版社，1989年，第35頁。

〔註538〕蘇晉仁、蕭錬子：《〈冊府元龜〉吐蕃史料校證》，四川民族出版社，1981年，第7頁。

〔註539〕薛居正等：《舊五代史》，中華書局，1976年，第1839頁。

代時吐蕃已開始由盛轉衰，此後更因王室分裂，連年混戰，因此，到吐蕃王朝崩潰時，吐蕃宗法雖然在漢族影響下有了一定的發展，但總體上仍停留於原始宗法階段。《通志·四夷傳二·西戎上·吐蕃》：「其臣與君自為友，號曰其命人，其數不過五人。君死之日，其命皆日夜縱酒；葬日，於腳下針血，血盡乃死，便以徇葬。又有親信人，用刀當腦縫鋸。亦有將四尺木，大如指，刺兩肋下，死者十有四五，亦徇葬焉。設官，父死子代，絕嗣即近親襲焉。」〔註540〕殉葬制是奴隸社會的葬制〔註541〕，從漢至唐，中原王朝已無殉葬之制，但吐蕃卻依然保留了這一葬制，說明其尚處於奴隸社會；而由寬泛意義上的子孫相承制發展而來的更為具體的父死子代制，又是原始宗法成熟期的政治繼承制度，因此，吐蕃宗法雖然總體上處於原始宗法階段，但已開始走出原始宗法早期形態，逐漸步入原始宗法成熟形態。

　　「自朗達瑪被殺，二子爭立，吐蕃遂成割據之勢，其後二系子孫繁衍，分割尤烈。……最有力之王統四系：一拉薩王系，二阿里王系，三亞澤王系，四覺阿王系。……藏政之紛亂，斯為最極！上四系子孫遞嬗約四百餘年，由唐末至元初，始漸產生統一之局面。」〔註542〕此後，吐蕃又從「大權旁落，雖有王號，乃空名無實」〔註543〕的薩嘉王朝（1254～1349年），經「藏兌王平息諸亂，重統藏衛，天下仍歸統一」〔註544〕的帕摩主巴王朝（1349～1618年），以及迦斯王朝（1618～1642年）與格登頗章王朝（1642年以後），再到清朝、民國時期。其間，吐蕃雖然分分合合，但始終附於中央政權之下。與此相應，在漢族的帶動以及自身矛盾的驅動下，吐蕃社會由奴隸制而步入封建農奴制，其奴隸制宗法關係也逐漸演變成了宗法封建關係；但是，一方面由於游牧業的流動性大大地限制了西藏部落組織的進一步發展，另一方面則由於藏區交通不便遲滯了藏族與漢族同化的進程，從而使其封建游牧部落還保留了大量的原始氏族色彩，故其宗法形態帶有更濃厚的原始宗法的痕跡。〔註545〕這一多形態宗法混存的情形，可以從清代藏族婚嫁風俗中清晰地見出。

〔註540〕鄭樵：《通志》，中華書局，1987年，第3132頁。

〔註541〕宋以後殉葬制的再度興起，是因為契丹、党項、女真、蒙古、滿族等先後入主中原，將其殘留的奴隸社會習俗帶入中原的結果。

〔註542〕劉立千譯：《續藏史鑒》，華西大學華西邊疆研究所，1946年，第1頁。

〔註543〕劉立千譯：《續藏史鑒》，華西大學華西邊疆研究所，1946年，第11頁。

〔註544〕劉立千譯：《續藏史鑒》，華西大學華西邊疆研究所，1946年，第34頁。

〔註545〕參見唐仁郭、錢宗範等：《中國少數民族宗法制度研究》，江西高校出版社，2006年，第256頁。

　　《清稗類鈔・婚姻類・西藏婚嫁》：「婚姻之始，男女家皆由父母主持。男家例聘一媒，往說於女家，如允諾，則男家即送致哈達、酒及幣等禮物。女家固辭，言其女不美不才，恐不足執箕箒。媒則盛稱新郎之善，女家乃言若不見棄，當商之親友以報命。越數日，許配之言乃由媒以達於婿家，婿家乃致酒二十瓦，或三十瓦於女家，女家即飲此酒，受哈達，並款戚友，將聘定之金銀、綠松石戴女首，人各贈巾一方。若不允，則酒不飲，哈達不受」，「成婚後，女家即迎其女及婿歸寧。三日後，乃遣歸」；「貧家之結婚也，不用媒妁，男女各適所好。有多夫一妻之敝俗。男欲娶妻，先謁女之父母，陳其志願，且為訂約，得許可者，始為婿，即居於女家，為女之正夫。若有其他之男子亦欲娶此女，亦可來訂盟約，而為女之副夫。三四皆如此。……此殆無力娶婦者始為之。又父有數子時，但為之娶一婦。長子死，則令次者繼之為夫，以次遞傳，以便共守祖之遺業而不分。此俗由康斯地傳來，其地至今猶盛行此制。若婦先長子死，或長子竟不死，諸子則終鰥耳。……又父或叔與其子或姪共妻，雖有之而絕少」。〔註546〕從上可見，清代時的西藏婚嫁有二種表現形式。一種是男娶女的聘娶婚。這種聘娶婚，從媒人說合到下聘，再到舉行婚禮以及婚後三日回門，都與漢族婚嫁習俗相同，標誌著藏族宗法在漢族宗法影響下，已步入封建宗法階段。另一種則是男就女的共妻婚，即一妻多夫。唐仁郭、錢宗範等認為：「藏民的『一妻多夫』並非與母權制家庭相同。……藏民的『一妻多夫』，從表面上看也是一個妻子有多個丈夫，但實際上，在家庭生活中，占主導地位的是丈夫，血統按父子繼承，子女留在父系家族中，女性在家庭和社會上處於受奴役的地位。特別是幾兄弟中的長兄，在家庭中處於家長的地位，是這個家庭的代表，他可以指揮和奴役其他家庭成員在自己的土地上勞作。」〔註547〕但筆者認為，唐仁郭、錢宗範等這一觀點同樣值得商榷。第一，在多夫一妻也就是唐仁郭、錢宗範等所說的朋友共妻制家庭中，男子是「居於女家」也就是從妻居的，而唐仁郭、錢宗範等也承認，「『從妻居』是母系社會共夫家庭形態的主要特徵」〔註548〕。第二，在一妻多夫制家庭中，女性並非如唐仁郭、錢宗範等所說的「在家庭和社會上處於受奴役的地位」，至少在清代時並非如此。《清稗

〔註546〕徐珂：《清稗類鈔》（第5冊），中華書局，1984年，第2011、2012、2012頁。

〔註547〕唐仁郭、錢宗範等：《中國少數民族宗法制度研究》，江西高校出版社，2006年，第239頁。

〔註548〕唐仁郭、錢宗範等：《中國少數民族宗法制度研究》，江西高校出版社，2006年，第239頁。

類鈔‧風俗類‧藏人生育》：「藏人以生女為幸，不尚男。」〔註549〕又，《清稗類鈔‧風俗類‧藏女勞於男》：「西藏有一妻多夫之俗，不合文明公例。婦主家事，男子輒惟命是聽，以是女權伸張。男子恒惰而懦，且不若女子之強健也。耕田採薪，負重致遠，修建房屋諸役，概以女子任之，男子惟相助而已。貿易亦多屬婦女，而家政之庖廚、紡績、裁縫、梳裝等，則更優為之。」〔註550〕《西藏志‧婚嫁》所載，與此相同。〔註551〕如果說，藏人不重生男重生女，或許出於利益的考量，不足以說明女性地位高的話；那麼，女性主家事，男子惟命是聽，以及女性承擔所有勞作，男子惟相助而已，則充分說明，在一妻多夫制家庭中，女性地位遠高於男人──女權伸張，而並非處於被男人奴役的地位。《西藏志‧夫婦》亦稱：「西藏風俗，女強男弱。」〔註552〕因此，筆者認為，藏民的一妻多夫制，雖然在某種形態上不同於母權制家庭，但仍屬母系社會的遺存；而其中的兄弟共妻、父子叔侄共妻，則是蒸報式婚姻的遺存。由於一妻多夫殆無力娶婦者為之，只是聘娶婚的一種補充形式，這就意味著：清代時藏族宗法以封建宗法為主，原始宗法為輔；與此同時，又在某種程度上保留了原始宗法的初期形態。藏族宗法形態的複雜性，從中可見一斑。

藏族神話宗法話的歷史進程，同樣與其宗法演化進程相同步。

藏族神話的早期面貌，除從前引藏族猴祖神話中可以見出外，還可以從《茶和鹽》神話中看出：

> 一對青年男女，分屬兩個世仇部落，男女相悅，不能結合，屢為其父母阻撓、破壞。男被殺，女亦殉情跳入火葬場中死。其骨灰中分別出現鹽與茶。此後，鹽與茶混合就成為人們的飲料。〔註553〕

在這則神話中，男女父母不僅阻撓男女結合，而且還殺死了男子，這意味著父權擁有生殺予奪的絕對控制力；而女子因為男子被殺殉情而死，則是以夫權為本位的表述。因此，這則對抗父權，張揚夫權的神話，正是藏族原始宗法早期階段的產物。與此十分相似的，則是《青蛙騎手》神話：

> 一對窮苦的老夫婦，無兒無女，祈求天神乃生出一隻青蛙兒子。青蛙長大後，脫去蛙皮乃一英俊少年，在當地廟會上結識頭人的第

〔註549〕徐珂：《清稗類鈔》（第5冊），中華書局，1984年，第2220頁。
〔註550〕徐珂：《清稗類鈔》（第5冊），中華書局，1984年，第2221頁。
〔註551〕參見《西藏志》，成文出版社，1968年，第110～113頁。
〔註552〕《西藏志》，成文出版社，1968年，第113頁。
〔註553〕王堯：《西藏文史考信集》，中國藏學出版社，1994年，第254～255頁。

三女，相悅相愛。相愛時脫去蛙皮，相會後仍著蛙皮，以避魔王侵
害。頭人之第三女不知其故，企圖長留少年在身邊，乃燒去蛙皮。
少年失去蛙皮保護，奄奄待斃，女大悔，求神相助，跋涉萬里，歷
盡磨難，終因其父阻撓與魔王破壞，未果。少年死去，女日夜悲泣，
乃化為石像，長立於少年葬身之處，以守衛之。〔註554〕

這則神話中，阻撓青蛙騎手與女子相愛的，已不單是父權，還有建立於父
權之上的族權。該神話的出現，顯然意味著藏族父權、族權的持續發展。

而另一則記載茶葉來歷的《茶葉和碗在吐蕃出現的故事》，則在此基礎上
繼續向前演化。這裡僅鈔錄其中與茶葉相關的部分：

某一個時候，國王都松莽布支得了一場重病，當時吐蕃沒有精通
醫道的醫生，國王只能注意飲食行動，加以調理。當國王安心靜養之
時，王宮屋頂的欄杆角上，飛來一隻以前沒有見過的美麗的小鳥，口
中銜著一根樹枝，枝上有幾片葉子，在屋頂上婉轉啼叫。國王看見了
小鳥，開初並沒有注意它。第二天太陽剛剛升起時，小鳥又飛來了，
還和前一天一樣啼叫。國王對此情景不禁犯疑，派人去查看，將小鳥
銜來的樹枝取來放到臥榻之上。國王發現這是一種以前沒有見過的
樹，於是摘下樹葉的尖稍放入口中品嘗其味，覺得清香。加水煮沸，
成為上好飲料。於是國王召集眾大臣及百姓，說：「諸位大臣及平民
請聽，我在這次病中對其他飲食一概不思，唯獨小鳥攜來的樹葉作為
飲料十分奇妙，能養身體，是治病之良藥。對我盡忠盡力的大臣們，
請你們去尋找這樣的樹長在何地，對找到的人我一定加以重賞。」吐
蕃的臣民們遵命在吐蕃的各個地方尋找，俱未找到。大臣中有一名最
為忠心、一切只為國王著想的人，沿著吐蕃邊境尋找，看見漢地有一
片密林，籠罩紫煙，就前往該處。他心想：「那邊的密林之中，必定有
這樣的樹木。」密林的這一邊，有一條大河，渡不過去，卻隔著河望
見那種樹就長在對岸林中。大臣想起國王之病，決心冒險過河。此時
忽然有一條大魚在他面前出現，遊過河去。使大臣看到河面雖然寬闊，
但水深並不足以淹沒人，心中大喜，就沿著魚遊過的路線涉過大河。
大臣到達森林之中，只見大多數都是小鳥帶來樹枝的那種樹，心想：
「這必定是魚王顯現，為我引路。」他歡喜不盡，採集此樹枝一捆。

〔註554〕王堯：《西藏文史考信集》，中國藏學出版社，1994年，第253頁。

又思量道：「此物對我王之病大有效用，中間道路如此遙遠，若有人前來幫助背負，或有一頭馱畜，豈不更好。」想到此處時，忽然有一白色母鹿，不避生人，跑到身前。大臣想：「此鹿或者可以馱載。」乃試驗之，果然如願，於是將此樹枝讓母鹿馱上一捆，大臣自己背上一捆，返回國中。路上跋涉，非止一日。一月之間，母鹿馱載，直送大臣到達能望見吐蕃國王宮城之處。吐蕃大臣在此處召集民夫，將樹枝送到國王駕前。國王十分歡喜，對此大臣重加賞賜。國王療養病體，亦大獲效益。〔註555〕

這則神話的敘事核心，是本於君權的忠。國王生病小鳥銜來茶葉，大臣不辭艱辛尋找到茶葉，以及白色母鹿自願馱載茶葉，都是圍繞這一敘事核心展開的。人鳥盡忠，神獸盡忠，既使忠遍布於天上地下，又隱隱含有神佑君權之意；而君權神佑以及盡忠竭心，都是由虞夏奠定，後經周代極力弘揚的原始宗法的重要內容，因此，這則神話無疑就是原始宗法成熟期的產物。與此緊密相關的，還有止貢贊普之子降生及其尋找並贖回其父屍體的神話：

母至尼薩達措，睡夢中與一白衣人合巹，醒來即見安枕之處，一頭白犛牛起立而去。約滿八月，生一拳大之血團，蠕蠕而動。棄之，此乃親生；養之，又無口眼四肢。乃置於一熟牛角內，裝入褲帶煮熱，不料竟是一嬰兒。故取名鄭吉甫‧如拉結幾阿索波。孩兒長至十歲，問道：「我父兄都在何處？」母乃述說往事，遂去尋找父屍與兄長。在工布河之拉找到父屍，討取被拒，偷亦不果。買之，則曰：「要換一人女，係雞年生，眼似雞眼，下眼瞼蓋上眼瞼，年在二八。」尋訪之。在耶岡巴布貢，父名查那如特，母名吉拉如休，有一女名格烏玉莫，彼即所尋之女。討取被拒，偷之不果。買之，其父曰：「要換取一形同女兒之金人。」其母曰：「需在屍體上劃八十道朱砂線。」於是一一應允，乃帶走女孩，贖回父屍。〔註556〕

《敦煌本吐蕃歷史文書‧贊普傳記》也載有這一神話〔註557〕。鄭吉甫‧

〔註555〕達倉宗巴‧班覺桑布著，陳慶英譯：《漢藏史集──賢者喜樂贍部洲明鑒》，西藏人民出版社，1986年，第104～105頁。

〔註556〕釋迦仁欽德著，湯池安譯：《雅隆尊者教法史》，西藏人民出版社，1989年，第30頁。

〔註557〕參見王堯、陳踐譯注：《敦煌本吐蕃歷史文書（增訂本）》，民族出版社，1992年，第157～158頁。

如拉結幾阿索波尋找並贖回止貢贊普之屍的行為，是本於父權的孝，以及本於君權的忠。格烏玉莫為其父所賣這一情節，則是父權的極力張揚。忠孝一體及其所導向的宗君合一，正是周代宗法的突出表現。因此，這則神話是原始宗法典型形態時期的產物。而藏族神話的後期面貌，則可以從《大地和人》神話中見出：

　　天地剛形成時，世間什麼都沒有。後來逐漸出現了大海，但空蕩蕩的，只是在海面上漂浮著一層層灰濛濛的霧氣，四面八方刮著大風。慢慢地，大海中積起了許多硬塊，這些硬塊又聚在一起成了大地。由於大地沒有東西支撐，老是晃晃蕩蕩的。後來，海中出現了一條巨大的鼈魚，鑽到海底將大地背在自己的背上。可是鼈魚老在動，它一動，大地又晃動起來。天神見了，便朝鼈魚的背上射了一箭。鼈魚中箭後翻了個身，大地就落在它的肚子上。從此，大地就穩穩當當的了。

　　有了大地之後，最先出現了山，熱妲姆·俄是大山之王；接著出現了樹，樹中以巴桑樹為王。在大地的東、南、西、北，分別住著魯基齊瑪、梨格洛、洛旺太依和頓雨祝四大天神。有了這四大天神后，人類才開始出現。

　　在一座大山上，居住著一隻名叫梭舒綠格向蒙陀的公猴。這座大山懸崖上的一個洞裏，還住著一個名叫瑪霞森多姆的女巖妖。一天，巖妖見到了猴子，就朝他打了三個口哨，表示希望猴子搬來同自己一塊兒住；猴子聽見了，也回了三聲，表示同意巖妖的請求。在青香樹的撮合下，公猴和女巖妖就住在一塊，並生了六個孩子。當這六個孩子長大後，又結合生了許多孩子，並分別到各地去住。從此，大地上到處都有了人。

　　大地上的人漸漸多起來，人們想學天神一樣種莊稼。可是穀種在天神那裡，怎麼取來呢？人們商量後，決定請小谷雀去取。小谷雀到天神家裏要到了穀種，但它已沒有力氣帶給地上的人們，就託大雁將穀種送給人。大雁帶上穀種飛往人間時，天神對他說：「穀種送到了人間後，你不能停留，得趕快飛回來。」大雁聽了，果然把穀種送給人後就飛走了。所以直到現在，大雁只是到冬天才飛來中甸。

人類得到穀種後，最先是到高山上種莊稼，讓馬鹿去犁地。可是馬鹿不會犁地，在高山上種不出莊稼。人們又把穀種拿到海邊去種，讓兩條金魚來犁地。兩條金魚不會犁地，在海邊也不能種莊稼。後來，人們到壩子裏種莊稼，讓兩頭犏牛犁地，犏牛會犁地，從此種出了莊稼。〔註558〕

　　這則神話中，除了神權與王權的強化外，如天神射鼇魚而定大地，大山之王與樹王的確立，有了四大天神之後人類才開始出現等等表述，都是如此；而其中最可注意的，則是公猴和女巖妖婚配，以及從天神處取穀種的情節。公猴和女巖妖婚配，顯然源自猴祖神話，但與猴祖神話有所不同的是，這則神話裏因為增添了青香樹撮合這一細節，從而使其婚配成為聘娶婚。如果說，神權與王權的強化，如同前面幾則神話一樣，是受到原始宗法的影響的話；那麼，聘娶婚情節的增添，則顯然說明該神話受到了封建宗法的影響。由此而言，這則神話正是原始宗法與封建宗法複合幷存的產物。而從天神處取穀種，也從人們與神權也就是王權之間的關係這一角度，隱隱透露出該神話從原始宗法化向封建宗法化過渡的信息；儘管在這則神話中，人們與天神之間的關係，是以和平幷存的形式顯現，而幷非是以對抗的方式呈現出來的。至於人們與神權也就是皇權之間的對抗，則能從可看作此神話後續的《種子的起源》中，十分清晰地見出。《種子的起源》說：在某個地方居住有九個兄弟，最小的弟弟因為能聽懂鳥語，心地善良，就給了喜鵲一塊肉吃；後來，在喜鵲的指引下，小弟弟躲過了災難，還得到了天神的小女兒的愛；但天神卻不願意將女兒嫁給他。天神對他說：「明天你必須去給我砍火燒地，一天裏必須砍完種四斗青稞種子那樣寬的地，你才能娶我的女兒。」〔註559〕在天神小女兒的幫助下，少年順利地完成了任務，但天神又對他說：「你明天必須一個人去把開出的火地都替我耕好，不然，你休想娶我的女兒！」〔註560〕在天神小女兒的幫助下，少年又順利地完成了任務，但天神又對他說：「沒有耕了的地不種的，這裡有四斗油菜子，你必須在明天一天內把這四斗油菜子種完，若種不完，休想娶我的女

〔註558〕陳慶浩、王秋桂主編：《中國民間故事全集㊵・西藏民間故事集》，遠流出版事業股份有限公司，1989年，第15～16頁。

〔註559〕陳慶浩、王秋桂主編：《中國民間故事全集㊵・西藏民間故事集》，遠流出版事業股份有限公司，1989年，第25頁。

〔註560〕陳慶浩、王秋桂主編：《中國民間故事全集㊵・西藏民間故事集》，遠流出版事業股份有限公司，1989年，第26頁。

兒！」﹝註561﹞在天神小女兒的幫助下，少年最終又順利地完成了任務，但天神又對他說：「這還不成，你明天必須去把這四斗油菜子一顆顆替我撿回來。若撿不回來，撿不乾淨，你就休想娶我的女兒。」﹝註562﹞在天神小女兒的幫助下，少年撿回了油菜子，但是四斗種子差了三合。天神小女兒告訴他，是鴿子吃了油菜子，並讓他帶上阿爸的弓箭在地裏等著，只要一看見三隻鴿子飛來停在樹上，就射中間那隻鴿子，這樣就可以從鴿子的膆子裏得到那些油菜子了。少年照著天神小女兒的指點去做，最終順利地完成了任務，如願與天神女兒結成了夫妻。一段時間以後，少年因為思家又想回到地上去，天神知道後，非常生氣，要使他不能回去。為了達到這一目的，天神取了一隻天狗皮做成的藏靴交給他，要他把靴穿破了才能回去。少年回家心切，就穿著靴子天天跑，想讓它快點磨破，但這靴子卻非常奇怪，頭一天剛磨去一點，第二天就還原了。少年很悲傷，又來求姑娘幫忙，但姑娘不希望他離開，所以不願意幫忙。少年沒有法子，只好仍然穿著靴子，不灰心地一天又一天地不停地跑著。直到後來，他終於從替天神燒炭的老人那裡得到了穿破靴子的法子：「你用一千斤雜木炭鋪在地上，在上面走著，走上一萬轉，這靴子就會穿破，而且不會再還原了。」﹝註563﹞天神見他真的把靴子穿破了，只能放他回去，問他帶不帶走自己的妻子。少年說當然要帶，不論到哪裏，妻子都是跟著丈夫走的。他妻子也願意跟他一起走。天神非常生氣，只讓他們帶去一顆油菜子和一顆元根種子，使他們除此以外什麼都得不著；並且在姑娘與阿媽、阿姐們告別時，要她赤身進去赤身出來，不准帶走一點她們送的東西。姑娘在天后、姐姐送的很多種子中，「選了一顆青稞和一顆麥子含在嘴裏，選了兩顆葫豆當耳環懸在耳朵上，選了一顆豌豆藏在鼻孔裏，選了一顆蕎子藏在指甲裏」﹝註564﹞，把種子帶回了人間。天神還是不肯罷休，又讓油菜子變苦，元根變成石頭一樣硬還帶土臭，還放下許多雀子去啄他們的糧食。但是天后不忍心，又放出許多鷂去捕雀子。「天神看到自己無法使少年和姑娘吃到苦頭，就索性不管了，每天只坐

﹝註561﹞ 陳慶浩、王秋桂主編：《中國民間故事全集⑩·西藏民間故事集》，遠流出版事業股份有限公司，1989年，第27頁。

﹝註562﹞ 陳慶浩、王秋桂主編：《中國民間故事全集⑩·西藏民間故事集》，遠流出版事業股份有限公司，1989年，第27～28頁。

﹝註563﹞ 陳慶浩、王秋桂主編：《中國民間故事全集⑩·西藏民間故事集》，遠流出版事業股份有限公司，1989年，第30頁。

﹝註564﹞ 陳慶浩、王秋桂主編：《中國民間故事全集⑩·西藏民間故事集》，遠流出版事業股份有限公司，1989年，第33頁。

在天上閉著眼養神。」〔註565〕這則神話中，少年與姑娘，以及燒炭老人、天后、姐姐與天神的反覆抗爭，無疑就是封建宗法下，人們與族權、神權、皇權抗爭的形象寫照。當藏族神話由對父權、族權、神權的俯首聽從，發展到同父權、族權、神權的反覆抗爭時，自然就意味著藏族神話已完成了從原始宗法化到封建宗法化的轉型。

　　羌族、藏族宗法的總體演進歷程，同樣是在自身已有宗法基礎上，因受漢族宗法影響，而先後由原始宗法階段步入封建宗法階段的；而其神話由原始宗法化步入封建宗法化的進程，則與此同步。由於藏族與羌族同源，所以其宗法演化進程，以及其神話宗法化的進程，都大體上與羌族相似：不僅總體演化進程較為遲緩，不同地區演化進程也先後不一。實際上，這不僅是羌、藏宗法及其神話宗法化的特點，在某種程度上，也是西南民族宗法及其神話宗法化的共同特點。其之所以如此，原因大致有二：其一，大體相同的生存環境；其二，民族來源的同一。在上述兩大原因中，後一點尤為重要，同根同源，決定了文化的特質及其走向。

　　這一點，也正是中國文化得以融合發展的最重要的根基。《清稗類鈔·種族類·漢滿蒙回藏五族同源》云：「漢、滿、蒙、回、藏五族人民之血統，同出於一。何以言之？滿洲起自東方，原即古之肅慎氏。肅慎係出顓頊，見《路史》。蒙古起自北方，乃秦漢以來之匈奴。匈奴為夏禹之子淳維之裔，載在《漢書·匈奴傳》。回疆、藏衛，確為商周以來之氏羌。羌戎姚弋仲，乃舜少子之裔。略陽氐酋西涼王呂光，係出單父，為齊太公裔，並見《晉書·載記》。蓋四千餘年前居住各省之漢族，本自西北高原，循黃河流域而東來，及既入中原，其聖帝明王之子孫，北渡沙漠，西踰崑崙，東移遼海，別為一族者，又不知凡幾，此上古五族同原之始也。」〔註566〕丁山先生則更進一步指出，以三代而論，「夏后氏起自今山西省西南隅，渡河而南，始居新鄭、密縣間，繼居洛陽，展轉遷徙，東至於河南陳留、山東觀城，北至於河北濮陽，西至於陝西東部，蹤跡所至，不越黃河兩岸，其方向則自西徂東，顯然中原固有之民族也。殷人起自今河北省泜水流域，其游牧所至，北抵燕薊、易水，南抵商邱，東抵鄒魯，西抵河內武涉，其蹤跡大抵沿衡漳、黃河兩故瀆，逐漸南下，顯然東北民族燕

〔註565〕陳慶浩、王秋桂主編：《中國民間故事全集⑩·西藏民間故事集》，遠流出版事業股份有限公司，1989年，第35頁。
〔註566〕徐珂：《清稗類鈔》（第4冊），中華書局，1984年，第1894～1895頁。

亳、山戎之類也。周人起自隴右，展轉而至栒邑、岐下，入於豐鎬，更伐崇作洛，居有夏之故居，其蹤跡初沿涇渭而達於河，繼沿河東進，北征燕薊，南征蠻荊、淮夷，東征徐、奄，匍有諸夏，顯然西北民族戎狄之類也」〔註567〕。一言以蔽之，居於今日中國境內的 56 個民族同根同源，這是無須爭辯的歷史事實。正因為同根同源，所以各族文化在本質上與漢族文化相同，這是其能接受漢族文化影響，並最終與漢族文化同步的堅實根基。各族宗法之所以能與漢族宗法殊途同歸，各族神話之所以能在其宗法影響下，先後由原始宗法化步入封建宗法化，並最終與漢族神話一同匯入宗法化的進程之中，其原因正在於此。正是在這樣的背景下，憑藉宗法所特有的搏聚族群人心的功能，各族文化才匯成了一具有共同特色的，牢不可破的文化整體。中華民族神話在形成中華民族共同體，以及在構築中華文明這一歷史進程中所發揮出的獨特作用，也正在於此。

〔註567〕丁山：《古代神話與民族》，商務印書館，2005 年，第 38 頁。